自在独行

贾平凹 著

长江出版传媒　长江文艺出版社

贾平凹的独行世界

独行是一场心灵的隐居
真正的洒脱来自内心安宁

写给每个孤独的行路人

目录

第二章 默默看世界

人世的悲心——宽释是福

世上的事，认真不对，不认真更不对，执着不对，一切视作空也不对，平平常常，自自然然，如上山拜佛，见佛像了就磕头，磕了头，佛像还是佛像，你还是你——生活之累就该少下来了。

第三章　独自走一走

大地的魂灵——有敬无畏

五味巷里的人工资都少，而开销皆多，上养老，下育小，两个钱顶一个钱花；地位都低，而心性皆高，家家看重孩子学习，巷内有一位老教师，人人器重。

第四章　独处的安宁

万物的情怀——乐以忘忧

玩风筝的是得不到心身自由的一种宣泄吧；玩猫的是寂寞孤独的一种慰藉吧，玩花的是年老力衰而对性的一种崇拜补充吧。我在我的书房里塞满这些玩物，便旨在创造一个心绪愉快的环境，而让我少一点俗气，多一点灵感。

第五章　自在的禅意

天空的禅意——行于天地

日月交替一年，树就长出一圈。生命从一点起源，沿一条线的路回旋运动。无数个圈完成了生命的结束，留下来的便是有用之材。

孤独地走向未来

第一章

纺车声声

如今，我一听见"嗡儿，嗡儿"的声音，脑子里便显出一弯残月来，黄黄的，像一瓣香蕉似的吊在那棵榆树梢上；院子里是朦朦胧胧的，露水正顺着草根往上爬；一个灰发的老人在那里摇纺车，身下垫一块蒲团，一条腿屈着，一条腿压在纺车底杆上，那车轮儿转得像一片雾，又像一团梦，分明又是一盘磁音带了，唱着低低的、无穷无尽的乡曲……

这老人，就是我的母亲，一个没有文化的、普普通通的山地小脚女人。

那年月，正是"文化大革命"中期，我刚刚上了中学，当校长的父亲就被定为"走资派"，拉到远远的大深山里"改造"去了。那是一座原始森林林场，方圆百里是高山，山上是莽林，穿着"黑帮"字样衣服的"改造者"，伐木，运木，运木，伐木；即便是偶尔逃跑出来了，也走不出这林海就会饿死的。这是后话，都是父亲后来告诉我的。他在那里"改造"了七年。七年里，家里只有母亲，我和一个弟弟、两个妹妹。没有了父亲的工资，我们兄妹又都上学，家里就苦了母亲。她是个小脚，身子骨又不硬朗，平日里只是洗、缝、纺、浆，干一些针线活计。现在就只有没黑没明地替人纺线赚钱了。家里吃的，穿的，烧的，用的，我们兄妹的书钱，一应大小开支，先是还将就着应付，麦子遭旱后，粮食没打下，日子就越发一日不济一日了。我瞧着母亲一天一天头发灰白起来，心里很疼，每天放学回来，就帮她干些活：她让我双手扩起线股，她拉着线头缠团儿。一看见她那凸起的颧骨，就觉得那线是从她身上抽出来的，才抽得她这般的瘦，尤其不忍看那跳动的线团儿，那似乎是一颗碎了的母亲的心在颤抖啊！我说：

"妈，你歇会儿吧。"

她总给我笑笑，骂我一声：

"傻话！"

夜里，我们兄妹一觉睡醒来，总听见那"嗡儿，嗡儿"的声音，先觉得倒中听，低低的，像窗外的风里竹叶，又像院内的花间蜂群，后来，就听着难受了，像无数的毛毛虫在心上蠕动。我就爬起来，说：

"妈，鸡叫二遍了，你还不睡？"

她还是给我笑笑，说：

"棉花才下来，正是纺线的时候，前日买了五十斤苞谷，吃的能接上秋了，可秋天过去，你们又是一个新的学期呀……"

我想起上一学期，我们兄妹一共是二十元学费，母亲东借西凑，到底还缺五元。学校里硬是不让我报名，母亲急得发疯似的，嘴里起了火泡，热饭吃不下去，后来变卖了家里一只铜洗脸盆，我才上了学，已经是迟了一星期的了。现在，她早早就做起了准备……我就说：

"妈，我不念了，回来挣工分吧！"

她好像吃了一惊，纺车弦一紧，正抽出的棉线"嘣"的一声断了，说：

"胡说！起了这个念头，书还能念好？快别胡说！"

我却坐起来，再说：

"念下去有什么用呢？毕了业还不是回来当农民？早早回来挣工分，我还能养活你们哩！"

母亲呆呆地瓷在那里了，好久才说：

"你说这话，刀子扎妈的心。你不念书了，叫我怎么向你爸交代呀？"

一提起爸爸，她就伤心了，大颗大颗的眼泪滚下来。我看得害怕了，就再不敢说下去，赶忙向她求饶：

"妈，我再不敢说这话了，我念，我一定好好念。"

妈却扑过来，紧紧地搂住了我，搂得那么紧，好像我是一块冰，她要用身子暖化成水儿似的。油灯芯跳了几下，发出了土红色，我要爬过去添油，她说：

"孩子，别添了。妈听你的，妈要睡呀。"

这一夜，她一直搂着我。

秋里雨水很旺，庄稼难得的好长势，可谁也没有料到，谷子饱仁的节候，突然一场冰雹，把庄稼全都砸趴到泥里去了。收成没了指望，母亲做饭更难了。一天三顿，半锅水下一小瓢儿米面，再煮一把豆子。吃饭时，她总是拿勺捞着豆子倒在我们碗里，自己却撇上边的汤喝；我们都夹着豆子要让她吃，她显得很快活，却总是说：

"我是嫌那有豆腥气，吃了犯胃的。"

母亲那时是真有胃病的；可我们却傻，还以为她说的是实情哩。

日子是苦焦的，母亲出门，手就总是不闲，常常回来口袋里装些野菜，胳肘下夹一把两把柴火。我们也就学着她的样，一放学回来，沿路见柴火就捡，见野菜就挑，从那时起，我才知道能吃的菜很多：麦瓜龙呀，芨芨草呀，灰条，水蒿的。这一天傍晚，我和弟弟挑了一篮子灰条，高高兴兴地回来，心想母亲一定要表扬我们了，会给我们做一顿菜团团吃了，可一进门，母亲却趴在炕上呜呜地哭。我们全都吓慌了，跪在她的身边，不知道发生了什么事，她突然一下子把我们全搂在怀里，问：

"孩子，想爸爸吗？"

"想。"我们说，心里咚咚直跳。

"爸爸好吗？"

"好。"我们都哭开了。

"你们不能离开爸爸，我们都不能离开爸爸啊！"她突然大声地说，并拿出一封信来。我一看，是爸爸寄来的，我多么熟悉爸爸的字呀，多少天来，一直盼着爸爸能寄来信，可是这时，我却害怕了，怕打开那封信。母亲说：

"你五叔已经给我念过了，你再念一遍吧。"

我念起来：

"龙儿妈：

"我是多么想你们啊！我写给你们几封信，全让扣压了，亏得一位好心的看守答应把这封信给你们寄去……接到信后，不要为我难过，我一切都好。

"算起来，夫妻三十年了，谁也没料到这晚年还有那么大的风波！

我能顶住，我相信党，也相信我个人。活着，我还是共产党人，就是死了，历史也会证明我是共产党的鬼。可是现在，我却坑害了你们。我知道你和孩子正受苦，这是使我常常感到悲痛的事，但你们要活下去，而且要活得好！所以，我求你们忘掉我，龙儿妈，还是咱们离了婚好……"

我哇的一声哭了，弟弟妹妹也哭了起来，母亲却一个一个地拉起我们说：

"孩子，不要哭，咱信得过你爸爸，他就是坐个十年八年牢，咱等着他！龙儿，你给你爸爸回封信吧，你就说：咱们能活下去，黄连再苦，咱们能咽下！"

母亲牙齿咬着，大睁着两眼，我们都吓得不敢哭了，看着她的脸，像读着一本宣言。母亲的那眼睛，那眉峰，那嘴角，从那以后，就永生永世地刻在我的心上了。

这天夜里，天很黑，半夜里乌云吞了月亮，半空中响着雷，电也在闪，像魔爪一样在撕抓着，是在试天牢不牢吗？母亲安顿我们睡下了，她又坐在灯下纺起线来。那纺车摇得生欢，手里的棉花无穷无尽地抽线……鸡叫二遍的时候，又一阵炸雷，她爬过来，就悄悄地坐在我们身边，借着电光，端详起我们每一张脸，替我们揩去脸上的泪痕，当她给我揩泪的时候，我终忍不住，眼泪从闭着的眼皮下簌簌流下来，她说：

"你还没睡着？"

我爬起来，和母亲一块儿坐在那里。母亲突然流下泪来，说：

"咳，孩子，你还不该这么懂事的呀！"

我说：

"妈，你儿子已经长大了哩！"

母亲赶忙擦了擦眼泪说：

"孩子，我有一件事想给你说，我作难了半夜，实在不忍心，可也只有这样了。今年年景不好，吃的、烧的艰难，我到底是妇道人家，拿不来多少；你爸不在，弟弟妹妹都小，现在只能靠得上你了，你把书拿回来抽空自学吧，好赖一天挣些工分，帮我一把力吧。"

我说：

"我早该回来了，你别担心，我挣工分了，咱日子会好过哩。"

从此，我就退学务农了。生产队给我每天记四分工，算起来，每天不过挣了二角钱。但我总不白叫母亲养活了！母亲照样给人纺线，又养了猪，油、盐、酱、醋，总算还没断过顿的。

但是，这年冬天，母亲的纺车却坏了。先是一个轮齿裂了，母亲用铁丝缠了几道箍，后来就是杆子也炸了缝，一摇起来，就呱啦呱啦响，纺线没有先前那么顺手了：往日一天纺五两，现在只能纺三两。母亲很是发愁，我也愁，想买一辆新的，可去木匠铺打问过了，一辆新纺车得十五元。这十五元在哪儿呢？

这一天，我偷偷跑上楼，将爸爸藏在楼角的几大包书提了下来，准备拿到废纸收购店去卖了。正提着要出门，母亲回来了，问我去干啥，我说卖书去，她脸变了，我赶忙说：

"卖了，能凑着给你买一辆新纺车啊……"

母亲一个巴掌就打在我的脸上，骂道：

"给我买纺车？我那么想买纺车的?！唵！"

"不买新的，纺不出线，咱们怎么活下去呀？"我再说。

"活？活？那么贱着活？为啥全都不死了?！"她更加气得浑身

发抖，嘴唇乌青，一只手死死抓着心口，我知道她胃疼又犯了，忙近去劝她，她却抓起一根推磨棍，向我身上打来，我一低头，忙从门道里跑出来，她在后边骂道：

"你爸一辈子，还有什么家当？就这一捆书，他看得命样重，我跟了他三十年，跑这儿调那儿，我带什么过？就这一包袱一包袱背了书走！如今又为这书，你爸被人绳捆索绑，我把它藏这儿藏那儿，好不容易留下来，你却要卖？你爸回来了还用不用？你是要杀你爸吗？"

听了母亲的话，我才知道自己错了。我不敢回去，跑到生产队大场上，钻在麦秸堆中呜呜地哭了一场。哭着哭着，便睡着了，一觉醒来，竟是第二天早上了，拍打着头上的麦草，就往回走。才进巷口，弟弟在那里嘤嘤泣哭，一见我，就喜得不哭了，给我笑笑，却又哭开了，说："昨天晚上，全家人到处找你，崖沟里看了，水塘里看了，全没个影子，母亲差不多快要急疯了，直着声哭了一夜，头在墙上都撞烂了。"

"哥哥，你快回去吧，你一定要回去！"

我撒脚就往回跑，跪在母亲面前，让她狠狠骂一顿，打一顿，但是，母亲却死死搂住我，让我原谅她，说她做妈的不好。

中午，隔壁刘五叔到家里来，给我们送了半口袋苞谷面，他是一位老实庄稼人，常常来家里走动，说他历史清白，世代贫农，到"黑帮"家里来，不怕被开除了农民籍。他问了父亲的近况，叹息了一番，就和母亲唠叨起家常，说到今年的收成，说到柴火茶饭，末了，就说起买纺车的事，他便出了主意：让我进山砍柴去卖吧；柴价上涨，一次砍五六十斤吧，也可以卖到二元钱哩。母亲先是不同意，我在旁紧紧撺掇，她沉吟了一会儿，说：

"他五叔，这行吗？孩子太嫩啊，有个三长两短，我对得起他爸吗？"

五叔说：

"这有什么办法呢？总要活呀！你放心吧，孩子交给我，我护着他，包没甚事的。"

母亲总算同意了，就帮我收拾了背笼、砍刀，天一黑，早早催我去睡了。半夜里，她摇我醒来，炕头上已放了碗热腾腾的糊涂饭，说是吃早饭。我怨她做饭做得稠，她说这是去出力呀，可不比平日。我给她盛了一碗，她硬不吃；逼紧了，扒拉两口，却把弟弟妹妹全摇醒，分给他们吃了。末了，我和五叔出门，她给我装了一手巾烤洋芋，一直送着出了村，千叮咛万叮咛了一番，方才抹着泪回去了。

在山上砍柴，实在不是件轻松事，我们弯弯曲曲地在河沟钻了半夜，天放亮的时候，才赶到砍柴的地方。我们将干粮压在石板底下，五叔说，这样才不会让老鸹叼走的，就爬上崖上去砍那些枯蒿野棘的。崖很陡，我总是爬不上去，五叔拉我上去了，却害怕地挪不开脚来。一棵野棘没有砍倒，手上就打了血泡，衣服也划破了，五叔就让我别砍了，他身子贴在崖壁上，砍得很是凶，满山满谷都是回音。我帮他整理柴堆，整到一块了，他捆成捆儿，就从山上推下沟去了。中午的时候，我们便溜下沟，拾掇了背笼，吃了干粮，欢天喜地地往回赶了。

回来的路显得比去时更长，走不到几程，小腿就哗哗直抖，稍不留神，就会跪倒下去了。路是顺河绕的，时不时还要过河面上的列石：走一步，心就在喉咙处跳一下；我一步一颠的，好容易过了最后一块列石，使劲往岸下一蹲，没想一步没踩稳，便"扑"地倒下了。五叔忙过来拉我，好容易从柴堆下爬起来，腿却碰破了，血水往外流。五叔就在山上撕一把蔍蔍芽草，在嘴里嚼烂了，敷在上面。血是不流了，但疼得厉害，五叔就让我只身走，他将两个背笼来回转背着。我看着心里不安，硬嚷着要背，他便让我背了在后边慢慢走，他将他的背笼背一程了，回来再接我。这样一直到了太阳西下，我们总算钻出了山沟，离家只有八里路了吧。我心里很高兴，时不时抬头看看前边：过了这个村，到了哪个庄呢？离家还能有多远呢？这一次刚一抬头，就看见前边走来一个人，背着一个空背笼，头发被风刮披在后肩，样子很是单薄。啊，这不是母亲吗？我大声叫道：

"妈！妈——"

果然是母亲！她是来接我的。一看见我背了这么多的柴，喜欢得什么样的，再一见我腿上的伤，眼泪就流了下来，我说：

"妈，这一定有六十斤哩，可以卖二元钱哩，再去砍上五六次，就可以买个新纺车了哩！妈，你也应该高兴呀！"

母亲就对我努力地笑笑，分了一半柴背了，娘儿俩一路说不完的话。

这背笼柴，第三天的集市上便卖了，果然卖了二元钱。一家人捏着那票子，一张一张蘸着唾沫数了，又用红布包了，压在箱子底里。打这以后，打柴给了我希望和力量，差不多隔三天就进一次山。头几次倒要五叔照顾，后来自己也练出来了。柴打回来，是我最有兴致的时候，总是不歇，借杆秤称了，一根一根在门前垒齐了，就给母亲和弟妹讲山上的故事。我讲多长，他们就听多久。

就在那月底，我们全家人都到木匠铺去，买回来了一辆新的纺车。最高兴的莫过于母亲了，她显得很年轻，脸上始终在笑着，把那纺车一会儿放在中堂上，一会儿又搬到炕角上，末了，又移到院中的榆树下去纺。她让我给爸爸写信，告诉他这是我的功劳，说孩子长大了，真的长大了，让他什么也别操心，好好珍重身子，将来回来了，儿子还可以买个眼镜给他，晚上备课就不眼花了。最后，硬要弟弟、妹妹都来填名，还让我握着她手在信上画了字。这一次，她在新纺车上纺了六两线，那"嗡儿，嗡儿"的声音，响了一天半夜，好像那是一架歌子，摇摇任何地方，都能发出音乐来的。

母亲的线越纺越多，家里开始有了些积攒，母亲就心大起来，她从邻居借了一架织布机，织起布来卖了。终日里，小院子里一道一道的绳子上，挂满了各色二浆线。太阳泛红的时候，就喜欢经线、经筒儿一摆儿插在那里，她牵着几十个线头，魔术似的来回拉着跑，那小脚踮踮的，像小姑娘一样的快活了。晚上，机子就在门道里安好了，她坐上去，脚一踏，手一搬，哐里哐当，满机动弹：家里就又增加起一种音乐了。

母亲织的布，密、光，白的像一张纸，花的像画一样艳，街坊四邻看见了，没有一个不夸的。布落了机，就拿到集市去卖，每集都能买回来米呀，面呀，盐呀，醋呀，竟还给我们兄妹买了东西：妹妹是一人一面小圆镜；我和弟弟是一支钢笔，说以后还要再买些书，让我们好好自学些文化。

我照例还去砍柴。没想有一次砍了漆树，竟中了毒，满脸满身上长出红疹子，又肿起来，眼睛都几乎看不见了。不几天，弟弟妹妹和母亲也中毒，脸都肿得发亮。听人说，用韭菜水洗能治好，母亲就到处找韭菜，熬了水一天三次给我们洗。可她，还是照样纺线，照样织布，当织完一个布下来，她眼睛快肿成一个烂桃儿样了。我拿了这布去卖，没想，那集上来了民兵小分队，说是要刹资本主义妖风，就开始包围了集市检查。集市炸了，人们没命地惊跑，我抱了布慌慌张张跑进一个巷去，那巷却是条死巷，就叫小分队将布收走了。我哭着回来，又不敢回家，只坐在村口哭。母亲知道了，把我拉了回去，弟弟妹妹在家里也哭作一团，眼看太阳压山了，中午饭也没心思去做。母亲让弟弟做，弟弟说他不饿，让我去做，我说肚子发鼓胀，母亲叹了一口气，自己去舀水起火，但很快又从厨房出来，端了一盆韭菜水放在我们面前，说：

"不许哭！都洗洗脸！"

我们都止了哭，洗了脸。

母亲就拉了我们向镇子上走去，一直走到镇中一家饭馆里，让我们坐了，买了五碗米饭，一盘大肉，一盘豆腐，一盘粉条，说：

"吃吧，孩子，这饭可香哩！"

我们都不吃，她就先吃起来，大口大口地，吃得很香；我们也就都吃起来，但觉得并不香。母亲问：

"香吗？"

弟弟摇摇头，我赶忙递过一个眼色，于是我们都齐声说：

"好香。"

吃罢饭，母亲说她到民兵小分队部去一趟，让我把弟弟妹妹领回去，再好好洗洗韭菜水。这一夜，她便没有回来，我们都提心吊胆的。第二天一早，她回来了，满脸的高兴，说她把布要回来了，可走到半路，就又出售，接着就手揣在怀里，说：

"你猜，我给你买了什么？"

"烧饼！"我说。

"再猜。"她笑着说。

"帽子！"我想这一下一定猜对了。

母亲还是摇摇头，突然一亮手，原来是一本语文课本。她喜欢地说：

"孩子，日子能过得去了，就要把学习捡起来，要不爸爸回来了，看见一个校长的儿子是文盲，他会怎么个伤心呢？"

我说：

"学那有什么用场?！"

她生气了：

"再不准你说这没出息的话！文化还有瞎的地方？"

我问起布是怎么还来的，她只笑笑，说句"我要的"，就罢了。后来我才打听到，原来母亲去要布时，人家百般训斥，拿难听的话骂她，她只是不走，人家就下令：要取回布，必须把分队部门前的一条排水沟挖通。她咬了咬牙，整整在那里挖了一夜……可她，我的好母亲，至今没有给我们说过这一段辛酸事儿。

有了笔，又有了书，一抽空，我就狠命地学习起来。每天晚上了，我要是看书，母亲就纺着线陪我；她要是纺线，我就看着书陪她。这样，分两处点油灯，煤油用得很费，母亲就把纺车搬到我的房间来纺，可那纺车"嗡儿，嗡儿"地响，她怕影响我，就又把纺车搬到院里的月光下去纺了。每当我看书看得身疲意懒，就走出门来，站在台阶上看母亲纺线，那"嗡儿，嗡儿"的响声，立刻给我浑身一震，脑子也就清醒多了，返身又去看书。

　　几乎就从那时起，我便坚持自学，读完了初中课程，又读完了高中课程，还将楼上爸爸的那几大包书也读了一半。"四人帮"一粉碎，爸爸"解放"回来了，那时他的问题才着手平反，我就报考了大学，竟被录取。从此，我就带着母亲为我做的那套土布印花被子，来到了大城市，开始了新的生活，几年间，再没有见到我的母亲。后来，父亲给我来了信，信上说：

　　"我的问题彻底落实了，组织上给平了反，恢复了职务，又补发了二千元工资。但你母亲要求我将一千元交了党费，另一千元买了一担粮食，给救济过咱家的街坊四邻每家十元，剩下的五百元，全借给生产队买了一台粉碎机。她身体似乎比以前还好，只是眼睛渐渐不济了，但每天每晚还要织布、纺线……"

　　读着父亲的信，我脑子里就又响起那"嗡儿、嗡儿"的声音了。啊，母亲，你还是坐在那院中的月光底下，摇着那辆纺车吗？那榆树梢上的月亮该是满圆了吧？那无穷无尽的棉线，又抽出了你多少幸福的心绪啊，那辆纺车又陪伴着你会唱出什么新的生活之歌呢？母亲！

我的小学

　　小学是在寺庙里，房子都老高老高，屋脊上雕着飞龙走兽，绿苔长年把瓦槽生满，有一种毛拉子草，一到雨天，就肉肉地长出半尺多高来。老师们是住在殿堂里，那里原先有个关帝爷，脸色枣一样红，后来搬掉了，胎泥垫建了院子，那一对眼珠子，原来是两个上了釉的瓷球，就放大门口的照壁顶上，夜里还在幽幽地放光。两边的廊房，就是教室。上课的是高年级学生。台阶很高，我可以双脚从上边跳下来，但却跃不上去。每次要绕到山墙角儿，却轻轻松松地从那一边石头铺成的漫道上单脚蹦上去。那山墙角地是一棵裂了身子的老苦楝树。树顶上有个老鸦巢，筛筐般大，巢下横枝上吊着一口钟，钟敲起来，那一家老鸦却并无动静，这奇怪使我不解了好几年呢。

　　五岁那年，娘牵着我去报名，学校里不收，我就抱住报名室的桌子腿哭，老师都围着我笑；最后就收下了，但不是正式学生，是一年级"见习生"。娘当时要我给老师磕头，我跪下就磕了，头还在地上有了响声。那个女老师倒把我抱起来，我以为她要揪我的耳朵了，那胖胖的、有着肉窝儿的手，一捏，却将我的鼻涕捏去了。

"学生了，还流鼻涕！"大家都笑了，我觉得很丢人，从此就再不敢把鼻涕流下来。因为没有手巾，口袋里常装着杨树叶子，每次进校前就揩得干干净净了。

因为学校教室少，因为我们是一年级学生，那寺庙的大院里没有我们的座位，只好就在院外的一家姓刘的祠堂里上课。祠堂里挂着一块黑板，用土坯垒起一些柱墩儿，村子里就将夏天河面上的木板桥拆了架，在上边作了课桌。凳子是自带的。我们那时没分家，堂兄堂姐多，凳子有限，我常常抢不到凳子，加上我个子矮，坐在小凳子上又趴不到桌面上，就一直站着听课。实在腿困了，就将家里的劈柴拿来一根，在前后的柱墩儿上掏出窝儿架好，骑在上边。这种凳子虽然不舒服，但坐上去却从来不打瞌睡。只是课余时间，同学们都拿着凳子在祠堂后的一个土坡上反放着，由上往下"开汽车"，我只好屹蹶上往下滑，常常把握不好，就一个跟头滚下去，弄得一脸的泥土。

家里没有表，早晨总估摸不了时间，有几次起床迟了，就和娘哭闹。娘后来一到半夜就不敢睡，一边在灯下纳鞋底儿，一边逮那学校的钟声。到了冬天，起来得早，月亮白花花的，我们就在村里喊着同学一块儿去。大家都有书包，我没有，娘将一个小包袱皮给我，严严实实包了，让我夹在胳膊下，我那时很要强，唯这一点总不如人，但娘说没有钱，我也没了办法。祠堂的门关着，班长带着钥匙，他还没有来，我们就在祠堂前跳起舞来。跳的是新学的《找朋友》："找呀找呀找朋友，找到一个好朋友！"大家很快活，有时找着小霓，有时找着芳芳，就一对一对跳起来。到了三年级以后，这舞就不跳了，而且男的和女的就分开来。我曾经和芳芳一块踢过毽子，同学们都说我和芳芳好，是夫妻，拿指头羞我，我便和芳芳成了仇人。等到班长来了，开了祠堂门，我们就进去坐在自己的座位上。祠堂里还黑隆隆的，因为没灯，少半时候，我们点些松油节取亮，大半时候就摸黑坐着。黑板上边的墙头上，那时还留着祠堂里的壁画，记得是《王祥卧冰》，虽然不懂得具体意思，但觉得害怕。大家坐下后，都不敢靠墙，也不敢提说那壁画，就闭着眼睛把课文从第一课一直背诵下去。一旦一个人停下来，大家就都停下来，祠堂里静悄悄的。风把方格子窗上的麻纸吹得哗哗响，大家便又都害怕了，一哇声再背诵开来，声越来越高，全为了壮胆。要不，一个忽地跑出去，大家就都往外跑，我常常跑在最后，大呼小叫，声都变了腔。祠堂前的平台上就是荷花塘，冬天里荷花败了，塘里结了冰，大家就去那芦草窝里掏一种鸟儿，或许折下那枯莲茎秆儿，点着当烟吸，呛得鼻涕、眼泪都流下来。

在这个祠堂内，我们坐了两年，老师一直是一个女的，就是捏我鼻涕的那个。她长得很白，讲课的声音十分好听，每每念着课文，就像唱歌儿。我从来没有听到过她这么好听的声音，开头的半年时间里，几乎没有听懂她讲的什么，每一堂却被她的声音陶醉着。所以，每当她让我站起来回答问题时，我一句话也答不出，她就说："你真是个见习生！"见习生的事原先同学们都不知道，她一说，大家都小瞧起我了，以后干什么事，他们就朝我伸小拇指头，还要在上边呸呸几口，再说两句："哼，你能干什么？你真是个见习生！"我们就打过几次架。娘后来狠狠揍了我一次，罚我一顿不准吃饭。老师知道了，寻到我家，向我和娘做了检讨，说是她的不对，问我是不是听不懂课。我说："我光听了你的声，你的声音好听！"她脸红红的，就笑了。从此，我就下了决心，一定不落人后，老师对我格外好起来，她的声音还是那么好听，但一下课，就来辅导我，惹得同学们都眼红起来。

一年级学完后，老师对我说："你年纪小，不让你升级。"我当下就吓哭了。老师却将我抱起来，说她是哄我，宣布我再也不是见习生了。我一高兴，就叫她"姨姨"，叫完就后悔了。她却并没有恼我，还拧了我一下嘴：她笑了，我也笑了。下午，她拿着成绩单到我家，向娘夸说我乖，学习进步快，娘给她打荷包鸡蛋吃。我便大胆起来，说："老师，你的声音好听，你能给我唱个歌吗？"她就唱起来，腮帮上深深显出两个酒窝，唱完就咯咯地笑。

到了夏天，学校里中午要睡午觉，我们就都不安分，总是等大伙伏在桌上睡着以后，就几个人偷偷到荷花塘里去玩水。胆大的都到深水里去，趴浮，立浮，还有仰浮，将小肚子露在水面。我因为胆小，总是在塘边抓住树根，双脚在水面打着浪花。那些女生就常常告发我们，老师就每次用手在我们胳膊上抓一下，看有没有水锈的白道，结果，总要挨一顿剋。但是，水里的诱惑力十分大，我们免不了还是要去，而且每次去时对女生晃晃拳头，再是去了将衣服藏在树丛里，跑到荷花塘深处去玩。有一次，竟被校长发现了，狠狠地批评了老师，老师委屈得哭了。我们知道后，心里很难受，去向老师承认错误。却恨起校长来，就在祠堂门前挖一个坑儿，用泥捏一个胖胖的校长，埋在里边。又是女生告发了，老师在课堂上让我们几个站起来，大发脾气，末了，查出是我的主意，就把我推出教室，将一颗扣子也拉扯掉了。下课后她给我缝扣子，我哭得泪人儿一样，连夜写了检讨书，一直在教室里贴了三天。

我那时最爱语文，尤其爱造句，每一个造句都要写得很长，作业本就用得费。后来，就常常跑黄坡下的坟地，捡那死人后挂的白纸条儿，回来订成细长的本子，一到清明，就可以一天之内订成十多个本子呢。但是，句子造得长，好多字不会写，就用白字或别字替着，同学们都说我是错别字大王，教师却表扬我，说我脑子灵活，每一次作业都批"优秀"，但却将错别字一一画出，让我连作三遍。学写大字也是我最喜欢的课，但我没有毛笔，就曾偷偷剪过伯父的羊皮褥子上的毛做笔，老师就送给我一支。我很感谢，越发爱起写大字，别人写一张，我总是写两张三张。老师就将我的大字贴在教室的墙上，后来又在寺庙的高年级教室展览过。她还领着我去让高年级学生参观。高年级的讲台桌很高，我一走近，就没了影儿，她把我抱起来，站在那椅子上。那支毛笔，后来一直用秃，我还舍不得丢掉，藏在家里的宋瓷花瓶里，到了"文化大革命"，破起"四旧"，花瓶被没收走了，笔也就丢失了。

从一年级到二年级，我的父亲一直在外地工作，娘要给父亲去信，总是拿着几颗鸡蛋来求老师代写，教师硬是不收鸡蛋，信写得老长。到了二年级下半学期，她说："你现在能造句了，你怎么不学着给你父亲写信呢？"我说我不会格式，她说："你家里有什么事情，你就写什么，不要考虑格式！"我真的就写起来，因为家里的事我都知道，都想说给父亲听，比如：奶奶的病好转了，夜里不咳嗽了。娘的身体很好，只是唠叨天凉了，父亲的棉衣穿上没有。还有家里的兔又下了崽，现在一共是六只了，狗还很凶，咬伤了三娃的腿，其实是三娃用棍打它，它才咬的。还有我学习很好，考试算术得了一百分，语文得了九十八分，是一个字又写错了，信花了三天才写好，老师又替我改了好多错字，说："以后到高年级做作文，或者长大写文章，你就按这路子写，不要被什么格式套住你，想写什么就写什么，熟悉什么就写什么，写清、写具体就好了。"我从那时起就记住了老师的话，之所以如今我还能写些小说、散文，老师当时的话对我影响很大。

这一年，我们上完了二年级。三年级学生可以到寺庙大院里去住了，我们都很高兴。寒假里，同学们都去挖药、砍柴卖钱，商量春节给老师买些年画拜年。到了腊月三十日中午，我们就集合起来，拿着一卷子年画，还有一串鞭炮去找老师，但是，老师却不在。问校长，原来她调走了。校长拿出一包水果糖来，说是我们的老师临走时，很想各家去看看我们，但时间来不及了，就买了这糖，让开学后发给我们每人一颗。我们就都哭了。从那以后，我再也没有见到我的那位老师，在寺庙里读了四年书，后来又到离家十五里外的中学读了三年，就彻底毕业了，但我的启蒙老师一直没有下落。现在是二十五年过去了，老师还在世没有，我仍不知道，每每想起来，心里就充满了一种深深的惆怅。

西大三年
—— 十五年后的记忆

一九七二年四月二十八日，汽车将一个十九岁的孩子拉进西大校内，这孩子和他的那只绿皮破箱就被搁置在了陌生的地方。

这是一个十分孱弱的生命，梦幻般的机遇并没有使他发狂，巨大的忧郁和孤独，他只能小心翼翼地睁眼看世界。他数过，从宿舍到教室是五二四步，从教室到图书馆是三〇三步。因为他老是低着头，他发现学校的蚂蚁很多。当眼前有了好些各类鞋脚时，他就踽踽地走了，他走的样子很滑稽，一只极大的书包，沉重使他的一个肩膀低下去，一个肩膀高上来。

他唯有一次上台参加过集体歌咏，其实嘴张着并没有发声。所以，谁也未注意过他，这正合他的心境。他是一个没有上过高中的乡下人，知识的自卑使他敬畏一切人，悄无声息地坐在阅览室的一角，用一个指头敲老师的家门，默默地听同窗的高谈阔论。但是，旁人的议论和嘲笑并没有使他惶恐和消沉，一次政治考试分数过低，他将试卷贴于床头，早晚让耻辱盯着自己。

他当过宿舍的舍长，当然尽职尽责，遗憾的是他没有蚊帐，夏夜的蚊子轮番向他进攻。实在烦躁到极致，他反倒冷静了，想：小小的蚊子能吃完我吗？这蚊子或许是叮过什么更有知识的人的，那么，这蚊子也是知识化了的蚊子，它传染给我的也一定是知识吧。冬天里，他的被子太薄，长长的夜里他的膝盖以下总是凉的，他一直蜷着睡，这虽然影响了他以后继续长高，但却练就了他善于聚集内力的功夫。

他无意于将来要当作家，只是什么书都看，看了就做笔记，什么话也不讲。当黄昏一人独行于校内树林子里，面对了所有杨树上那长疤的地方，认定那是人之眼，天地神灵之大眼，便充裕而坚定，长久高望树上的云朵，总要发现那云活活的是一群腾龙跃虎。

他的身体先还较好，虽然打篮球别人因个子小不给传球而从此兴趣殆尽，虽然他跳不过鞍马，虽然打乒乓球尽败于女生，但是，当一次献血活动，被抽去300cc之后又将血费购买书了，不久就患了一场大病，再未恢复过来。这好，他却住了单间，有了不上操、不十点熄灯的方便了，创作活动也于此开始。当今有人批评他的文章多少有病态意味，其实根因也正在此。

最不幸的是肚子常饥，一下课就去站长长的买饭队，叮叮当当敲自己的碗筷，而一块玉米面发糕和一勺大混菜，总是不品滋味地胡乱扒下。他有他的改善生活日，一首诗或一篇文章写出，四角五分钱的价格，他可以去边家村食堂买一碗米饭和一碗鸡蛋汤。因为饭菜的诱惑，所以他那时写作极勤。但他的诗只能在班壁报上发表。

他忘不了的是授过他知识的每一位老师，年长的，年轻的。他热爱每一个同学，男性的，女性的。他梦里还常梦到图书馆二楼阅览室的那把木椅，那树林子中的一块怪模怪样石头，那宿舍窗外的一棵粗桩和细枝组合的杨树，以及那树叶上一只裂背的仅是空壳了的蝉。

　　整整十五年后，他才敢说，他曾经撕过阅览室一张报纸上的一篇文章，而且是预谋了一个上午。他掏三倍价为图书馆赔偿的那本书，说丢了那是谎言，其实现在还保藏在他的书框里。他是在学校偷偷吸烟。他是远远看见一个留辫子的女学生而曾作过一首自己也吃惊的情诗。

　　一九七五年的九月，他毕业了，离开校门，他依旧提着那只绿皮破箱，又走向了另一个陌生的地方。

喝　酒

　　我在城里工作后，父亲便没有来过，他从学校退休在家，一直照管着我的小女儿。从来我的作品没有给他寄过，姨前年来，问我是不是写过一个中篇，说父亲听别人说过，曾去县上几个书店、邮局跑了半天去买，但没有买到。我听了很伤感，以后写了东西，就寄他一份，他每每又寄还给我，上边用笔批了密密麻麻的字。给我的信上说，他很想来一趟，因为小女儿已经满地跑了，害怕离我们太久，将来会生疏的。但是，一年过去了，他却未来，只是每一月寄一张小女儿的照片，叮咛好好写作，说："你正是干事的时候，就努力干吧，农民扬场趁风也要多扬几锨呢！但听说你喝酒厉害，这毛病要不得，我知道这全是我没给你树个好样子，我现在也不喝酒了。"接到信，我十分羞愧，便发誓再也不去喝酒，回信让他和小女儿一定来城里住，好好孝顺他老人家一些日子。

　　但是，没过多久，我惹出一些事来，我的作品在报刊上引起了争论。争论本是正常的事，复杂的社会上却有了不正常的看法，随即发展到作品之外的一些闹哄哄的什么风声雨声都有。我很苦恼，也更胆怯，像乡下人担了鸡蛋进城，人窝里前防后挡，唯恐被撞翻了担子。茫然中，便觉得不该让父亲来，但是，还未等我再回信，在一个雨天他却抱孩子搭车来了。

老人显得很瘦，那双曾患过白内障的眼睛，越发比先前滞呆。一见面，我有点慌恐，他看了看我，就放下小女儿，指着我让叫爸爸。小女儿斜头看我，怯怯地刚走到我面前，突然转身又扑到父亲的怀里，父亲就笑了，说："你瞧瞧，她真生疏了，我能不来吗？"

父亲住下了，我们睡在西边房子，他睡在东边房子。小女儿慢慢和我们亲热起来，但夜里却还是要父亲搂着去睡。我叮咛爱人，把什么也不要告诉父亲，一下班回来，就笑着和他说话，他也很高兴，总是说着小女儿的可爱，逗着小女儿做好多本事给我们看。一到晚上，家里来人很多，都来谈社会上的风言风语，谈报刊上连续发表批评我的文章，我就关了西边门，让他们小声点，父亲一进来，我们就住了口。可我心里毕竟是乱的，虽然总笑着脸和父亲说话，小女儿有些吵闹了，就忍不住斥责，又常常动手去打屁股。这时候，父亲就过来抱了孩子，说孩子太嫩，怎么能打，越打越会生分，哄着到东边房子去了。我独自坐一会儿，觉得自己不对，又不想给父亲解释，便过去看他们。一推门，父亲在那里悄悄流泪，赶忙装着眼花了，揉了揉，和我说话，我心里愈发难受了。

从此，我下班回来，父亲就让我和小女儿多玩一玩，说再过一些日子，他和孩子就该回去了。但是，夜里来的人很多，人一来，他就又抱了孩子到东边房子去了。这个星期天，一早起来，父亲就写了一个条子贴在门上："今日人不在家"，要一家人到郊外的田野里去逛逛。到了田野，他拉着小女儿跑，让叫我们爸爸，妈妈。后来，他说去给孩子买些糖果，就到远远的商店去了。好长的时候，他回来了，腰里鼓囊囊的，先掏出一包糖来，给了小女儿一把，剩下的交给我爱人，让她们到一边去玩。又让我坐下，在怀里掏着，是一瓶酒，还有一包酱羊肉。我很纳闷儿：父亲早已不喝酒了，又反对我喝酒，现在却怎么买了酒来？他使劲用牙启开了瓶盖，说：

"平儿，我们喝些酒吧，我有话要给你说呢。你一直在瞒着我，但我什么都知道了。我原本是不这么快来的，可我听人说你犯了错误了，不知道到底是什么情况，怕你没有经过事，才来看看你。报纸上的文章，我前天在街上的报栏里看到了，我觉得那没有多大的事。你太顺利了，不来几次挫折，你不会有大出息呢！当然，没事咱不寻事，出了事但不要怕事，别人怎么说，你心里要有个主见。人生是三节四节过的，哪能一直走平路？搞你们这行事，你才踏上步，你要安心当一生的事儿干了，就不要被一时的得所迷惑，也不要被一时的失所迷惘。这就是我给你说的，今日喝喝酒，把那些烦闷都解了去吧。来，你喝喝，我也要喝的。"

他先喝了一口，立即脸色通红，皮肉抽搐着，终于咽下了，嘴便张开往外哈着气。那不能喝酒却硬要喝的表情，使我手颤着接不住他递过来的酒瓶，眼泪唰唰地流下来了。

喝了半瓶酒，然后一家人在田野里尽情地玩着，一直到天黑才回去。父亲又住了几天，他带着小女儿便回乡下去了。但那半瓶酒，我再没有喝，放在书桌上，常常看着它，从此再没有了什么烦闷，也没有从此沉沦下去。

祭 父

　　父亲贾彦春，一生于乡间教书，退休在丹凤县棣花；年初胃癌复发，七个月后便卧床不起，饥饿疼痛，疼痛饥饿，受罪至第二十七天的傍晚，突然一个微笑而去世了。其时中秋将近，天降大雨，我还远在四百里之外，正预备着翌日赶回。

　　我并没有想到父亲的最后离去竟这么快。以往家里出什么事，我都有感应，就在他来西安检查病的那天，清早起来我的双目无缘无故地红肿，下午他一来，我立即感到有悲苦之灾了。经检查，癌已转移，半月后送走了父亲，天天心揪成一团，却不断地为他卜卦，卜辞颇吉祥，还疑心他会创造出奇迹，所以接到病危电报，以为这是父亲的意思，要与我交代许多事情。一下班车，看见戴着孝帽接我的堂兄，才知道我回来得太晚了，太晚了。父亲安睡在灵床上，双目紧闭，口里衔着一枚铜钱，他再也没有以往听见我的脚步便从内屋走出来喜欢地对母亲喊："你平回来了！"也没有我递给他一支烟时，他总是摆摆手而拿起水烟锅的样子，父亲永远不与儿子亲热了。

　　守坐在灵堂的草铺里，陪父亲度过最后一个长夜。小妹告诉我，父亲饲养的那只猫也死了。父亲在水米不进的那天，猫也开始不吃，十一日中午猫悄然毙命，七个小时后父亲也倒了头。我感动着猫的忠诚，我和我的弟妹都在外工作，晚年的父亲清淡寂寞，猫给过他慰藉，猫也随他去到另一个世界。人生的短促和悲苦，大义上我全明白，面对着父亲我却无法超脱。满院的泥泞里人来往不断，响器班在吹吹打打，透过灯光我呆呆地望着那一棵梨树，还是父亲亲手栽的，往年果实累累，今年竟独独一个梨子在树顶。

父亲的病是两年前做的手术，我一直对他瞒着病情，每次从云南买药寄他，总是撕去药包上癌的字样。术后恢复得极好，他每顿已能吃两碗饭，凌晨要喝一壶茶水，坐不住，喜欢快步走路。常常到一些亲戚朋友家去，撩了衣服说：瞧刀口多平整，不要操心，我现在什么病也没有了。看着父亲的豁达样，我暗自为没告诉他病情而宽慰，但偶尔发现他独坐的时候，神色甚是悲苦，竟有一次我弄来一本算卦的书，兄妹们都嚷着要查各自的前途机遇，父亲走过来却说："给我查一下，看我还能活多久？"我的心咯噔一下沉起来，父亲多半是知道了他得的什么病，他只是也不说出来罢了。卦辞的结果，意思是该操劳的都操劳了，待到一切都好。父亲叹息了一声："我没好福。"我们都黯然无语，他就又笑了："这类书怎能当真？人生谁不是这样呢？"可后来发生的事情，不幸都依这卦辞来了。

先是数年前母亲住院，父亲一个多月在医院伺候，做手术的那天，我和父亲守在手术室外，我紧张得肚子疼，父亲也紧张得肚子疼。母亲病好了，大妹出嫁，小妹高考却不中，原本依父亲的教龄可以将母亲和小妹的户口转为城镇户口，但因前几年一心想为小弟有个工作干，自己硬退休回来，现在小妹就只好窝在乡下了。为了小妹的前途，我写信申请，父亲四处寻人说情，他是干了几十年教师工作，不愿涎着脸给人家说那类话，但事情逼着他得跑动，每次都十分为难。他给我说过。他曾鼓很大勇气去找人，但当得知所找的人不在时，竟如释重负，暗自庆幸，虽然明日还得再找，而今天却免去一次受罪了。整整两年有余，小妹的工作有了着落，父亲喜欢得来人就请喝酒，他感激所有帮过忙的人，不论年龄大小皆视为贾家的恩人。但就在这时候，他患了癌病。担惊受怕的半年过去了，手术后身体一天天好起来，这一年春节父亲一定要我和妻子女儿回老家过年，多买了烟酒，好好欢度一番，没想年前两天，我的大妹夫突然出事故亡去。病后的父亲老泪纵横，以前手颤的旧病又复发，三番五次划火柴点不着烟。大妹带着不满一岁的外甥重又回住到我家，沉重的包袱又一次压在父亲的肩上。为了大妹的生活和出路，父亲又开始了比小妹当年就业更艰难的奔波，一次次的碰壁，一夜夜的辗转不眠。我不忍心看着他的劳累，甚至对他发火，他就再一次赶来给我说情况时，故意做出很轻松的样子，又总要说明他还有别的事才进城的。大妹终于可以吃商品粮了，甚至还去外乡做临时工作，父亲实想领大妹一块去乡政府报到，但癌病复发了，终未去成。父亲之所以在动了手术后延续了两年多的生命，他全是为了儿女要办完最后一件事，当他办完事了竟不肯多活一月就悠然长逝。

俗话讲，人生的光景几节过，前辈子好了后辈子坏，后辈子好了前辈子坏，可父亲的一生中却没有舒心的日月。在他的幼年，家贫如洗，又常常遭土匪的绑票，三个兄弟先后被绑票过三次，每次都是变卖家产赎回，而年仅七岁的他，也竟在一个傍晚被人背走到几百里外。贾家受尽了屈辱，发誓要供养出一个出头的人，便一心要他读书。父亲提起那段生活，总是感激着三个大伯，说他夜里读书，三个大伯从几十里外扛木头回来，为了第二天再扛到二十里外的集市上卖个好价，成半夜在院中用石榴砸木头的大小截面，那种"咣咣"的响声使他不敢懒散，硬是读完了中学，成为贾家第一个有文化的人。此后的四五十年间，他们兄弟四人亲密无间，二十二口的大家庭一直生活到六十年代，后来虽然分家另住，谁家做一顿好吃的，必是叫齐别的兄弟。我记得父亲在邻县的中学任教时期，一直把三个堂兄带在身边上学，他转到哪儿，就带在哪儿，堂兄在学生宿舍里搭合铺，一个堂兄尿床，父亲就把尿床的堂兄叫去和他一块睡，一夜几次叫醒小便，但常常堂兄还是尿湿了床，害得父亲这头湿了睡那头，那头暖干了睡这头。我那时和娘住在老家，每年里去父亲那儿一次，我的伯父就用箩筐一头挑着我，一头挑着粮食翻山越岭走两天，我至今记得我在摇摇晃晃的箩筐里看夜空的星星，星星总是在移动，让我无法数清。当我参加了工作第一次领到了工资，三十九元钱先给父亲寄去了十元，父亲买了酒便请了三个伯父痛饮，听母亲说那一次父亲是醉了。那年我回去，特意跑了半个城买了一根特大的铝盒装的雪茄，父亲拆开了闻了闻，却还要叫了三个伯父，点燃了一口一口轮流着吸。大伯年龄大，已经下世十多年了，按常理，父亲应该照看着二伯和三伯走，可谁也没想到，料理父亲丧事的竟是二伯和三伯。在盛殓的那个中午，贾家大小一片哭声，二伯和三伯老泪纵横，瘫坐在椅子上不得起来。

"文化大革命"中，家乡连遭三年大旱，生活极度拮据，父亲却被诬陷为历史反革命关进了牛棚。正月十五的下午，母亲炒了家中仅有的一疙瘩肉盛在缸子里，伯父买了四包香烟，让我给父亲送去。

我太阳落山时赶到他任教的学校，父亲已经遭人殴打过，造反派硬
不让见，我哭着求情，终于在院子里拐角处见到了父亲，他黑瘦得
厉害，才问了家里的一些情况，监管人就在一边催时间了。父亲送
我走过拐角，却将缸子交给我，说："肉你拿回去，我把烟留下就
是了。"我出了院子的栅栏门，门很高，我只能隔着栅栏缝儿看父
亲，我永远忘不了父亲呆呆站在那儿看我的神色。后来，父亲带着
一身伤残被开除公职押送回家了，那是个中午，我正在山坡上拔草，
听到消息扑回来，父亲已躺在床上，一见我抱了我就说："我害了
我娃了！"放声大哭。父亲是教了半辈子书的人，他胆小，又自尊，
他受不了这种打击，回家后半年内不愿出门。但家庭从政治上、经
济上一下子沉沦下来，我们常常吃了上顿没有下顿，自留地的苞谷
还是嫩的便掰了回来，苞谷棵儿和穗儿一起在碾子上砸了做糊糊吃，
麦子不等成熟，就收回用锅炒了上磨。全家唯一指望的是那头猪，
但猪总是长一身红绒，眼里出血似的盼它长大了，父亲领着我们兄
弟将猪拉到十五里的镇上去交售，但猪瘦不够标准，收购站拒绝
收。听说二十里外的邻县一个镇上标准低，我们决定重新去交，天
不明起来，特意给猪喂了最好的食料，使猪肚撑得滚圆，我们却饿
着，父亲说："今日把猪交了，咱父子仨一定去饭馆美美吃一顿！"
这话极大地刺激了我和弟弟，赤脚冒雨将猪拉到了镇上。交售猪的
队排得很长，眼看着轮到我们了，收购员却喊了一声："下班了！"
关门去吃饭。我们叠声叫苦，没有钱去吃饭，又不能离开，而猪却
开始排泄，先是一泡没完没了的尿，再是翘了尾巴要拉，弟弟急了，
拿脚直踢猪屁股，但最后还是拉下来，望着那老大的一堆猪粪，我
们明白那是多少钱的分量啊。骂猪，又骂收购员，最后就不骂了，

因为我和弟弟已经毫无力气了。直等到下午上班，收购员过来在猪的脖子上捏捏，又在猪肚子上踹踹，头不抬地说："不够等级！下一个——"父亲首先急了，忙求着说："按最低等级收了吧。"收购员翻着眼训道："白给我也不收哩！"已经去验下一头猪了。父亲在那里站了好大一会儿，又过来蹲在猪旁边，他再没有说话，手抖着在口袋里掏烟，但没有掏出来，扭头对我们说："回吧。"父子仨默默地拉猪回来，一路上再没有说肚子饥的话。

在那苦难的两年里，父亲耿耿于怀的是他蒙受的冤屈，几乎过三天五天就要我来写一份翻案材料寄出去。他那时手抖得厉害，小油灯下他讲他的历史，我逐字书写，寄出去的材料百分之九十泥牛入海，而父亲总是自信十足。家贫买不起纸，到任何地方一发现纸就眼开，拿回来仔细裁剪，又常常纸色不同，以至后来父子俩谈起翻案材料只说"五色纸"就心照不宣。父亲幼年因家贫害过胃疼，后来愈过，但也在那数年间被野菜和稻糠重新伤了胃，这也便是他恶变胃癌的根因。当父亲终于冤案昭雪后，星期六的下午他总要在口袋里装上学校的午餐；或许是一片烙饼，或是四个小素包子，我和弟弟便会分别拿了躲到某一处吃得最后连手也舔了，末了还要趴在泉里喝水涮口咽下去。我们不知道那是父亲饿着肚子带回来的，最最盼望每个星期六傍晚太阳落山的时候。有一次父亲看着我们吃完，问："香不香？"弟弟说："香，我将来也要当个教师！"父亲笑了笑，别过脸去。我那时稍大，说现在吃了父亲的馍馍，将来长大了一定买最好吃的东西孝敬父亲。父亲退休以后，孩子们都大了，我和弟弟都开始挣钱，父亲也不愁没有馍馍吃，在他六十四岁的生日我买了一盒寿糕，他却直怨我太浪费了。五月初他病加重，我回去看望，带了许多吃食，他却对什么也没了食欲，临走买了数盒蜂王浆，叮咛他服完后继续买，钱我会寄给他的，但在他去世后第五天，村上一个人和我谈起来，说是父亲服完了那些蜂王浆后曾去商店打问过蜂王浆的价钱，一听说一盒八元多，他手里捏着钱却又回来了。

父亲当然是普通的百姓，清清贫贫的乡间教师，不可能享那些大人物的富贵，但当我在城里每次住医院，看见有些人长期为病疗养而坐在铺有红地毯的活动室中玩麻将，我就不由得想到我的父亲。

在贾家族里，父亲是文化人，德望很高，以至大家分为小家，小家再分为小家，甚至村里别姓人家，大到红白喜丧之事，小到婆媳兄妹纠纷，都要找父亲去解决。父亲乐意去主持公道，却脾气急躁，往往自己也要生许多闷气。时间长了，他有了一定的权威，多少也有了以"势"来压的味道，他可以说别人不敢说的话，竟还动手打过一个不孝其父的逆子的耳光，这少不得就得罪了一些人。为这事我曾埋怨他，为别人的事何必那么认真，父亲却火了，说道："我半个眼窝也见不得那些龌龊事！"父亲忠厚而严厉，胆小却疾恶如仇，他以此建立了他的人品和德行，也以此使他吃了许多苦头，受了许多难处。当他活着的时候，这个家庭和这个村子的百多户人家已经习惯了父亲的好处，似乎并不觉得什么，而听到他去世的消息，猛然间都感到了他存在的重要。我守坐在灵堂里，看着多少人来放声大哭，听着他们哭诉："你走了，有什么事我给谁说呀？"的话，我欣慰着我的父亲低微却崇高，平凡而伟大。

在我小小的时候，我是害怕父亲的，他对我的严厉使我产生惧怕，和他单独在一起，我说不出一句话，极力想赶快逃脱。我恋爱的那阵，我的意见与父亲不一致，那年月政治的味道特浓，他害怕女方的家庭成分影响了我，他骂我，打我，吼过我"滚"。在他的一生中，我什么都听从他，唯那件事使他伤透了心。但随着时代的变化，家庭出身已不再影响到个人的前途，但我的妻子并未记恨他，像女儿一样孝敬他，他又反过来说我眼光比他准，逢人夸说儿媳的好处，在最后的几年里每年都喜欢来城中我的小家中住一个时期。但我在他面前，似乎一直长不大，直到我的孩子已经上小学了，一次他来城里，见面递给我一支烟来吸，我才知道我成熟了，有什么事可以直接同他商量。父亲是一个普通的乡村教师，又受家庭生计所累，他没有高官显禄的三朋，也没有身缠万贯的四友，对于我成为作家，社会上开始有些虚名后，他曾是得意和自豪过。他交识的同行和相好免不了向他恭贺，当然少不了向他讨酒喝，父亲在这时候是极其慷慨的，身上有多少钱就掏多少钱，喝就喝个酩酊大醉。以至后来，有人在哪里看见我发表了文章，就拿着去见父亲索酒。他的酒量很大，原因一是"文革"中心情不好借酒消愁，二是后来为我的创作以酒得意，喝酒喝上了瘾，在很长的日子里天天都要喝的，但从不一人独喝，总是吆喝许多人聚家痛饮，又一定要母亲尽一切力量弄些好的饭菜招待。母亲曾经抱怨：家里的好吃好喝全让外人享用了！我也为此生过他的气，以拒绝喝酒而抗议，父亲真有一段时间也不喝酒了。一九八二年的春天，我因一批小说受到报刊的批评，压力很大，但并未透露一丝消息给他。他听人说了，专程赶三十里到县城去翻报纸，熬煎得几个晚上睡不着。我母亲没文化，不懂得写文章的事，父亲给她说的时候，她困得不时打盹，父亲竟生气得骂母亲。第二天搭车到城里见我，我的一些朋友恰在我那儿谈论外界的批评文章，我怕父亲听见，让他在另一间房内休息，等来客一走，他竟过来说："你不要瞒我，事情我全知道了。没事不要寻事，有了事就不要怕事。你还年轻，要吸取经验教训，路长着哩！"说着又返身去取了他带来的一瓶酒，说："来，咱父子都喝喝酒。"他先倒了一杯喝了，对我笑笑，就把杯子交给我。他笑得很苦，我忍不住眼睛红了，这一次我们父子都重新开戒，差不多喝了一瓶。

自那以后，父亲又喝开酒了，但他从没有喝过什么名酒。两年半前我用稿费为他买了一瓶茅台，正要托人捎回去，他却来检查病了，竟发现患的是胃癌。手术后，我说："这酒你不能喝了，我留下来，等你将来病好了再喝。"我心里知道，父亲怕是再也喝不成了，如果到了最后不行的时候，一定让他喝一口。在父亲生命将息的第十天，我妻子陪送老人回老家，我让把酒带上。但当我回去后，父亲已经去世了，酒还原封未动。妻说：父亲回来后，汤水已经不能进，就是让喝酒，一定腹内烧得难受，为了减少没必要的痛苦，才没有给父亲喝。盛殓时，我流着泪把那瓶茅台放在棺内，让我的父亲在另一个世界上再喝吧。如今，我的文章还在不断地发表出版，我再也享受不到那一份特殊的祝贺了。

父亲只活了六十六岁，他把年老体弱的母亲留给我们，他把两个尚未成年的小妹留给我们，他把家庭的重担留给了从未担过重的长子的我。对于父亲的离去，我们悲痛欲绝，对于离去我们，父亲更是不忍。当检查得知癌细胞已广泛转移毫无医治可能的结论时，我为了稳住父亲的情绪，还总是接二连三地请一些医生来给他治疗，事先给医生说好一定要表现出检查认真，多说宽心话。我知道他们所开的药全都是无济于事的，但父亲要服只得让他服，当然是症状不减，且一日不济一日，他说："平呀，现在咋办呢？"我能有什么办法呀，父亲。眼泪从我肚子里流走了，脸上还得安静，说："你年纪大了，只要心放宽静养，病会好的。"说罢就不敢看他，赶忙借故别的事走到另一个房间去抹眼泪。后来他预感到了自己不行了，却还是让扶起来将那苦涩的药面一大勺一大勺地吞在口里，强行咽下，但他躺下时已泪流满面，一边用手擦着一边说："你妈一辈子太苦，为了养活你们，舍不得吃，舍不得穿，到现在还是这样。我只说她要比我先走了，我会把她照看得好好的……往后就靠你们了。还有你两个妹妹……"母亲第一个哭起来，接着全家大哭，这是我们唯有的一次当着父亲的面痛哭。我真担心这一哭会使父亲明白一切而加重他的负担，但父亲反倒劝慰我们，他照常要服药，说他还要等着早已订好的国庆节给小妹结婚的那一天，还叮咛他来城前已给菜地的红萝卜浇了水，菜苗一定长得茂密，需要间一间。就在他去世的前五天，他还要求母亲去抓了两服中草药熬着喝。父亲是极不甘心地离开了我们，他一直是在悲苦和疼痛中挣扎，我那时真希望他是个哲学家或是个基督教徒，能透悟人生，能将死自认为一种解脱，但父亲是位实实在在的为生活所累了一生的平民，他的清醒的痛苦的逝去使我心灵不得安宁。当得知他在最后一刻终于绽出一个微笑，我的心多多少少安妥了一些。可以告慰父亲的是，母亲在悲苦中总算挺了过来，我们兄妹都一下子更加成熟，什么事都处理得很好。小妹的婚事原准备推迟，但为了父亲灵魂的安息，如期举办，且办得十分圆满。这个家庭没有了父亲并没有散落，为了父亲，我们都在努力地活着。

按照乡间风俗，在父亲下葬之后，我们兄妹接连数天的黄昏去坟上烧纸和燃火，名曰"打怕怕"，为的是不让父亲一人在山坡上孤单害怕。冥纸和麦草燃起，灰屑如黑色的蝴蝶满天飞舞，我们给父亲说着话，让他安息，说在这面黄土坡上有我的爷爷奶奶，有我的大伯，有我村更多的长辈，父亲是不会孤单的，也不必感到孤单，这面黄土坡离他修建的那一院房子不远，他还是极容易来家中看看；而我们更是永远忘不了他，会时常来探望他的。

静虚村记

如今，找热闹的地方容易，寻清静的地方难；找繁华的地方容易，寻拙朴的地方难，尤其在大城市的附近，就更其为难的了。

前年初，租赁了农家民房借以栖身。

村子南九里是城北门楼，西五里是火车西站，东七里是火车东站，北去二十里地，又是一片工厂，素称城外之郭。奇怪台风中心反倒平静一样，现代建筑之间，偏就空出这块乡里农舍来。

常有友人来家吃茶，一来就要住下，一住下就要发一通讨论，或者说这里是一首古老的民歌，或者说这里是一口出了鲜水的枯井，或者说这里是一件出土的文物，如宋代的青瓷，质朴，浑拙，典雅。

村子并不大，屋舍仄仄斜斜，也不规矩，像一个公园，又比公园来得自然，只是没花，被高高低低的绿树、庄稼包围。在城里，高楼大厦看得多了，也便腻了，陡然到了这里，便活泼泼地觉得新鲜。先是那树，差不多没了独立形象，枝叶交错，像一层浓重的绿云，被无数的树桩撑着。走近去，绿里才见村子，又尽被一道土墙围了，土有立身，并不苫瓦，却完好无缺，生了一层厚厚的绿苔，像是庄稼人剃头以后新生的青发。

拢共两条巷道，其实连在一起，是个"U"形。屋舍相对，门对着门，窗对着窗；一家鸡叫，家家鸡都叫，单声儿持续半个时辰；巷头家养一条狗，巷尾家养一条狗，贼便不能进来。几乎都是茅屋，并不是人家寒酸，茅屋是他们的讲究：冬天暖，夏天凉，又不怕被地震震了去。从东往西，从西往东，茅屋撑得最高的，"人"字形搭得最齐的，要算是我的家了。

村人十分厚诚，几乎近于傻昧，过路行人，问起事来，有问必答，比比画画了一通，还要领到村口指点一番。接人待客，吃饭总要吃得剩下，喝酒总要喝得昏醉，才觉得惬意。衣着朴素，都是农民打扮，眉眼却极清楚。当然改变了吃浆水酸菜，顿顿油锅煎炒，但没有坐在桌前用餐的习惯，一律集在巷中，就地而蹲。端了碗出来，却蹲不下，站着吃的，只有我一家，其实也只有我一人。

我家里不栽花，村里也很少有花。曾经栽过多次，总是枯死，或是萎缩。一老汉笑着说：村里女儿们多啊，瞧你也带来两个！这话说得有理。是花嫉妒她们的颜色，还是她们羞得它们无容？但女儿们果然多，个个有桃花水色。巷道里，总见她们三五成群，一溜儿排开，横着往前走，一句什么没盐没醋的话，也会惹得她们笑上半天。我家来后，又都到我家来，这个帮妻剪个窗花，那个为小女染染指甲。什么花都不长，偏偏就长这种染指甲的花。

啥树都有，最多的，要数槐树。从巷东到巷西，三搂粗的十七棵，盆口粗的家家都有，皮已发皱，有的如绳索匝缠，有的如渠沟排列，有的扭了几扭，根却委屈得隆出地面。槐花开时，一片嫩白，家家都做槐花蒸饭。没有一棵树是属于我家的，但我要吃槐花，可以到每一棵树上去采。虽然不敢说我的槐树上有三个喜鹊窠、四个喜鹊窠，但我的茅屋梁上燕子窝却出奇地有了三个。春天一暖和燕子就来，初冬逼近才去，从不撒下粪来，也不见在屋里落一根羽毛，从此倒少了蚊子。

最妙的是巷中一眼井，水是甜的，生喝比熟喝味长。水抽上来，聚成一个池，一抖一抖地，随巷流向村外，凉气就沁了全村。村人最爱干净，见天有人洗衣。巷道的上空，即茅屋顶与顶间，拉起一道一道铁丝，挂满了花衣彩布。最艳的，最小的，要数我家：艳者是妻子衣，小者是女儿裙。吃水也是在那井里的，须天天去担。但宁可天天去担这水，不愿去拧那自来水。吃了半年，妻子小女头发愈是发黑，肤色愈是白皙，我也自觉心脾清爽，看书作文有了精神、灵性了。

当年眼羡城里楼房，如今想来，大可不必了。那么高的楼，人住进去，如鸟悬窠，上不着天，下不踏地，可怜怜掬得一抔黄土，插几株花草，自以为风光宜人了。殊不知农夫有农夫得天独厚之处。我不是农夫，却也有一庭土院，闲时开垦耕耘，种些白菜青葱。菜收获了，鲜者自吃，败者喂鸡，鸡有来杭、花豹、翻毛、疙瘩，每日里收蛋三个五个。夜里看书，常常有蝴蝶从窗缝钻入，大如小女手掌，五彩斑斓。一家人喜爱不已，又都不愿伤生，捉出去放了。那蛐蛐就在台阶之下，彻夜鸣叫，脚一跺，噤声了，隔一会儿，声又起。心想若是有个儿子，儿子玩蛐蛐就不用跑蛐蛐市掏高价购买了。

门前的那棵槐树，唯独向横里发展，树冠半圆，如裁剪过一般。整日看不见鸟飞，却鸟鸣声不绝，尤其黎明，犹如仙乐，从天上飘了下来似的。槐下有横躺竖蹲的十几个碌碡，早年碾场用的，如今有了脱粒机，便集在这里，让人骑了，坐了。每天这里人并不散，谈北京城里的政策，也谈家里婆娘的针线，谈笑风生，乐而忘归。直到夜里十二点，家家喊人回去。回去者，扳倒头便睡的，是村人；回来捻灯正坐，记下一段文字的，是我呢。

来求我的人越来越多了，先是代写书信，我知道了每一家的状况，鸡多鸭少，连老小的小名也都清楚。后来，更多的是携儿来拜老师，一到高考前夕，人来得最多，提了点心，拿了水酒。我收了学生，退了礼品，孩子多起来，就组成一个组，在院子里辅导作文。村人见得喜欢，越发器重起我。每次辅导，门外必有家长坐听，若有孩子不安生了，进来张口就骂，举手便打。果然两年之间，村里就考中了大学生五名，中专生十名。

天旱了，村人焦虑，我也焦虑，抬头看一朵黑云飘来了，又飘去了，就咒天骂地一通，什么粗话野话也骂了出来。下雨了，村人在雨地里跑，我也在雨地跑，疯了一般，有两次滑倒在地，磕掉了一颗门牙。收了庄稼，满巷竖了玉米架，柴火更是塞满了过道，我骑车回来，常是扭转不及，车子跌倒在柴堆里，吓一大跳，却并不疼。最香的是鲜玉米棒子，煮能吃，烤能吃，剥下颗粒熬稀饭，粒粒如栗，其汤有油汁。在城里只道粗粮难吃，但鲜玉米面做成的漏鱼儿、搅团儿，却入味开胃，再吃不厌。

小女来时刚会翻身，如今行走如飞，咿呀学语，行动可爱，成了村人一大玩物，常在人掌上旋转，吃过百家饭菜。妻也是好人缘，一应大小应酬，人人称赞，以至村里红白喜事，必邀她去，成了人面前走动的人物。而我，是世上最呆的人，喜欢静静地坐地，静静地思想，静静地作文。村人知我脾性，有了新鲜事，跑来对我叙说，说毕了，就退出让我写，写出了，嚷着要我念。我念得忘我，村人听得忘归；看着村人忘归，我一时忘乎所以，邀听者到月下树影，盘脚而坐，取清茶淡酒，饮而醉之。一醉半天不醒，村人已沉睡入梦，风止月瞑，露珠闪闪，一片蛐蛐鸣叫。我称我们村是静虚村。

鸡年八月，我在此村为此村记下此文，复写两份，一份加进我正在修订的村史前边，作为序，一份则附在我的文集之后，却算是跋了。

敲 门

　　人问我最怕什么？回答：敲门声。在这个城里我搬动了五次家，每次就那么一室一厅或两室一厅的单元，门终日都被敲打如鼓。每个春节，我去郊县的集市上买门神，将秦琼敬德左右贴了，二位英雄能挡得住鬼，却拦不住人的，来人的敲打竟也将秦琼的铠甲敲烂。敲门者一般有规律，先几下文明礼貌，等不开门，节奏就紧起来，越敲越重，似乎不耐烦了，以至于最后"咚"地用脚一踢。如今的来访者，谦恭是要你满足他的要求，若不得意，就是传圣旨的宦官或是有搜查令的警察了。可怜做我家门的木头的那棵树，前世是小媳妇，还是公堂前的受拶人，罪孽深重。

　　我曾经是有敲声就开门的，一边从书房跑出来，一边喊：来了来了！来的却都是莫名其妙的角色，几乎干什么的都有，而一律是来为难我的事，我便没完没了地陪他们，我感觉我的头发就这么一根根地白了。以后，没有预约的我坚决不开门，但敲打声使我无法读书和写作，只有等待着他们的走开。贼也是这么敲门的，敲过没有反应就要撬门而入，但我是不怕贼的，贼要偷钱财，我没钱财，贼是不偷时间的，而来偷我时间的人却锲而不舍，连续敲打，我便由极度的反感转为欣赏：看你能敲多久?! 门终于是不敲了。可过一会儿，敲声又起，才知敲者并没有走，他的停歇或许是敲累了，或许以为我刚才在睡觉或上厕所，为此敲敲停停，停停敲敲，相信我在家中，非敲开不可。我只有在家不敢作声，越是不敢作声，喉咙越发痒想咳嗽，小便也憋起来，我恨我成了一名逃犯。

狡兔三窟，我想，我还不如只兔子。这么大的城里，广厦千万间，怎么就没有一个别处的秘密房子，让我安静睡一觉和读书写作呢？我当然不敢奢想有深宅大院，有门子在前可以挡驾，有那么一小间放张桌子和小床即可，但我不能。以至于我在任何地方去上厕所，都设想有这么个地方，把蹲坑填了，封了天窗，也蛮好嘛。我的房间从来是一室一厅或二室一厅，前无院子，后无后门，什么人寻我，都是瓮中捉鳖。

事实是，我并不是个不需要朋友的人，读书写作之余，我也要约三朋四友来喝酒呀，谈天呀，博弈搓麻将。但往往是想念的朋友不来，来的都是不想见的人。我曾坚持不开门，挡住了几次我的从老家来的亲戚，他们是忙人，敲几下以为我不在家就走了，过后令我捶胸顿足。我挡不住的是那些要我写条幅去送他的上级的人，是那些有什么堂会让我去捧场的人，或是他们什么事也没有，顺脚过来要解闷的，他们有的是闲工夫，上午来敲不开门，下午又来敲，今日敲不开明日再来敲，或许就蹲在门外和楼下。他们是猎人，守在那里须等小兽出来。

明代的陈继儒说过：闭户即是深山，闭户哪里又能是深山呢？

或说，那是你红火啊。可我并不红火，红火能住这么小的房子吗？如果我是官人家，客来又有重礼，所求之事谈完即走，走时还得说：不打扰了，您老辛苦，需要休息。找我的双手空空，只吸我的烟，喝我的茶。如果我是歌星影星，从事的就是热闹工作，可我热闹了能写出什么文章？又是读陈继儒的小品，陈先生恐怕在世时也多受骚扰，曾想去做隐者，但他说："隐者多躬耕，余筋骨薄，一不能；多弋钓，余禁杀，二不能；多有二顷田，八百桑，余贫瘠，三不能；多酌水带素，余不耐苦饥，四不能。"我同陈继儒一样，我可能者，也是"唯独处淡饭著述而已"。但淡饭几十年一贯，著述也只是为了生计和爱好，独处竟如此不能啊！想想从事写作以来，过几年就受冲击，时时备受诽谤，命运之门常被敲打，灵魂何时有过安妥？而家居之门也被这般敲打不绝，真是声声惊心。小儿发愿，愿明月长圆，终日如昼，我却盼永远是在夜里，夜里又要落雪下雨，使门永不被敲打。

但这怎么可能呢？我还要活的，我还有豪华的志向，还有上养老下哺小，红尘更深，我的门恐怕还是不停地被人敲打。我的命就是永远被人敲门，我的门就是被人敲的命吧。有一日我要死了，墓碑上是可以这样写的：这个人终于被敲死了！

等 待

　　我和树发生过许多故事。记忆清楚的，一是小时候老家村后的牛头岭上有好多野桃，其中一株年年花开得很艳，而且时间长，大家都觉得稀罕。后来修梯田，把它挖了，挖到三米深，发现了一块小的石碑是墓志铭，上面记载着一个女子如何贤淑美貌，却在出嫁前的三天患急症死去。我那时不懂文物也不知收藏，石碑弄到什么地方去了已全然忘记，但思想过这野桃花开得红艳一定与那个女子有关。第二件是二十世纪九十年代中期，我第一次去杭州，朋友陪着游西湖，走到一个大门面前，瞧见门口正前方不足两米处长着一棵大树，我说：这家一定是个闲地方。朋友说：是个公园，你怎么知道？我说门中有木岂不是个闲字？！第三件是我自作聪明而懊丧不已的事。那一年，我父亲患胃癌在西安动了手术，送他回老家后，我突然发现院子里的梅李树上长了几个大疙瘩，当时想这些疙瘩恐怕是父亲身上肿瘤的外应吧，便用斧子把疙瘩砍了。第三年父亲还是因肿瘤过了世，我就又想或许这些疙瘩是树在转移父亲的肿瘤，而我却没有让转移成。

　　我是常常将树看作人的化身的，拥抱过好多树，也哀悼过好多树。

辛巳年我上了一次华山，见到了相当多的华山松，当我下山转过一个崖壁，我不知怎么就想起了一个人，这个人和我是朋友，但一定好久未见面了，心里就郁郁不乐起来。可一抬头，迎面有一棵松，树龄并不大的，树身在一半时斜折而长，树下是一块黑色的石头，猛然中我觉得这是我的朋友的身影，我的朋友个头高，腿特别长，伏在案前的时候就是这个姿态。这让我非常地惊喜和随之而来的对于一种神秘的惶恐。从华山回来后，我在电话里把见到那棵树的事告诉了我的那个朋友，朋友快活地笑着：你是想念我啦？我说：想念啦。朋友说：那就继续想念！

我准备着说我等待着你也能想念我，朋友却已把电话放下了。

夜里，有些凉，又睡不着，披衣起来画那印象中的松树，我把树下的那块石头画成了一只狗，一只目光已经痴呆得很傻的狗。

孤独地走向未来

好多人在说自己孤独，说自己孤独的人其实并不孤独。孤独不是受到了冷落和遗弃，而是无知己，不被理解。真正的孤独者不言孤独，偶尔做些长啸，如我们看到的兽。

弱者都是群居者，所以有芸芸众生。弱者奋斗的目的是转化为强者，像蛹向蛾的转化，但一旦转化成功了，就失去了原本满足和享受欲望的要求。国王是这样，名人是这样，巨富们的挣钱成了一种职业，种猪们的配种更不是为了爱情。

我见过相当多的郁郁寡欢者，也见过一些把皮肤和毛发弄得怪异的人，似乎要做孤独，这不是孤独，是孤僻，他们想成为六月的麦子，却在仅长出一尺余高就出穗孕粒，结的只是蝇子头般大的实。

每个行当里都有着孤独人，在文学界我遇到了一位。他的声名流布全国，对他的诽谤也铺天盖地，他总是默默，宠辱不惊，过着日子和进行着写作，但我知道他是孤独的。

"先生，"我有一天走近了他，说，"你想想，当一碗肉大家都在眼睛盯着并努力去要吃到，你却首先将肉端跑了，能避免不被群起而攻之吗？"

他听了我的话，没有说是或者说不是，也没有停下来握一下我的手，突然间泪流满脸。

"先生，先生……"我攙着他还要说。

"我并不孤独。"他说，匆匆地走掉了。

我以为我要成为他的知己，但我失败了，那他为什么要流泪呢？"我并不孤独"又是什么意思呢？

一年后这位作家又出版了新作，在书中的某一页上我读到了"圣贤庸行，大人小心"八个字，我终于明白了，尘世，并不会轻易让一个人孤独的，群居需要一种平衡，嫉妒而引发的诽谤、扼杀、羞辱、打击和迫害，你若不再脱颖，你将平凡，你若继续走，走，终于使众生无法赶超了，众生就会向你欢呼和崇拜，尊你是神圣。神圣是真正的孤独。

走向孤独的人难以接受怜悯和同情。

读诗能耐热

××先生：

今夏大热，多年不生的痱子已遍布脊背，虽装有空调，扇出的风依然不凉，狗在屋角里吐着舌头，长卧不起，窗外的那棵柳树也干枯了三股枝叶。这等天气，如火如荼，你那么个胖身子，又是急脾性，真不知你是如何熬受的。原定的要邀你去终南山，只因诸多家务纠缠，终未成行，实在抱歉。今日小施前去有事你，便托带一包茶和一卷诗稿，望能收下消暑。

茶是竹叶茶，我故乡所产，虽味道涩苦，形状也粗糙，但故乡农人长夏里都喝这种茶清心醒脑。如若喝竹叶茶仍不祛燥，你可读这一卷诗稿。读诗能耐热，这是我的秘密，不可告知他人，但切记，需要慢读，慢读即可安灵，灵魂安妥，酷暑便是清凉世界。

诗稿是汉中一位女子写的，人我是见过两次，有形有态，端庄沉静，略带忧郁之色。文坛从来少美人，有才情的大多长相平平，她可谓人诗俱清。我是以前读过她的古体诗词的，那么厚一大册，别人转给我的时候，我以为谁手抄了古本，那些诗词的思维、意境、情调，以及遣词用句使我着迷。后来当知是当今的一个汉中的女子所写，着实让我吃了一惊！记得那日甚是寒冷，我居住的小区里有一面坡，雪落得很厚，所有的梅花都开放了，我在梅林中转来转去，想那汉中我也是去过的，那么个偏远的地方怎么会产生这样一个人呢？我总以为见到那些和尚道士可以让我瞬间里错乱时空，而这女子，马迎春，莫非是从宋朝来的？

今春我到留坝开会，会期去汉中参观一天，因为有她生活在这座小城，便觉得小城有花皆能语，无树不生香。当然想见她一面又怕见了坏我的想象，犹豫再三，最后还是约她在江畔的茶棚里喝了一个小时的茶，同行的文友莫不惊艳。我当时还自以为是，说时下的尘世，像她这样冷静的人不多，能写出这样澹涵高远的诗词少见，那就永远活在那种古意中吧，宁愿穷些，可以不成俗名，自在着的一朵花，生命里红绿自染，以免灰尘蒙污和风雪摧残。但我离开的时候，她却说她还写着现代诗，几时了寄一些给我，我说：是吗，是吗？匆匆就走了。

我回到了西安，她久久没有诗稿来，我还庆幸她的话不是真的，因为她这样的人能写出怎样的现代诗呢？而在天已大热的日子，她来西安办事，给我带来了这卷诗稿。××先生，你能想象得到吗？我先是站着漫不经心地翻读诗稿，读着读着，竟不能自已，就那么站着，一气儿读完。这确实是现代的诗，其现代的意识，其现代诗的结构和节奏……我太不懂得一个女人了，太不懂得一个人的才情能量了，我那一个小时是越读越快，囫囵囵地读，犹如肚子很饥的人见到了饭菜，狼吞虎咽，大有那种肚子已经饱了嘴里还想再吃的贪婪。

　　她是神秘的，或许是那种"观海难为水，知音犹抱琴"的人，虽然我一直赞叹，她依然腼腆，依然话少，稍坐一会儿就又匆匆离去。我看着她消失在车水马龙的街上，便幻想街是洛水，甄氏飘然而逝。她走后，天气更加炎热，我每日都翻翻这卷诗稿，但已经不多读了，就那么一首两首，慢慢地品，像老牛在反刍。

　　现代的诗，我不敢说读得很多，但总是知道外国的一些诗，而中国的如北岛，如于坚也读过大部，她的诗当然与那些优秀的男性诗人在格局上稍逊，可她绝对是别一种痛痒。优秀的男性诗人的诗可以让我长啸，她的诗却使我常常意会到了什么总无法说出，心里发颤或闷在那里发呆，或止不住的一个微笑，或蓦然回头，恍惚间看见书案上怎么就有了一束玫瑰？她的诗柔而不媚，活泼泼的，意象奇美，自张爱玲以后，有这种感觉的女人委实少见了。如此读过了近一个月，我差不多能记住其中几十首的意境，也背诵了不少的段落和句子。我有时还真害怕我看错了眼，便给来我这儿的朋友们念她的诗，他们都是目瞪口呆，连连说好，我才放下心来，才敢推荐让你读的。你虽不写诗，但你鉴赏力高，我自信你会喜欢这卷诗稿，也估摸你要提出许多疑惑，是的，这就是我要说的另一层意思了。我何尝不疑惑呢？我读完了这卷诗稿，不止一次地琢磨诗的后边，这个女子的情怀和品性。这些我全然不知，而她又活活地在诗后站着，她不是轻狂的，不是扭捏的，也不是厉鬼和野狐，善良、优美、沉静而忧郁，敏感而孤独。我甚至怜惜，她是如何地过平常人的日子呢？那么敏感多情，在这纷杂的尘世会不会受到伤害呢？她是晨雾中草尖的露珠，是向晚天边的一抹红云，她才这么忧郁而幽深地吟唱吗？于是又想到一池水塘，深水静流，底下是淤泥，而淤泥里款款着一柄荷花。也正是这种生命里的纯净和高贵才容易受到污染和伤害，才是她诗的存在意义吗？是了，日没足能过隙，风无形而可扶，玉是软玉，雪是温雪，它不是万千气象的沧海六鳌，却也是青天一鹤，足够了精神。

胡适说过，读书可以忘掉打麻将，打麻将可以忘掉读书。我就在这个夏天慢慢地读这一卷诗稿忘记了炎热。现我把诗稿托带给你，若你真能读进去，与我同感，也祛了燥热，就请掷一纸过来，咱们商量着，能否帮她把这卷诗卷交给某家出版社出版。这虽不是她的意思，但天地间既然已有了这卷诗稿，何不让更多人读到呢？阅读的如莲喜悦现在可是那么地少了。

好读书

好读书就得受穷。心用在书上，便不投机将广东的服装贩到本市来赚个大价，也不取巧在市东买下肉鸡针注了盐水卖到市西；车架后不会带单位几根铁条几块木板回来做做沙发，饭盒里也不捎工地上的水泥来家修个浴池。钱就是那几张没奖金的工资，还得抠着买涨了价的新书，那就只好穿不悦人目的衣衫，吸让别人发呛的劣烟，吃大路菜，骑没铃的车。但小屋里有四架五架书，色彩之斑斓远胜过所有电器，读书读得了一点新知，几日不吃肉满口中仍有余香。手上何必戴那么重的金银，金银是矿，手铐也是矿嘛！老婆的脸上何必让涂那么厚的脂粉，狐狸正是太爱惜它的皮毛，世间才有了打猎的职业！都说当今贼多，贼却不偷书，贼便是好贼。他若要来，钥匙在门框上放着，要喝水喝水，要看书看书，抽屉的作家证中是夹有两张国库券。但贼不拿，说不定能送一条字条："你比我还穷！"三百年后这字条还真成了高价文物。其实，说穷也不是穷到要饭，出门还是要带十元钱的，大丈夫嘛，视钱如粪土，它就只能装在鞋壳里头。

好读书就别当官。心谋着书，上厕所都尿不净，裤裆老是湿的，哪里还有时间串上级领导的家去联络感情，也没有钱，拿什么去走通关关卡卡？即使当官，有没有整日开会的坐功？签发的文件上能像在新书上写读后感一样随便？或许知道在顶头上司面前要如谦谦后生，但懒散惯了，能在拜会时屁股只搭个沙发沿儿？也懂得猪没架子都不长，却怎么戏耍成性突然就严肃了脸面？谁个要整，要防谁整，能做到喜怒不露于色？何事得方，何事得圆，能控制感情用事？读书人不反对官，但读书人未必都能成为好官，让猫拉车，车就会拉到床下。那么，住楼就住顶层吧，居高却能望远，看戏就坐后排吧，坐后排看不清戏却看得清看戏的人。不要指望有人来送东西，也不烦有人寻麻烦，出门没人见面笑，也免了有朝一日墙倒众人推。

好读书或许没个好身体。一是没钱买蜂王浆，用脑过度头发稀落，吃咸菜牙齿好肠胃虚寒；二是没权住大房间，和孩子争一张书桌，心绪浮躁易患肝炎；三是没时间，白日上班，晚上熬夜，免不了神经衰弱。但读书人上厕所时间长，那不是干肠，是在蹲坑读书；读书人最能忍受老婆的嘟囔，也不是脾性好，是读书入了迷两耳如塞。吃饭读书，筷子常会把烟灰缸的烟头送到口里，但不易得脚气病，因为读书时最习惯抠脚丫子。可怜都是蜘蛛般的体形，都是金鱼似的肿眼，没个倾国倾城貌，只有多愁多病身。读书人的病有读书病的药，药不在《本草》而直接是书，一是得本性酷好之书，二是得急需之书，三是得未见之书。但这药医生常不用，有了病就让住院，住院也好，总算有了囫囵时间读书了。所以，约伙打架，不必寻读书人，那鸡爪似的手没四两力，要欺负也不必对读书人，老虎吃鸡不是山中王。读书人性缓，要急急不了他，心又大，要气气不着，要让读书人死，其实很简单，给他些樟脑丸，因为他们是书虫。

　　说了许多好读书的坏处，当然坏处还多，譬如好读书不是好丈夫，好读书没有好人缘，好读书性古钻。但是，能好读书必有读书的好，譬如能识天地之大，能晓人生之难，有自知之明，有预料之先，不为苦而悲，不受宠而欢，寂寞时不寂寞，孤单时不孤单，所以绝权欲，弃浮华，潇洒达观，于嚣烦尘世而自尊自重自强自立不卑不畏不俗不谄。说到这儿，有人在骂：瞧，这就是读书人的酸劲了，为什么不说"万般皆下品，唯有读书高"呢？真是阿Q精神喽！这骂得好，能骂出个阿Q来，便证明你在读书了，不读书怎么会知道鲁迅先生曾写过个阿Q呢?！因此还是好读书者好。

生活一种

院再小也要栽柳，柳必垂。晓起推窗如见仙人曳裙侍立，月升中天，又是仙人临镜梳发；蓬屋常伴仙人，不以门前未留小车辙印而憾。能明灭萤火，能观风行。三月生绒花，数朵过墙头，好静收过路女儿争捉之笑。

吃酒只备小盅，小盅浅醉，能推开人事、生计、狗咬、索账之恼。能行乐，吟东坡"吾上可陪玉皇大帝，下可以陪卑田院乞儿"，以残墙补远山，以水盆盛太阳，敲之熟铜声。能嘿嘿笑，笑到无声时已袒胸睡卧柳下，小儿知趣，待半小时后以唾液蘸其双乳，凉透心臆即醒，自不误了上班。

出游踏无名山水，省却门票，不看人亦不被人看。脚往哪儿，路往哪儿，喜瞧巉岩钩心斗角，倾听风前鸟叫声吟。云在山头登上山头云却更远了。遂吸清新空气，意尽而归。归来自有文章做，不会与他人同，既可再次意游，又可赚几个稿费，补回那一双龙须草鞋钱。

读闲杂书，不必规矩，坐也可，站也可，卧也可。偶向墙根，水蚀斑驳，瞥一点而逮形象，即与书中人、物合，愈看愈肖。或听室外黄鹂，莺莺恰恰能辨鸟语。

　　与人交，淡，淡至无味，而观知极味人。可邀来者游华山"朽朽桥头"，敢亡命过之将"××到此一游"书于桥那边崖上，不可近交。不爱惜自己性命焉能爱人？可暗示一女子寄求爱信，立即复函意欲去偷鸡摸狗者不交。接信不复冷若冰霜者亦不交，心没同情岂有真心？门前冷落，恰好，能植竹看风行，能养菊赏瘦，能识雀爪文。七月长夏睡翻身觉，醒来能知"知了"声了之时。

　　养生不养猫，猫狐媚。不养蛐蛐，蛐蛐斗殴残忍，可养蜘蛛，清晨见一丝斜挂檐前不必挑，明日便有纵横交错，复明日则网精美如妇人发罩。出门望天，天有经纬而自检行为，朝露落雨后日出，银珠满缀，齐放光芒，一个太阳生无数太阳。墙角有旧网亦不必扫，让灰尘蒙落，日久绳粗，如老树盘根，可作立体壁画，读传统，读现代，常读常新。

　　要日记，就记梦。梦醒夜半，不可睁目，慢慢坐起回忆静伏入睡，梦复续之。梦如前世生活，或行善，或凶杀，或作乐，或受苦，记其迹体验心境以察现实，以我观我而我自知，自知乃于嚣烦尘世则自立。

　　出门挂锁，锁宜旧，旧锁能避蟊贼破损门，屋中箱柜可在锁孔插上钥匙，贼来能保全箱柜完好。

说舍得

世界是阴与阳的构成，人在世上活着也就是一舍一得的过程。我们不否认我们有着强烈的欲望，比如面对了金钱、权势、声名和感情，欲望是人的本性，也是社会前进的动力。但是，欲望这头猛兽常常使我们难以把握，不是不及，便是过之，于是产生了太多的悲剧：有人愈是要获得愈是获得不了；有人终于获得了却大受其害。会活的人，或者说取得成功的人，其实懂得了两个字：舍得。不舍不得，小舍小得，大舍大得。翻读古书，历史上有过了许多著名人物，韩信能胯下受辱方成大器；勾践卧薪尝胆终得灭吴；田忌与齐王赛马，以下驷对齐上驷、上驷对齐中驷、中驷对齐下驷，舍了小负之悲，得了全胜之喜。人是如此，万事万物何尝不也是这样呢？蛇是在蜕皮中长大，金是在沙砾中淘出，按摩是疼痛后的舒服，春天是走过冬天的繁荣。回顾我们经历过的事吧，许多时候我们因没有小忍而坏了大谋，许多时候我们吃了一点亏懊丧不已却赢取了利好，为了保持我们的本真没有被一时的浮华迷惑，声名太盛则又使我们失去了行动的自在。舍舍得得、得得舍舍就充满在我们琐碎的日常生活中，演绎着成功和失败的故事啊，舍得实在是一种哲学，也是一种艺术。

人　病

　　我突然患了肝病，立即像当年的"四类分子"一样遭到歧视。我的朋友已经很少来串门了，偶尔有不知我患病消息的来，一来又嚷着要吃要喝，行立坐卧狼藉无序，我说，我是患肝炎了，他们那么一呆，接着说："没事的，能传染给我吗？"但饭却不吃了，茶也不喝，抽自己口袋的劣烟，立即拍着脑门道："哎哟，瞧我这记性，我还要去××处办一件事的！"我隔窗看见他们下了楼，去公共水龙头下冲洗，一遍又一遍，似乎那双手已成了狼爪，恨不能剁断了去。末了还凑近鼻子闻闻。肝炎病毒是能闻出来的吗？蠢东西！有一位爱请客的熟人，十天半月就要请一次有地位的人，每一次还要拉我去作陪，说是"寒舍生辉"。这丈夫就又邀了我去，妇人当然热情，但我看出了她眉宇间的忧愁，我也知道她的为难了，说，多给我一个碟子一双筷子吧。我用一双筷子把大盘的菜夹到我的小碟里，再用另一双筷子从小碟夹菜送到我口中。我笑着对被请的那位领导说："我现在和你一样了，你平日是一副眼镜，看戏是一副眼镜，批文件又是另一副眼镜。"吃罢了，我叮咛妇人要将我的碗筷蒸煮消毒，妇人说：哪里，哪里。我才出门，却听见一阵瓷的破

碎声，接着是攥猫的声，我明白我用过的碗筷全摔破在垃圾筐，那
猫在贪吃我的剩菜，为了那猫的安全，猫挨了一脚。这样的刺激使
我实在受不了，我开始不大出门，不参加任何集会，不去影院，不
乘坐公共车。从此，我倒活得极为清静，左邻右舍再不因我的敲门
声而难以午休，遇着那些可见可不见的人数米外抱拳一下就敷衍了
事了，领导再不让我为未请假的事一次又一次交检讨了，那些长舌
妇和长舌男也不用嘴凑在我的耳朵上是是非非了。我遇到任何难缠
的人和难缠的事，一句"我患了肝炎"，便是最好的遁词。妻子说：
"你总是宣讲你的病，让满世界都知道了歧视你吗？"我的理由是，
世界上的事，若不让别人尴尬，也不让自己尴尬，最好的办法就是
自我作践。比如我长得丑，就从不在女性面前装腔作势，且将五分
的丑说到十分的丑，那么丑中倒有它的另一可爱处了。相声艺术里
不就是大量运用这种办法吗？见人我说我有肝病，他们防备着我的
接触而不伤和气，我被他们防备着接触亦不感到难下台，皆大欢喜，
自贱难道不是一种维护自己尊严的妙招良方吗？再者，别人问起：
你这些年是怎么混的，怎么没有更多的作品出版？怎么没有当个
××长，怎么没能出国一趟，怎么阳台上没植花鸟笼里没养鸟？怎
么只生个女孩，怎么不会跳舞，没个情人，没一封读者来信是姑娘
写的？"我是患了肝炎呀！"一句话就回答了。

　　但是，人毕竟是群居动物，当我一个人独处的时候，不禁无限
地孤独和寂寞。

　　唯有父亲和母亲、妻子和女儿亲近我，他们没有开除我的家籍。
他们越是待我亲近，我越是害怕病毒传染给他们。我与他们分餐，
我有我的脸盆、毛巾、碗筷、茶缸，且各有固定的存放处，我只坐

我的座椅，我用脚开门关门，我瞄准着马桶的下泄口小便。他们不忍心我这样，我说：这不是个感情问题！我恼怒着要求妻子女儿只能向我做飞吻的动作，每夜烧两盘蚊香，使叮了我血的蚊子不能再去叮我的父母，我却被蚊香熏得头疼。我这样做的时候，我的心在悄悄滴泪，当他们用滚开的热水烫泡我的衣物，用高压锅蒸熏我的餐具，我似乎觉得那烫泡的、蒸熏的是我的一颗灵魂，我成了一个废人了，一个可怕的魔鬼了。

我盼望我的病能很快好起来，可惜几年间吃过了几篓中药、西药，全然无济于事。我笑我自己一生的命运就是写作挣钱，挣了钱就生病吃药，现在真正成了什么都没有就是有病，什么都有就是没钱。我平日是不吃荤的，总是喜食素菜，如今数年里吃药草，倒怀疑有一日要变成牛和羊，说不定前世就是牛羊所变的吧。

我终于要求住进了传染病院。

病院里，我们像囚犯一样要穿病服，要限制行动于一个极小的院子里，虽然那院墙是铁制的栅栏，可以看见外边的人。但看见了外边行人穿着花花绿绿行走，就顿生列入另册的凄凉。我们渴望自由，每天打过吊针之后，就在院子里看红红的太阳，看涌动的云，弄着嘴唇逗引栅栏外树上的小鸟。小鸟却飞走了，落下那一根或两根的羽毛，我们皆如年节的小孩抢拾炮仗一样去争捡个不亦乐乎。这行动被栅栏外的一个孩子瞧着，那小小的眼睛里充满了在动物园看笼中动物的神气，他竟大胆地走近了几步。他的母亲，一个肥胖的女人就喊："走远点，那是传染病！"这话使我潸然泪下，我只有背过身去，默默地注视着院中的一片玫瑰花和花坛台上的一群黑色的蚂蚁。啊，美丽而善良的玫瑰不怕传染，依旧花红如血，勇敢的蚂蚁不怕传染，依旧在为我们表演负重的远距离的运动，这一个夜晚我们皆要等到很晚方回去睡觉，迎接那依旧洁亮的月亮，它随我们到了栅栏里，它不嫌弃。

我们最不喜欢看到的是栅栏角上的那一个蜘蛛网，它好大，状若一个笸篮，为我平生之少见。我们傍晚用竿子挑破它，第二天，它又完好无缺，像一个通了电的铁网，又像是监视我们行动的雷达。我们无可奈何，开始产生了一个恶毒的念头，后悔我们为什么要声张自己是肝炎患者，为什么要来住传染病院？人们在歧视我们，我们何不到人群广众中去，要吃大桌饭，要挤公共汽车，要进影剧院，甚至对着那些歧视者偏去摸他们的手脸，对着他们打哈欠，吐唾沫。那么，我们就是他们中的一员，他们就和我们是一样的人了！

病院中的人都是面色青黄，目光空洞，步履虚弱。看着他们的形象我也知道自己的模样。我们是忌讳用镜子的，但我们对黄色并不反感，黄在中国是皇权的象征，于世界也是流行色。于是我们都显得亲热，在过道上、院子里，谁和谁见了都要点头，微笑也随之绽开，似乎我们有缘分，数十年前就认识似的，互相询问名姓和单位。医生和护士是从不唤我们名姓的，直呼床号。世界上叫号的只有监狱和病院。我先是"+235"，后一个病号出院了，我正式成了"235"。"235！235！"这是在卖饭了，饭勺不挨着我的碗，热汤几次就淋到我的手上。"235！235！"这是护士在送体温表了，她们查看了温度便去我们看得见的地方洗手。我先是极不习惯这种代号，但后来想通了，"贾平凹"不也是一个代号吗？虽然"235"不是爹妈为我起的名字，可现在满社会不是都在叫"张书记""李主任""刘主席"吗？我在打吊针的时候，目光一直是看着天花板的，天花板很洁净，而我还是看出了上边的细小的纹路，并且从这纹路上看出了众多的鱼虫山水人物。有人说，天花板是病人的一部看不完的书，这话真对。然后我在琢磨"+235"，想，有"+"号，这是不吉利的，因为乙肝之所以是乙肝，就是各项指标是阳性，阳性表示出来就是"+"号。待到正式为"235"了，我思索2、3、5三位数相加是10，这还好不是个13，但10也是不好，应该是9恰好，围棋的最高段位不就是9吗？中国人是爱好3、6、9的，幸喜有个3字。

在医院的西楼角，也即在厕所的旁边，是有一株古槐的，古槐的树杈上白天常见到卧一个猫头鹰。每到夜里，它就叫了，它一叫，我们都惊慌起来，肯定在第二日，最迟不超过第三日，定要抬出去一个的。这不是迷信，一定是猫头鹰闻着了欲亡人的气味在鸣叫。大家都走出来，默默地目注着一个裹着床单的躯体去太平间。他永远太平无烦恼苦痛了。他的毛巾、牙具被拿出来放在窗台，他的母亲或者他的妻子在地上滚着哭。那条床单也折价永远归了他。他或许不忍心家属的啼哭，或许满意这床单的便宜，或许在向我们作别，这时候，有许多苍蝇在嗡嗡飞，哪一只是他的灵魂所变呢？我们无声地祈祷他灵魂安妥，却不愿有苍蝇落在我们身上。从此，我们皆害怕猫头鹰，但我们没有一个人敢诅咒它，更没有人动手去打杀它，甚至连这么个念头都不曾有。当一日数次去厕所经过古槐下，都不自觉地往树杈上看看，那是惊慌的一看，也是盼望的一看，我们在心中默默地向它祈祷，企望它能饶恕了自己。我至此方明白了人人恨阎王却还要给他修庙塑像称他是阎王爷的原因，而猫头鹰也该是称作爷的，也该是有庙和塑像的。人怕什么，又奈何不了，人就想着法儿去讨好、去供奉，这就是世上神的产生，猫头鹰就是一个神。

在这个监狱似的天地里，我们这些病人是互不歧视的，它同监狱的区别正在这里。犯人是要互相监督互相打小报告而争取减刑，这是因为他以前曾经"犯"过人，以犯人入狱，又以犯人减刑出狱。我们患了病，并不是企图犯人，入院的一半是为了自己，一半也是为了不犯了别人，所以我们互相关心、体贴。每有一个出院，我们欢欣庆贺他的康复，也为了自己能治好而增加自信。一个病人进来，我们少半为又要认识一个朋友而高兴，多半却为他也染了病又悲伤。我们欢迎他的仪式虽不是握手和拥抱，却提醒他怎样买饭票，怎样服药，怎样不必悲观。病友和学友的感情一样珍贵，有待我们统统治愈出院后，我们在社会上仍可以形成一个关系网，这个关系网是受歧视之下，在生与死的分界线上建立的天长地久的友谊，它比那些互为利用的商网、情网、乌七八糟的网纯净高尚多了。

我们失却了社会上所谓的人的意义，我们却获得了崭新的人的真情，我们有了宝贵的同情心和怜悯心，理解了宽容和体谅，热爱了所有的动物和植物，体会到了太阳的温暖和空气的清新。说老实话，这里的档案袋只有我们的病史而没有政史，所以这里没有猜忌，没有幸灾乐祸，没有钩心斗角，没有落井下石，没有势利和背弃。我们共同的敌人只是乙肝病毒。男女没有私欲，老少没有代沟。不酗酒，不赌博，按时作息，遵守纪律，单人单床，不纳妓宿娼，贵贱都同样吃药，从没人像官倒爷那样贪婪而嗜药成性。医护是我们的菩萨，我们给他们发出的笑是真正从心底来的，没有虚伪。猫头鹰是我们的上帝，我们畏惧而崇拜，没有丝毫的敷衍。我们为花坛中的那一片玫瑰浇水除草，数得清那共有多少花瓣，也记载了多少片落花被我们安葬。那洞穴的蚂蚁和檐下的壁虎，我们差不多认得了谁是谁的父母和儿女。我们虽然是坏了肝的人，但我们的心脏异常地好。

据说，在我们中国，患乙肝的是十个人中就有一个或两个的，我们这些人差不多都是在偶然的检查身体时发现病的。所以，当我站在铁栅栏内向外张望那些歧视我们的人时，总在想：别神气十足以为你们干净吧，或许，你们是没有查出乙肝的病人，我们是查出了乙肝的健康人！中国人这么多，如果逐个查检一下，这里就是一个多大的世界了，那么，都能来这里待待，人际的感情恐怕要比铁栅栏之外要好得多呢。

我们是病人，人却都病了，我的猫头鹰上帝！

笑口常开

著作得以出版，殷切切送某人一册，扉页上恭正题写："赠×××先生存正。"一月过罢，偶尔去废旧书报收购店见到此册，遂折价买回，于扉页上那条题款下又恭正题写："再赠×××先生存正。"写毕邮走，踅进一家酒馆坐喝，不禁乐而开笑。

大学毕业，年届三十，婚姻难就，累得三朋四友八方搭线，但一次一次介绍终未能成就。忽一日，又有人送来游票，郑重讲明已物色着一位姑娘，同意明日去公园××桥第三根栏杆下见面。黎明早起，赶去约会，等候的姑娘竟是两年前曾经别人介绍见过面的。姑娘说："怎么又是你？"掉身而去。木木在桥上立了半晌，不禁乐而开笑。

好友×君，编辑十五年杂志，清苦贫困，英年早逝。保存下那一支笔和一副深度近视镜。租三轮车送亡友去火葬场火化，待化的队列冗长，忽见墙上张贴有"本场优待知识分子"，立即返回取来编辑证书，果然火化提前，免受尸体臭烂，不禁乐而开笑。

入厕所大便完毕，发现未带手纸，见旁边有被揩过的一片脏纸，应急欲用，却进来一个人蹲坑，只好等着那人便后先走。但那人也是没手纸，为难半天，也发现那片脏纸，企图我走后应急。如此相持许久，均心照不宣，后同时欲先下手为强，偏又进来一人，背一篓，拄一铁条，为捡废纸者，铁条一点，扎去脏纸入篓走了。两人对视，不禁乐而开笑。

居住于A城的伯父，沉沦于二十年"右派"生涯，早妻离子散，平反后已垂垂暮老，多回忆早年英武及故友。我以他大学的一位女生名义去信慰藉，不想他立即复信，只好信来信往，谈当年的友情，谈数十年的思念，谈现在鳏寡人的处境，及至发展到黄昏恋。我半月一封，连续四年不断，且信中一再说要去见他，每次日期将至又以患病推延。伯父终老弱病倒，我去看他，临咽气说："我等不及她来了。她来了，你把这个箱子交她。"又说一句："我总没白活。"安详瞑目。掩埋了伯父，打开箱子，竟是我写给他的近百封信，得意为他在爱的幸福中度过晚年，不禁乐而开笑。

陪领导去某地开会，讨论席上，领导突然脖子发痒，用手去摸，摸出一个肉肉的小东西，脸色微红旋又若无其事说："我还以为是个虱子哩！"随手丢到地上。我低头往地上瞅，说："噢，我还以为不是个虱子哩！"会后领导去风景区旅游，而我被命令返回，列车上买一个鸡爪边嚼边想，不禁乐而开笑。

有了妻子便有了孩子，仍住在那不足十平方米的单间里。出差马上就要走了，一走又是一月，夫妻想亲热一下，孩子偏死不离家。妻说："小宝，爸爸要走了，你去商店打些酱油，给你爸爸做一顿好吃的吧！"孩子提了酱油瓶出门，我说："拿这个去。"给了一大口浅底盘子，"别洒了啊！"孩子走了，关门立即行动。毕，赶忙去车站，于巷口远远看见孩子双手捧盘，一步一小心地回来，不禁乐而开笑。

夜里正在床上半醒半睡，有人影推门闪进来，在立柜里翻，翻出一堆破衣服和书报，扔了；再往架板上翻，翻出各类米袋子、面袋子和书报，扔了；在桌斗里又翻，是一堆读书卡片，凑眼前看了看，扔了。咕哝了一句顺门便走，我在床上说："朋友，把门拉上，夜里有风的。"小偷把门拉上了。天明起来整理房间，一地乱书乱报，竟发现找了好久未找着的一份资料，不禁乐而开笑。

上大街回来，挤了一身臭汗，牢骚道："用枪得在街十字路口扫一通！"回家一杯茶未喝尽，楼梯上步声杂乱，巷中有人呼："大街上有人用枪打死几十人了！"遂也往街上跑，街上人山人海，弯腰往里挤，问："尸体在哪儿？"一熟人说："不是说是你讲的吗？"忽记得那一句顺口的牢骚，不禁乐而开笑。

剧场里正巧和一位官太太邻座，太太把持不住放一屁，四周骚哗；骂问："谁放的？不文明！"太太窘极不语，骂问声更甚。我站起说："我放的！"众人骚哗即息，却以手做扇风状，太太也扇，畏我如臭物，回望她不禁乐而开笑。

出外突然有人迎面过来打招呼，立即停下，做疑惑状。"你不认识我了？""怎不认识？"于是握手，互问哪儿来，到哪儿去，互问老人康健孩子可乖，互说又胖了，又瘦了，半天的淡而无味的话。分手了，终想不起这是谁，不禁乐而开笑。

弄文学的穷朋友来家侃山，酒瘾发而酒瓶仅能控出一杯酒，取马鬃四根，各人蘸吮，却大声划拳："八匹马，五魁手……你一盅（鬃）！我一盅（鬃）！"窗外卖茶蛋的老妪对老翁说："怪不得咱出钱让人家写文章宣传咱不干，人家钱多酒量也大，喝了整晌也未醉!"听着不禁乐而开笑。

路过一条小巷，忽见有长队排出，以为又在出售紧俏物件了，急忙列入其中，排到跟前，方见是巷口唯一的厕所，居民等候出恭，不禁乐而开笑。

去给孩子买一双袜子，昨日看时价是一元，今日是一元二角，快快出店门，打响一个喷嚏，喷带出一口痰。正想是售货员在嘲笑我，我方有喷嚏打出，一位戴"卫管员"袖章的人却责斥我吐了痰要罚五角钱。掏出那一元钱，卫管员没零钱找，遂再当地吐一口，愤愤而走，走过十步，不禁乐而开笑。

出差去旅社住宿，服务员开发票将"作协"写成"做鞋"，不禁乐而开笑。

夏月偏停电，爬十二层楼梯去办公室，气喘吁吁到门口了，门钥匙却和自行车钥匙系在一起，遗忘在车子锁孔了，不禁乐而开笑。

路遇一女子，回望我嫣然一笑，极感幸福，即趋而前去搭话，女子闪进一家商店，尾随入店，玻璃上映出自己衣服纽扣错位，不禁乐而开笑。

名字是自己的，别人却用得最多，不禁乐而开笑。

写完《笑口常开》草稿，去吸一根烟，返身要誊写时，草稿不见了，妻说："是不是一大页写过的纸，我上厕所用了。"惊呼："那是一篇散文！"妻说："白纸舍不得用，我只说写过的纸就没用了。"急奔厕所，幸而已臭但未全湿，捂鼻子抄出此份，不禁乐而开笑。

第二章 　／　默默看世界

看　人

　　最好的风景是在街头上看人。嚼了口香糖，悠然悠然从一个商店门口踱到另一个商店门口，要买东西又似乎没多带钱，或衔一根烟的，立于电车站牌下要等一个朋友的，等得抓耳挠腮，火烧火烤。——遇得人交谈便掏出采访本来记的不是好记者，在口袋里插一支钢笔的是小学生，插两支的是中学生，插得更多了，就不再是更大的知识分子，是小贩，修理钢笔的。若故作了一种观察的姿势，且不说显出村相，街头立即会有诸多人驻下脚同你看一个方向，交通堵塞，警察就要举着警棒过来了。——知非诗诗，未为奇奇（这是书上写的），把一切的有意都无意着，你真可潇洒一回，自由地看那好的风景了。

　　街头上的人接踵往过走，少小时候，大人们所讲的过队伍莫非如此？可这谁家的队伍没完没了，从哪里来，往哪里去？地理学家十次八次在报纸上惊呼：河流越来越干涸了。城市是什么？城市是一堆水泥，水泥堆中的人流却这般汹涌！于是你做一次孔子，吟"逝者如斯夫"，自觉立于岸上的胸襟，但瞬间的灿烂带来的是一种悲哀：这么多的人你一个也不认识呀，他们也没一个认识你，你原本多么自傲，主体意识如何高扬，而还是作为同类，知道你的只是你的父母和你的妻子儿女，熟人也不过三五数。乡间的葬礼上常唱一段孝歌，说"人活在世上有什么好，说一句死了就死了，亲戚朋友都不知道"，现在你真正体会到要出眼泪了。

姑且把悲苦抛开吧，你毕竟是来看人的风景的。你首先看到的是人脸，世上的树叶没存两片相同，人脸更如此。有的俊，有的丑，俊有不同的俊，丑有不同的丑，但怎么个就俊了丑了？你看着看着，竟不知道人到底是什么，怀疑你看到的是不是人。这如同面对了一个熟悉的汉字，看得久了就不像了那个汉字。勾下头，理性地想想，人怎么细细的一个脖子，顶一个圆的骨质的脑袋，脑袋上七个洞孔，且那么长的四肢，四肢长到梢末竟又分开叉来，形象多么可怕！更不敢想，人的不停地一吸一呼，其劳累是怎样地妨碍着吃饭、说话和工作啊！是的，人是有诸多的奇妙，却使作为具体的人时不易察觉而疏忽了。在平常的经验里，以为声音在幽静时听见，殊不知嚣杂之中更是清晰，不说街头的脚步声、说话声和车子声（这些声音往往是嗡嗡一团），你只需闭上眼睛，立即就坠入一种奇异的境界，听得到脖子扭动的声、头发飘逸的声、衣服的磨蹭声，这声音不仅来自你耳朵的听觉，似乎是来自你全身的皮肤，由此，你有了种种思想，乜斜了每个人的形形色色的服饰，深感到人在服饰上花费的精力是不是太多了呢，为什么不赤裸最美好的人的身体呢，若人群真赤裸了身体，街头又会是什么样的秩序呢？据说人是曾有过三只眼的，甚至双乳也作目用，什么原因又让其日渐退化消亡？小时候四条腿，长大了两条腿，到老了三条腿，人的生存就是这么越来越尴尬。谁也知道那漂亮的衣服里有皱的肚皮，肚皮里有嚼烂的食物和食物沦变的粪尿，不说破就是文明，说穿就是粗野。小孩无顾忌，街头上可以当众掀了裤裆，无知者无畏，有畏就是有知吗？树上有十只鸟，用枪打下一只鸟，树上是剩有九只鸟还是一只鸟也没有，这问题永远是大人测验小孩的试题，大人们又能怎样地给自己出类似的关于自身的考问呢？突然间，你有了一种醒悟，熊掌的雄壮之美是熊的生存需要而产生的，鹤足的健拔之美是鹤的生存需要而自然形成，人的异化是人的创造的文明所致。人是病了，人真的是病了，你静静地听着，街头的人差不多都在不断地咳嗽。

人行道的，那一边的，人都是脸和肚子朝前地走过来，这一边的，人又是屁股和脑勺在后地走过去。正面来的，可以见到美的傲的扬头的女子，看到低着脑门的深沉的男人。从每一个人的表情上，或严肃的，或微笑的，或笑不动容的，或有笑容无声的，你立即知道他们的职业是公安人员还是在宾馆做招待的。看多了那些西装革履、夹着小皮包、露着凸凸的小肚的公司的大采购和个体的小老板，看多了额上密密皱纹、对上司是谦谦后生、待下级是大呼小叫的机关干部，看多了抬脚迈步正经规矩又彬彬有礼的教师，长发如狮的画家，碎步吊臀的戏曲艺人，即便是服饰上没有明显标志，姿态上又缺乏特点，你只要侧耳听一听他们正说着的笑话，也便分辨出这是社会上的哪一类人了。中国人的笑话总是包含着性的成分，社会地位低的，从事简单劳动的总是围绕了性的实在的操作而衍义，知识分子却津津乐道于一种感觉，而见面不能交心又不能说话不亲近，就只讲同伙中的某某怎么对儿媳倒洗脚水呀，熬鸡汤买乳罩呀的，那百分之百是我们的有着相当权力的领导。好了，在山川看风景，有人喜欢丑石，有人喜欢枯木，但更多的人愿意欣赏芳草艳花，在街头看人的风景，你当然赏心悦目的是女人，当然是年轻漂亮的女人。那些并排走的，大声地说话，笑，表现了无限纯情的女孩子，她们步伐跳跃，如有弹簧，秀发飘动，如云如焰，你惊羡青春的气息，但气息表现在哪儿，你又说不清，却完全体会到了贾宝玉的"女儿是水做的"感觉。最妖娆的是那些少妇了，她们有极大方的，也有好腼腆的，年龄正当，阴阳互补，恰是长熟时期，其态媚人，如火之有焰，灯之有光，珠贝金银之有宝色。你为她们担心，街头的男人总是看她们，如果看一眼，眼珠就在被视物上留有痕迹，那么，她们的衣服上是一层又一层的眼痕，晚上回家脱衣一抖，满地都是能踩泡儿的眼珠子了。中午的太阳照着，她们的身影拖得很长，步行的或骑车的男人不远不近地跟着，总是要踩住她们的影子，企求合二为一，影子如果有感觉，影子无时无刻不在疼痛着。对于男人们的高度注意，当然你可以看出她们是乐意接受呢还是厌恶。乐意的恐怕百分之百，即使面对了很狠、很馋的目光，说一声"讨厌！"那也说得十分得意。由此可想，法律若能按人的心理而定，那么要惩治一个少妇人，什么刑具也不要，只让世上的男人都不看她，不理她，这个女人就完了。作为一个女人，完全知道自己的美的价值，只是怎样利用这种价值而区别了她们的品格。吊膀女人是吊膀女人的神气，温顺女人是温顺女人的神气，因美而贵，因贵而傲的女人，她们常常表现出目空一切，其实她们的内心最龙腾虎跃，她们只是有好的眼角余光，搭眼一扫便知道了每个男人的优劣和对她们的态度。她们最看不起那些小殷勤的男人，却会调动这些小殷勤而安全自处，她们更清楚对她们不献小殷勤的男人反倒深爱着她们，这不是老谋深算，也便是有心没胆，瞧，瞧，她们在以毒攻毒了，以同样的冷漠来增加自己的神秘和魅力，或是培养鼓动起胆怯者的大勇，偏要看到沉默的火山口喷发岩浆。想一想，到那时，她们刚的一面还有吗？其如水之柔情反倒是使任何温顺的女人都黯然失色了。

街头这边的人行道上，不可能看到走过去的脸面，但是，识人最好的是识脸面，脸面却不是唯一的。戏曲舞台上，演员登场常有背身而出，那肩臂的一高一低，那屁股的一抖一动，都有戏，便明白这是一个什么角色。赌博桌上，仅看着一双双参赌人的手，也就知道了这一个赌徒是多么迫不及待，那一个赌徒却早胸有成竹了。现在，看着前面卷着一个髻儿的，一脚端正，一脚外撇的水蛇腰的女人，你不妨张开你想象的翅膀吧（有趣的是，这种想象十有八次与事实相符）：她是在商场工作吗？她坐在柜台的里边，鞋总是有意无意就脱了，口里在暗唱着一支歌，脚的趾头就十趾高下动着节奏，那指甲一定染过红的。发型盘那么个髻儿，脖子却黑瘦，她是在脸上涂了厚的脂粉却忘记了脖子和耳根，精美的小提包鼓囊囊的，是装着钱，还是一堆化妆品，甚或什么都没有，是一包卫生纸。这女人长在前边的眼睛一定在滴溜溜四处张望了，随时要对着一个熟人大声尖叫，她会跑过每一个橱窗前从玻璃里看自己的形象，遇着一个整齐的男人心会怦然跳动，手不自觉地再理一下头发，会在她家的巷口与人挤眉弄眼地说谁家媳妇是骚狐子，进了门却踢蹬了高跟鞋就歪在沙发上喊累死我了，开始骂丈夫什么时候了，饭没做好！你看过了独个的人，也不妨看看一伙两个三个的人，那走势和说话的神态，能判断出这是夫妻，夫妻是结发夫妻，还是两副旧家具的一对新人，关系是亲是疏，家境是贫是富。或压根不是夫妻，是同志，是邻居，甚或是情人，这情人是才有了关系还是偷情了数年？

你注意到了吗？立于人行道的这边，看男人对女人的回头率是最好的角度了。男人的禀性永远是看着别的女人好，他们即使在家里有美貌的妻子，即使与妻子和睦亲爱，他们不分老少丑美，但凡在街头见着漂亮的女人，没有不投一眼过去的。有原本慢悠悠骑车而行的，猛地发现了前后有可观的，或故意减速，让那女的前行，看了后影又忍不住要看脸面，疾驶前行，在那平行的瞬间，头就扭动了。这一瞥的惊美，或是永留记忆，常忆常新，引无限冲动，或是一小时、几分钟后淡然忘却，或是看了后影，期望值太高，再看脸面甚是失望，这就要无声地自己嘲弄自己了。你常会发现那些与漂亮女人保持距离的男人，身子弓下去，头却仰扬着，这男人一定是在做一种祈祷：这女人如果能进前边的一个巷子去，这女人或这类女人是与我有缘的，以后便能接触。所以，这样的男人就要在一个巷口把头耷拉下来，因为那女子并没有进他所企望的巷口，而提前拐进了另一个巷口，或者如愿以偿，这便是街头常有男人突然哼了歌子的原因。男人的这种禀性若认作是卑鄙，世上就全是流氓，不，他们是在表现着爱美。这个时候，你就觉得人生是多么好，男人是多么好，如果一个男人见到漂亮的女人不愉悦，那这男人干什么事情还有激情、有创造力呢？男人是创造世界的，女人是征服男人的，事情就是这样。当然了，街头上仍是有淫邪的男人的目光，年轻而从未有接待过女人经验的，夫妻感情破裂，长期分居的，干脆就是色鬼流氓，知其肉不知灵的，他们百无聊赖，就蹲于街房墙根，斜眼上瞄，专看那女人走过的刹那胸部位的耸动，然后低下头去，用手使劲地捻一下无可奈何的一张僵脸，响响地咽一口唾沫了。或者一只脚踏在栏杆的铁链上，胳膊又撑在膝盖上顶着一颗脑袋，一边看一边摇晃铁链，他们哀叹美女如云，怎么自己的老婆那么丑呢？能解脱的想，河里的鱼再好，没碗里的鱼好，哪一个女人娶到家来都会变丑的吧。解脱不了的，就骂：世上的好女人都是让狗 × 着！

在街头看人的风景，你实在是百看不厌，初入城市的乡民怎样于路心张望，而茫然不知往哪里走，警察的指手画脚，小偷制造拥挤，什么是悠闲，什么是匆忙，盲人行走，不舍昼夜，醉汉说话，唯其独醒。你一时犯愁了，这些人都在街头干什么，天黑了都会到哪儿去，怎么就没有走错地方而回到自己家里？如果这时候一声令下，一切停止，凝固的将是怎样的姿势和怎样的表情？突然发生地震，又都会怎样地各自逃命？每个人都是有他的父亲和母亲的，街头的人流，几十年前，同样流过的是这些人的父母吗？几十年后，流过的又是这些人的儿女吗？如若不是这样，人死了会变成鬼，鬼仍活在这个世上，那么一代代人死去仍在，活着的继续生出，街头该是多么的水泄不通啊！世界上有什么比街头丰富呢，有什么比街头更让你玄思妙想呢？在地铁入口，在立交桥头，人的脑袋如开水锅冒出的水泡，咕噜咕噜地全涌上来；圪蹴下来，平视着街面，各式各样的鞋脚在起落。人的脑袋的冒出，你疑惑了他们来自另一个世界的神秘，鞋脚起落，你恐怖了他们来在这个世界要走出什么样的方阵。芸芸众生，众生芸芸，这其中有多少伟人、科学家、哲学家、艺术家、文学家，到底哪一个是，哪一个将来是？你就对所有人敬畏了，于是自然而然想起了佛教上的法门之说，认识到将军也好，小偷也好，哲学家也好，暗娼也好，他们都是以各自的生存方式在体验人生，你就一时消灭了等级差别，丑美界限，而静虚平和地对待一切了。

进入到这样的境界，你突然笑起来了：我怎么就在这里看人呢？那街头的别人不是也在看我吗？于是，你看着正看你的人，你们会心点头，甚或有了羞涩，都仰头看天，竟会看到天上正有一个看着你我的上帝。上帝无言，冷眼看世上忙人。到了这时，你境界再次升华，恍惚间你就是上帝在看这一切，你醒悟到人活着是多么无聊又多么有意义，人世间是多么简单又多么复杂。这样，在街头上看一回人的风景，犹如读一本历史，一本哲学，你从此看问题、办事情，心胸就不那么窄了，目光就不那么短了，不会为蝇头小利去钩心斗角，不会因一时荣辱而狂妄和消沉，人既然如蚂蚁一样来到世上，忽生忽死，忽聚忽散，短短数十年里，该自在就自在吧，该潇洒就潇洒吧，各自完满自己的一段生命，这就是生存的全部意义了。

闲 人

　　不知从什么时候起，社会上有了闲人。

　　闲人总是笑笑的。"喂，哥儿们！"他一跳一跃地迈雀步过来了，还趿着鞋，光身子穿一件褂子，也不扣，或者是正儿八经的西服领带——总之，他们在着装上走极端，却要表现一种风度。他们看不起黑呢中山服里的衬衣很脏的人，耻笑西服的纽扣紧扣却穿一双布鞋的人。但他们戴起了鸭舌帽，许多学者从此便不戴了，他们将墨镜挂在衣扣上，许多演员从此便不挂了——"几时不见哥儿们了，能请吃一顿吗？"喊着要吃，却没乞相，扔过来的是一根高档的烟。弹一根自个吸了，开始说某某熟人活得太累，脸始终是思考状，好像杞人忧天，又取笑某某熟人见面总是老人还好，孩子还乖。末了就谈论天气，那一根烟在说话的嘴上左右移动，间或喷出一个极大的烟圈，而拖鞋里的小拇指头一开一合地动。

　　闲人的相貌不一定俊，其实他们是忌恨小白脸，但体格却非常好，有一手握破鸡蛋之力。和你握手的时候，暗中使劲令你生痛，据说其父亲要教训，动手来打，做闲人的儿子会一下子将老子端起来，然后放到床上去，不说一句话，老子便知道儿子的存在了。他要请客，裹胁你去羊肉串摊，说一声吃吧，自己就先吃开，看见他一气吃下一百二十串羊肉，喝下十瓶啤酒，你目瞪口呆，"我有一个好胃！"他向你夸耀，还介绍他还能饿，常常一天到黑只吃一顿饭，却不减膘，仍有力气。他说："你行吗？"你不行。

闲人的钱并不多，这如同时髦女子的精致的小提兜里总塞着卫生纸一样，可闲人不珍贵钱，所以显得总有钱。他们口袋里绝不会装两种不同质量的烟，从没有摸索半天才从口袋里捏出一根自个吸，嘶啦一声，一包高档烟盒横着就撕开了，分给所有在场的人，没有烟了，却圪蹴在屋角刨寻垃圾中的烟头。钱是人身上垢痂，这理论多达观，所以出门就招出租车，也往豪华宾馆里去住一夜两夜。逢着骑自行车，那几乎是表演杂技，于人窝里穿来拐去，快则飞快，慢则立定，姿势是头缩下去，腰弓着，腿圈成圆形，用脚跟不停地倒转脚踏板。

闲人的朋友最多，没有贵贱老幼之分，三句话能说得来，咱们就是朋友了，"为朋友两肋插刀"，让我办事就是看得起我呀！闲人的有些朋友是在厕所撒尿时就交上了。当然，这些朋友有的交往时间长，有的交往时间短，但走了旧的来了新的，闲人没有"世上难逢一知己"之苦。若有什么紧俏东西买不到，寻闲人去，闲人很快就买来了，而且比一般价格还便宜。要搬家，寻闲人去，闲人一个人会扛件大衣柜上楼的。不幸的是家中失盗，你长吁短叹，闲人骂一顿娘就出去了，等回来，说："我问过一个贼头了，他说你们家这一片不属于他管，我告诉了他，不属于他的地盘就查查是谁的地盘。"闲人不偷人，但偷人的贼是不敢得罪闲人的。

　　闲人真瞧不起小偷、流氓、甚至那些嫖客、暗娼和拦路强奸者，觉得没意思、恶心，也害怕艾滋病。但闲人谈女人的头发、鼻子，他们相信男人的成熟和人生的圆满是需要有一个醉心的女人，甚至公开讥笑自己的从事文艺工作的父亲之所以事业不辉煌是因为只守了一个自己的母亲，他们有意地留神看街上来往的女人，张口闭口阐述花朵是花草的生殖器什么的，到后来，闲人们分别是有了姑娘，姑娘自然很漂亮，他们就会同骑一辆车子招摇过市，姑娘分腿骑在后座上，腿长而圆，像两个大白萝卜。闲人待姑娘好时，好得你吃饱了还要往你嘴里塞油饼，不好了，就吼一声："滚！"但姑娘不滚，十分忠诚。

　　闲人爱姑娘，但最感痛快的并不是姑娘，因为闲人们都年轻，又都练过拳脚，至少家里有一把四十斤重的石锁。路过树下，忍不住要跳起来抓那树枝，抓住了要一把拉断下来，杀鸡就剁鸡头，偏再放开让没头的鸡瞎走一阵，将那桃花一般的血印在雪地上。街上有人打架了，闲人会立即前去围观，是几个男的为了一个女子在恶斗，女子娇嫩艳丽，他看着谁个有理，谁个弱者，便上去打抱不平了，混战中男的一尽逃散，人们都在说闲人是为了那个女子，闲人上前却要扇女子一个巴掌，骂一声"没志气"而去。艳丽的女子当然使闲人也感悦目，但女子在挨过巴掌之后嘴角淌下血来更使闲人觉得奇艳无比！但闲人这时候忽觉手疼，看时，右手的无名指却没有了，知道一定是混乱中被男的刀砍了，他赶忙跑回现场，沙土地果然有一截手指，遗憾是没有见到手指初断时的蹦跳。

闲人是个直肠人，但闲人偏不自认，因为在一些年里，闲人最讨厌那些拍胸膛说"咱是粗人"的人，"粗人"本是自贱，却成了一种美饰。所以，谁家夫妇闹矛盾，闹得厉害，他不会"见婚姻说合"，"过不成就换班子"！他总是这么说："我给你物色一个！"闲人不食言，果然物色一个又一个。有的家庭后来是散了，有的家庭闹过又好了，又好的家庭少不得男方将闲人的话说知女方，闲人就恶下了这家的主妇，闲人见面仍叫"嫂子"！嫂子不理，不理了拉倒。

闲人的眼里才没有什么权威的，孔圣人不就是那个老孔吗？剧院里看戏，戏不好，"换节目！换节目！"领导作报告又是官话套话空话，闲人就头一歪睡着了。闲人顶熟悉的是体育明星，次之是通俗歌星，当然也有想一睹风采而去听一位外地来的大名人的专场报告，回来了就打开录音机模仿名人的声调也演说，但演说的内容就是：中华人民共和国××省××市伟大的政治家、杰出的哲学家、天才的艺术家×××先生……这位先生的名字一定是他的名字。录毕就放，一边听一边哈哈大笑，随之也就将让名人签名的纸展示众人，然后让某一位去上厕所用。

闲人却并不是四肢发达头脑简单的角色，可以说，都极聪慧，他们都有文化，且喜欢买书，只是从不读完每一本书。但学问已经足够了，知道弗洛伊德，知道后羿，知道孟子、荷马、毕加索和阿Q。当穿着牛仔裤并让它拖在地上在夜街上转悠，闲人差不多会碰着闲人，他们就会一起走到某一个闲人家去，在狼藉不堪的小屋中拒绝筷子而用手抓食着卤肉和鸡腿，就谈论天文、地理、玄学、哲学、经济，由女人说到了造人的女娲，由官倒说到了戈多，最多的说人生，说人生说到地球旋转，那么每一个人都是倒挂在地球上的，就不免说一句每次都说的"上帝死了"，然后有人出门就尿，有人将一口痰就吐在桌子下，咒骂"地球太小了"！有人推开了窗户看着城市的夜的风景，伤心了，有人庄严地去厕所，蹲下拉屎，有人抓过一本书要读，却又压在了屁股下。这一夜他们门窗洞开着，让酒醉到天明。天明，洗脸，刷牙，弹掉衣服上的灰尘，道貌岸然地出去各干各的事了。

闲人不怕苦，不怕死，满世界里唯有两怕。一怕结婚。虽然不断地有姑娘相伴，但闲人已经是老大年龄了仍未结婚。他们总希望有一个美丽的，既温柔又风野、能吸烟能喝酒能跳舞能谈人生能打麻将的老婆，遗憾的是众条件总不能集中于一身。二怕寂寞。寂寞如狼怕火，寂寞如鬼怕唾。他们预防着某一日任何人任何力量治不倒他们而要将他们寂寞独处的残酷，于是就幻想着真有那么一日，他们要爬上城中的报话大楼的顶尖上，然后用一条绳索一头系在楼顶尖一头套在脖子上纵身一跳，吊在半空了。因为吊在城中的最高点，全城的人都看得见，而且报话的大钟是每一小时要长鸣一次。

说闲人是一个阶段，这肯定有人要批评用词不准，那么，是一些人，是阶层，是……反正闲人在社会上多了。据闻在一次高级的会上，天文学家说，因为天上的太阳的黑子增多才有了这些闲人；地理学家说，因为地上的草木减少才有了这些闲人；人类学家却一口咬定是人太多的缘故，南瓜葫芦一条蔓上花开得太多必然是有谎花的。会议上的这些争论当然闲人不可能听到，听到的是平日周围的人喊其"闲人"，闲人就甚是不悦，回一句：哼，我们才是忙人哩！

弈　人

在中国，十有六七的人识得棋理，随便于何时何地，偷得一闲，就人列对方，汉楚分界，相士守城保帅，车马冲锋陷阵，小小棋盘之上，人皆成为符号，一场厮杀就开始了。

一般人下棋，下下也就罢了，而十有三四者为棋迷。一日不下瘾发，二日不下手痒，三日不下肉酒无味，四五日不下则坐卧不宁。所以以单位组织的比赛项目居多，以个人名义邀请的更多。还有更多的是以棋会友，夜半三更辗转不眠，提了棋袋去敲某某门的。于是被访者披衣而起，挑灯夜战。若那家妇人贤惠，便可怜得彻夜被当当棋子惊动，被腾腾香烟毒雾熏蒸；若是泼悍角色，弈者就到厨房去，或圪蹴或趴，一边落子一边点烟，有将胡子烧焦了的，有将烟拿反，火红的烟头塞入口里的。相传二十世纪五十年代初，有一对弈者，因言论反动双双划为"右派"遣返原籍，自此沦落天涯。二十四年后，甲平反回城，得悉乙也平反回城，甲便提了棋袋去乙家拜见，相见就对弈一个通宵。

对弈者也还罢了，最不可理解的是观弈的，在城市，如北京、上海，何等的大世界，或如西宁、拉萨，夜一降临，街上行人稀少，那路灯杆下必有一摊一摊围观下棋的。他们是些有家不归之人，亲善妻子儿女不如亲善棋盘棋子，借公家的不掏电费的路灯，借夜晚不扣工资的时间，大摆擂台。围观的一律伸长脖子（所以中国长脖子的人多！），双目圆睁，嘶声叫嚷着自己的见解。弈者每走一步妙着，锐声叫好，若一步走坏，懊丧连天，都企图垂帘听政。但往往弈者仰头看看，看见的都是长脖颈上的大喉结，没有不上下活动的，大小红嘴白牙，皆在开合，唾沫就乱雨飞溅，于是笑笑，坚不听从。不听则骂：臭棋！骂臭棋，弈者不应，大将风范，应者则是别的观弈人，双方就各持己见，否定，否定之否定，最后变脸失色，口出秽言，大打出手。西安有一中年人，夜里孩子有病，妇人让去医院开药，路过棋摊，心里说：不看不看，脚却将至，不禁看了一眼，恰棋正走到难处，他就开始指点，但指点不被采纳反被观弈者所讥，双双打了起来，口鼻出血。结果，医院是去了，看病的不是儿子而是他。

在乡下，农人每每在田里劳作累了，赤脚出来，就于埂头对弈。那赫赫红日当顶，头上各覆荷叶，杀一盘，甲赢乙输，乙输了乙不服，甲赢了欲再赢，这棋就杀得一盘未了又复一盘。家中妇人儿女见爹不归，以为还在辛劳，提饭罐前去三声四声喊不动，妇人说："吃！"男人说："能吃个球！有马在守着怎么吃？"孩子们最怕爹下棋，赢了会搂在怀里用胡楂扎脸，输了则脸面黑封，动辄擂拳头。以至流传一个笑话，说是一孩子在家做作业，解释"孔子曰……而已"，遂去问爹："而已是什么？"爹下棋正输了，一挥手说："你娘的脚！"孩子就在作业本上写了："孔子曰……你娘的脚！"

不论城市乡村，常见有一职业性之人，腰带上吊一棋袋，白长发须，一脸刁钻古怪，在某处显眼地方，摆一残局。摆残局者，必是高手。来应战者，走一步两步若路数不对，设主便道："小子，你走吧，别下不了台！"败走的，自然要在人家的一面白布上留下红指印，设主就抖着满是红指印的白布四处张扬，以显其威。若来者一步两步对着路数，设主则一手牵了对方到一旁，说："师傅教我几手吧！"两人进酒铺坐喝，从此结为挚友。

能与这些设主成挚友的，大致有两种人，一类是小车司机。中国的小车坐的都是官员，官员又不开车，常常开会或会友，一出车门，将车留下，将司机也留下，或许这会开得没完没了，或许会友就在友人家用膳，酒醉半天不醒，这司机就一直在车上等着，也便就有了时间潜心读棋书，看棋局了。一类是退休的干部。在台上时日子万般红火，退休后冷落无比，就从此不饲奸贼猫咪，宠养走狗，喜欢棋道，这棋艺就出奇地长进。

中国号称礼仪之邦，人们做什么事都谦谦相让，你说他好，他偏说"不行"，但偏有两处撕去虚伪，露了真相。一是喝酒，皆口言善饮，李太白的"唯有饮者留其名"没有不记得的，分明醉如烂泥，口里还说："我没有醉……没醉……"倒在酒桌下了还是："没……醉……醉！"另外就是下棋，从来没有听过谁说自己棋艺不高，言论某某高手，必是："他那臭棋篓子呗！"所以老者对少者输了，会说："我怎么去赢小子？"男的输了女的，是"男不跟女斗嘛"，找上门的赢了，主人要说："你是客人嗬！"年龄相仿，地位等同的，那又是："好汉不赢头三盘呀！"

象棋属于国粹，但象棋远没围棋早，围棋渐渐成为高层次的人的雅事，象棋却贵贱咸宜，老幼咸宜，这似乎是个谜。围棋是不分名称的，棋子就是棋子，一子就是一人，人可左右占位，围住就行，象棋有帅有车，有相有卒，等级分明，各有限制。而中国的象棋代代不衰，恐怕是中国人太爱政治的缘故吧？他们喜欢自己做将做帅，调车调马，贵人者，以再一次施展自己的治国平天下的策略，平民者则做一种精神上的享受，以至词典上有了"眼观全局，胸有韬略"之句。于是也就常有"××他能当官，让我去当，比他有强不差"！中国人现在皆浮躁，劣根全在于此。古时有清谈之士，现在也到处有不干实事、夸夸其谈之人，是不是那些古今存在的观弈人呢？所以善弈者有了经验：越是观者多，越不能听观者指点；一人是一套路数，或许一人是雕龙大略，三人则主见不一，互相抵消为雕虫小技了。

虽然人们在棋盘上变相过政治之瘾，但中国人毕竟是中国人，他们对实力不如自己的，其势凶猛，不可一世，故常有"我让出你两个马吧！""我用半边兵力杀你吧！"若对方不要施舍，则在胜时偏不一下子致死，故意玩弄，行猫对鼠的伎俩，又或以吃掉对方所有棋子为快，结果棋盘上仅剩下一个帅子，成孤家寡人。而一旦遇着强手，那便心理压力太大，缩手缩脚，举棋不定，方寸大乱，失了水准。真怀疑中国足球队的教练和队员都是会走象棋的。

这样，弈坛上就经常出现怪异现象：大凡大小领导，在本单位棋艺均高。他们也往往产生错觉，以为真个"拳打少林，脚踢武当"了。当然便有一些初生牛犊以棋对话，警告顶头上司，他们的战法既不用车，也不架炮，专事小卒。小卒虽在本地受重重限制，但硬是冲过河界，勇敢前进，竟直捣对方城池擒了主帅老儿。

×州便有一单位，春天里开展棋赛，是一英武青年与几位领导下盲棋。一间厅子，青年坐其中，领导分四方，青年皓齿明眸，同时以进卒向四位对手攻击，四位领导皆十分艰难，面色由黑变红变白，搔首抓耳。青年却一会儿去上厕所，一会儿去倒水沏茶，自己端一杯，又给四位领导各端一杯。冷丁对方叫出一字，他就脱口接应走出一步。结果全胜。

牌 玩

如果今日得空，就玩麻将牌去。

不用在怀里揣了攮子，都是熟人，吃喝花用不论你我，场面上闹不起黑脸白眼。也用不着带身份证，玩的是五分钱一角钱的注儿，公安局的摩托车不会突然地出现在门前。要带就带上愁苦烦恼和一揽子的百无聊赖，拿几个零钱去买个痛快吧。

茶泡好了，烟也叼上，哗啦，哗啦，哗哗啦啦；当兵的双手能打枪，咱十个指头一齐动，各摆九摞，砰地一合，随手又丢去一垒，这动作多风流潇洒，若要幽默，咱就称这是义务修长城吧，或者叫作"学习 164 号文件"吧。各人将各人的零票子已经点清了放在旁边，请注意这不是要赌而重在搏，"人生难得几回搏"，运动场上这么说，牌场上为什么不能这么说？运动场为国争光的之所以是金牌而不是铁牌或泥牌，牌场上当然要以钱论输赢了。钱是好东西，倘若少一分，你纵然在商店给售货员笑个没死没活，那货品你只能看，你不能拿。美国竞选总统，竞选者是不敢有情妇的，你对你的妻子都不忠诚，你会对国人忠诚吗？法国人交朋友，绝不交铤而走险的，你连你的生命都不珍惜，你能珍惜朋友吗？那么在中国的时下，你连钱都不爱，你还会爱什么？爱钱不可耻。但不能唯此为大，那么，就宣布钱票子一律装在鞋里踩在脚下吧，踩，人永远主宰它，它永远不主宰人！

好了，好了，别耽搁时间，八只手在桌面上都急得抖起来了。瞧多激动的手，一个一个指头涨得通红，指头与指头相互认得的，上次输了的，这次一心要东山再起，上次赢了的，风光了一次还要风光。有的开始在试验摸某一张牌了，上下反复搓，如赛前的运动员在做各种预备动作，有的慢慢地一次搓上去，一副哲学家的老谋深算，更多的手指头稳在那里，指甲像一面面盾牌，你能感觉到盾牌之后的眈眈视眼。反正，红布即将出现在斗牛面前，气氛紧张到极点，幸亏指头不长心，否则全犯心肌梗死了。

抓牌开始，开始了反倒一切平静。玩牌人没有打过仗，但枪一响，老子今天就死在战场上了，能在战壕里掏出女人的照片亲一口，能在间隙中打个盹或是下一盘棋，这景况咱们是体验了，理解了。大家开始说戏谑的话，夸奖谁是"刀子手"，刀子虽然曾剜过自己的肉，还大度地恭维；又作践谁是"老送"，虽然人家输给了你，却仍竭尽嘲笑和鄙视。残酷的竞争在这种友好的气氛里悄悄进展，戏谑之语遂渐停止，因为有人一盘不和，又一盘还不和，虽然是"千刀万剐不和第一把"，虽然是"好汉不赢前三盘"，但已经一圈两圈下来了仍未有和，细细的汗珠就在鼻尖沁现了。高潮一旦产生，有的在虚张声势，连呼好牌，有的干脆按倒了，挽起袖子大幅度做自摸的动作，胆小的浑身燥热，稳健的不动声色，有的将打出的牌偏要放在某一位面前让其和。突然有人自摸到手了，迅雷不及掩耳地两声爆响，一声是将夹张的二饼重重地砸磕在桌面上，但牌已断裂，看的是一个一饼，另一声则是飞起的那半截到了水泥楼顶上，飞丢的是另一个一饼。这响声如广岛的原子弹爆炸，巨大的欢乐使一个人的心神粉碎到了半空，巨大的沮丧同时使三个人一下子推乱了牌摞，脸灰得如摔了土袋。

好吧，看下一盘吧，盯着自己的牌，更盯着桌上的牌，下家打出个六万，我也打六万，留着白板拆副儿打，我宁肯不和你也别和。做最精细的计算，捕捉突然的感觉，分析整个局势，这里需要的是浑身的解数：看他的眼神，尤其是眉宇间一闪即逝的东西，看他手的下意识的动向，别瞧他轻松地哼曲或者旁若无事地不停地调整牌的位置。声东击西，瞒天过海，明修栈道，暗度陈仓，三十六计全然使得。你盯我，他盯你，周而复始，恶性循环，四个人谁都是谁的坟墓。如此这般沉沉浮浮，牌技方得提高，似乎明白了官场上的一切奥秘，只是那种斗争上升到了一种艺术吧。遂作想，一个兵由班长到排长到连长营长团长直到军长那真正是战场上的军人，而一个人由生产队长到村长到乡长到县长直到专员则必是踩着了多少人的肩膀上的政客，于是扬扬自得，凭咱这一套牌技也可以去当当什么领导了！但是，这想法玩牌人只是偶然闪动，最多是那么会心一笑而已，因为官场上仍还凭靠山后门，牌场上的机会却永远是人人平等。你的牌再好，有时却就是不和，你的牌有时糟到了极点，几乎完全丧失了信心，终了却是和了。世界是神秘的，麻将牌更神秘，有神使和鬼差，使每个人都诚惶诚恐了。牌再坏，不能骂牌，骂的是自己的手臭，骂的是自己坐错了方位，骂的是自己尿憋了没有去"放毒水"，如果想啥来啥，则要将牌放在嘴上亲一口了。当然也要自我宽慰，"牌场上失意，情场上得意"啊，这么说着，还是一个劲地输，则疑惑"我是摸了女子的×了"！好也是女人，坏也是女人，牌场上女人总是被骂的对象，这如同农人耕地不休止地骂牛一样。为了能赢，最后的手法是自己作践自己了，打出的牌又摸回来，少不得自己打自己的脸，要上庄，希望能连坐，宁肯说要坐个"母猪庄"。运气，运气，人人都在这神秘面前无可奈何；玩牌是人生，人生即游戏，试试近期的凶吉顺逆，玩牌是最好的征兆，绝对地胜过了庙堂里的抽签打卦。

到了这个时候，我们玩牌人进入了又一个境界，输赢已不在乎，赢了说一声"实在不好意思了"，输了的更豁达，说："拿去花吧，权当我赞助了！"狗皮裤子没反正，肉烂了在锅里，肥水没有外流，重要的不是输赢而是参与，友谊第一，痛快第一嘛，戏谑之声又甚嚣尘上。大家开始大讲玩牌之乐了，有的说牌场是观察人的好去处，谁个鸡肠小肚一输就喋喋不休，谁个轻佻浅薄；输了面如土色，赢了忘乎所以，谁个聪明反被聪明误，谁个输钱不输人，谁个大愚者其实大智。可笑诸葛亮知人善用凭的是出问题让下人回答，日本老板接收职员要查血型，如今组织部考察干部要翻档案，为什么不到牌场上一目即了然呢！有的说玩牌能享乐到自由，十三张牌就是你的兵马，要留哪个留哪个，要开销哪个便开销，不考虑人际关系，不牵涉上下矛盾，不受外界影响，一切由我，我就是领导，我就是统帅，我就是拥有至高无上的权力。有的说玩牌是最好的心身放松，可以忘记单位领导的小鞋，可以忘记事业上的失败，可以忘记孩子的待业，可以忘记嘟嘟囔囔的老婆，工资调级，物价上涨，住房，税收，情人，去他妈的全都忘了！

牌场终于结束了，痛快并未消退，接着的是吃。赢了的，反正是平白赢的，吃；输了的，能输起自己还吃不起？吃。数瓶的啤酒和一只烧鸡下肚了。饱嗝儿打过，吸一根烟吧，深深地吸下肚，长长地又吐了出来，突然间感到了一切都是空的，都是无聊，这一夜就这么过去了，新的太阳即将出来，烦恼的明日还得烦恼，愁苦的明日还得愁苦，即使在这天欲明未明之际回家去，那老婆会给开门吗？

来时带上了愁苦烦恼和一揽子的百无聊赖要埋葬在牌场上，如今丢光了零钱又背上了愁苦烦恼和一揽子的百无聊赖该回走了。回走了，满地的是被嘴唇遗弃的烟头，心里想着这是人玩了牌还是牌玩了人，口里却说：喂，几时得空，再玩吧。

吃　烟

　　吃烟是只吃不屙，属艺术的食品和艺术的行为，应该为少数人享用，如皇宫寝室中的黄色被褥，警察的电棒，失眠者的安定片。现在吃烟的人却太多，所以得禁止。

　　禁止哮喘病患者吃烟，哮喘本来痰多，吃烟咳咳喀喀的，坏烟的名节。禁止女人吃烟，烟性为火，女性为水，水火生来不相容的。禁止医生吃烟，烟是火之因，医是病之因，同都是因，犯忌讳。禁止长胡须的人吃烟，烟囱上从来不长草的。

　　留下了吃烟的少部分人，他们就与菩萨同在，因为菩萨像前的香炉里终日香烟袅袅，菩萨也是吃烟的。与黄鼠狼子同舞，黄鼠狼子在洞里，烟一熏就出来了。与龟同默，龟吃烟吃得盖壳都焦黄焦黄。还可以与驴同嚎，瞧呀，驴这老烟鬼将多么大的烟袋锅儿别在腰里！

　　我是吃烟的，属相上为龙，云要从龙，才吃烟吞吐烟雾要做云的。我吃烟的原则是吃时不把烟分散给他人，宁肯给他人钱，钱宜散不宜聚，烟是自焚身亡的忠义之士，却不能让与的。而且我坚信一方水土养一方人，是中国人就吃中国烟，是本地人就吃本地烟，如我数年里只吃"猴王"。

杭州的一个寺里有副门联,是:"是命也是运也,缓缓而行;为名乎为利乎,坐坐再去。"忙忙人生,坐下来干啥,坐下来吃烟。

饮 者

　　古汉语中对"者"字运用很雅：奉使命办事的叫使者，未剃度的出家人叫行者，有节奏地扭动身体的叫舞者。饮者，为喝酒的人，可能是古时除了一般地喝喝，还有专门陪别人喝酒的，成一种职业。风是元明一路遗下来，悠悠，现在有在家宴请某某人了，要请几个伴席劝酒的，有什么领导去出席宴会，秘书要一旁保护，出来代酒的。在乡下，农民喝酒通宵达旦，媳妇们常要来照顾自己的丈夫，但不能入席，只坐在门首聊天，待到屋里的喊一声××，××就进去把丈夫已不能喝下的酒喝下，然后又坐回门首。饮者多不富有，两袖清风，一肚酒精，鼻子和耳垂子总是红红的。他们在街巷走，微风里立即能闻出前边有了一家酒馆，开坛的是清香型呢还是酱香型。

　　喝酒的理由很多，来贵客了要喝，没有贵客来一帮赖朋友也要喝，心情高兴了要喝，心情不高兴了也要喝，天气好了要喝，天气不好也要喝。喝酒也就没有了理由。——没有理由也是个理由嘛，喝！于是买一壶来，有菜就下菜，没菜干喝。北方人没见过大海，凡是大一点的都称海，这是一场海喝。令拳当然要划的，赢了的不饮输了的饮，真正的饮者，其实都是想办法少喝的人。在四川我见过一对逃犯，或许他们是饮者，正饮着酒，公安干警来抓了，他们沿着江边的小路一边跑，一边还挥着手划拳——输赢是要见分晓的。

人体的各个器官，都需要一种刺激，酒是水，性却是火，这水火的煎熬，使酒成了口舌的体育运动。球迷中的最狂热分子到球场，他并不在乎球怎么踢，九十分钟里竟一直在看台上跑动、呐喊，或面对着观众指挥叫号。饮者又都善于吹嘘——吹嘘是不犯法的——李白的诗与其说浪漫，不如说是将喝酒的吹嘘毛病引进了写诗里，他的诗有了名，他却说"唯有饮者留其名"，这就又是吹嘘。

饮者一般都彬彬有礼，酒席上差不多经历三个境界，先轻声细语，再高声粗语，最后无声无语。酒毕竟是浊物，即使高人逸士，饮酒享受的都不是清福。现实中饮者会给人许多难堪，如酒后失态，如呕吐狼藉，如啰唆不已，但古今所有的文学作品中饮者都是些可敬可叹可爱之人。这或许是文人差不多都能喝酒的缘故。西安城里有一个饮者，文是高手，酒是海量，人称瘦马快刀型。他每日都喝酒，喝酒的时候屋梁上的老鼠就聚在那里闻酒香，久而久之，老鼠也有了酒瘾。一次出差七天，老鼠酒瘾发作，在屋梁上乱跑乱叫，一个个从梁上跌下来死了。

如果让饮者论说酒的好处，那是能写一本书的。姑且认同酒和英雄是分不开的，那么英雄和美女又是分不开的，典型的如项羽。人的灵魂是存寄于身子之中的——伟大的灵魂存寄的身子或许很丑陋，伟岸的身子或许存寄着很卑微的灵魂——平时是两者难以分离。风中的竹，竹在动着，你看不见风，但有风了竹才有动态，竹的动态也就是风之形。酒和美女的作用是人的灵魂受醉，所以饮和性与身子无关。大街上我们看见饮者打着饱嗝儿醺醺而过，饮者在与分离开的灵魂飘然自在，那身子只是一个"走酒"。十年前我喝酒的时候，一次是醉了，走出巷口遇见一只狗来咬，我明明白白地感受到我的灵魂在身子之前三米远的地方，瞧见了狗用嘴咬住了我身子的左腿，还觉得好玩，说："疼不？疼不？"

酒有时为他人而喝，酒更多的是为自己喝。阳光和空气是大家共同的，酒是用不着培养和维系的朋友，可以当歌。除了自饮，对饮却要双方酒量相当，与酒量太小的人喝着无趣，与酒量大但不醉的人喝也无趣，有的女人酒到喉咙就变成水了，那也对饮不得，她糟蹋了酒。

人醉酒，也醉茶醉饭，醉他人，也醉自己。社会总是新的，饮者依然古老。

名　人

　　世事真闹不明白，你忽然浪成了一个名人。起初间是你无意做了一件事，或偶然说了一席话，你的三朋和四友对某一位人说了，正投合某人的情怀，他又说给另一位人，也恰投合，再说给别人去；中国的长舌妇和长舌男并不仅仅热心身边的私事，他们在厕所里也常常争论联合国是一个国家还是一座大楼，于是一传十，十传百，都以自己的情怀加工修改，众口由此成碑。再循环过来，传到你的三朋和四友耳中，他们似乎觉得这出源于他们之口，但又不全是出源于他们，不信便觉得这么多人都信那就有信的道理，遂也就信。末了又反馈到你，"我真是这样吗？"你怀疑了，向崇尚你的人开始解释，可越解释你越有"谦虚"，谦虚恰好是名人的风度，你最后不得不考虑，你是没有认识到你的价值吗？"哦，我还真行！"这样，你就完全是名人了。

　　你现在明白"造就"的厉害吧？你娘生你时她并没有给你起个响亮的名字，血辣辣的孩子堕在草炕，门后的鸡正下了蛋，红着冠嘎嘎直叫，你娘在这叫声中想起一个字做了你的名，这名儿连你在上学时老师一念点名册你就脸红。三年前去游大雁塔，人都在塔身上刻字留名，你呢，一是塔身被刻写得没有地方，二是你也羞于将自己名字刻写上去遭人奚落，但你总得留个名吧，名字就刻写在那个狗熊形的垃圾桶上。可现在，你用不着请客送礼，用不着卧薪尝胆，也用不着脱光衣服跑上大街或拿一颗炸弹当众爆炸，你就出名了。

你成了名人，你的一切都令人们刮目相看，你本来是很丑的，但总有人在你的丑貌里寻出美的部分，比如你的眼睛没有双眼皮，缺乏光彩，总是灰浊，而"单眼皮是人类进化的特征呀"，灰浊是你熬夜的结果呀！那些风流女子的眼睛漂亮吗？那么把它剜下来放在桌上谁还能分得清是人目还是猪眼？于是你又有了通宵工作的佳话，甚至还会有那长河中的轮船以你那长夜不熄的窗灯做航示灯的故事。你实在是邋遢，头发乱如茅草，胡子不刮，衣服发皱，但现在你是名人，名人的不修边幅是别一种的潇洒呀！最遗憾的是你个子太矮，若是别人，任何征婚启事都永远没有你"二等残废"的应征可能，但因为你是名人，相书上不是有破相者大相之说法吗？总之，名人怎么能用一般人的标准去套用呢？你丑而大象无形，你口拙而大音希声，你訚訚而大盈若冲。你不喜食肉，自称"草食动物"，因而素食营养最高的理论产生致使许多人形如饿鬼，你在闷热的夏夜卷席到街道去睡，四周高楼的居民纷纷离楼，传出"要地震了"的噩讯。

你的成名为你增加了灵光，且越来越发挥了社会的作用。住家附近常常闻到狗吠，居委会主任给公安局写信，要求居民签名，你是最后一个签的，但你的名字却排在了第一名。单位所在的那条巷公共厕所坏了，单位起草给公用事业局的报告里，也是以你为第一事例，说你如此的名人，一日十次的大小解，每每手里要提一块砖垫那臭水肆流的地板。你已经有了许多头衔，尤其是名目繁多的学会的顾问，什么会也请你，在主持人提高了声调介绍后的一片掌声里你得慌乱地讲几句话。所以你的好友和你开玩笑，一页的来信里总要半页写满你的头衔，称你"名人先生"。更多的是有人生了儿子要你起名，有人丧父，要你题碑文，你的案头上得永远放一本《新华字典》。你的字恶劣不堪，但你的字被裱糊了高悬相当多的人家的正堂上。你根本不会写文章，却有写书的人求你作序（其实你常常只在写书人自写的序文后写上你的手写大名就罢了）。远在千里的你的家乡人，闻讯而来缠你办事，大到来告状来买汽车来调动工作来要超生指标，小到来治鸡眼来要去结识某人来看戏来住旅社来配眼镜，以为你什么人都认识，你一句话值千金，顶一张公文，顶一枚政府图章，你说你不认识这些部门，"可你说出你的名来，天下谁人不识君呢？"

在多少多少人的眼里，你活得多荣光自在，有多少女子恨不能在你未结婚前结识你而长生相伴，也有多少女子希望能得到你婚后的一份青睐而终身不嫁相思到老，但是，你给我说，你活得太累，你已经是名第一，人第二。我慢慢是对你的话理解了。你曾经在公共车上听见旁边有人正谈论你，立即有一个人拍着腔子说你是他的好得没了反正的朋友，说你酒量如海，小腿腹有一片肉能大颗出汗，所以你大喝而不醉，说你下巴上有一个痣，痣上有三根毛。但你不认识他，他也不认识你，甚至还拍着你的肩头说："你不相信？也难怪，名人的事情你怎么会理解呢？"你去医院看病，划价的是一个美艳的少妇，她看了你的处方单惊叫着，你就是名人×××?!你说是的。她把头从极小的窗口里探出来看你,看你的脚,看你的头,看得你不知所措。少妇说:"你真是名人×××?"你不好意思了,她却以为你心虚,"不可能,名人×××怎么会是你这样呢?他是多高大的块头,风度不凡,出口成章,怎么会是你呢?"你被怀疑是同名同姓或者是冒名顶替,你成了骗子,有了糟践名人形象的罪恶而被愤怒的人群殴打。你只好说:"我不是×××,再不敢了!"众人饶了你,吼一声"滚!"你滚了。当你在正式的场合被认定就是名人×××了,你总被许多人围住照相,照了一张又一张,换了一人又一人,你得始终站在那里,你成了风景、道具、装饰物。你记不清你到底照过多少照片,但寄给你的寥寥无几。当你去旅游点看见那些披了彩带的马被男男女女骑上去留影时,你说你先世就是这马变的,这马将来转世,也将会是名人。我亲身经历了一次与你同去一个集合场面,几百人围上去让你签名,你的面前竖满了持日记本的手的森林,你的身子随着人的海潮而波动不已,你无法写字,而外边的人还在挤,结果人群大乱,胡抓一气,最后谁也分不清哪个是签名的人了,我急得大叫,害怕你被纸片一样地撕碎,幸亏你终于爬出来了,你是从人群的腿缝下爬出来的,一爬出没有再看一眼那一堆还在拥挤拼抢的人就逃去了厕所。也就在那一次,你的西服领口破了,眼镜丢了一条腿儿,扣子少了三颗。

你不止一次地向我抱怨,说你家的茶叶最费,因为来客不断,沏一壶茶喝不了几口,再来人再沏新茶,茶叶十分之八是糟蹋了。烟更是飘雪花似的发散,别人家的排气扇若在厨房,你家却装在会客室,但墙还是被熏黄,花还是被呛死。再敲门你想躺着不开,来客却要守在门口，估摸你总得回家吧，你只好在屋里不能走动，不能咳嗽，索性还是把门打开了。你的自行车很旧，你喜欢骑这样的车子，随地可放，不怕贼偷，可你经过十字路口时被交警挡住了，他朝你走来，你紧张了，分辩说你没有违犯交通规则，交警却哗地向你行礼，说："×××先生，很荣幸你走我管理的路口！"你一场虚惊，甚至觉得他在恶作剧，但这张脸是那样真诚，他突然看见你的车子而惊叫："你怎么骑这样的车子呢？"立即招手挡住一辆面包车，连人带车把你捎走了。甚至你突然收到法院的传票，不去吧，法律是严酷的，你害怕那警车到来，去吧，犯了什么罪呢？你忐忑不安了。一进法院，接待你的人激动不已，视你为座上客，说："我们想见见你，你是名人，平时我们是不容易见到的，只好用这种办法了，望你原谅！"你原谅了，你能不原谅吗？外边开始在议论你的私事了，包括你的爱人，你的孩子，你的身体状况饮食嗜好作息时间，如此发展，就说到你有了情人，有了除现妻之外的前妻和预备的将来的后妻，这竟使十几年未见面的一位朋友来见到你的妻子说起你有多少风流韵事时，诚恳地安慰道："其实这有什么呢？你不必伤心，名人都是这样嘛！"使你的妻子哭不得笑不得，无法对他说话。闲话让他说去吧，可闲话一多就成了事实，你托人去街道办事处为孩子办独生子女证，办事员看见了你的大名，为难了，说："哦，是咱们名人的孩子，这孩子长得一定漂亮了！我个人是完全愿意为名人办事的，但计划生育是国策，他和前妻有过孩子，这个虽是续妻生的，却不能算独生子女啊！"你天大的冤枉，只好让单位出证明说你是名人，可还没有那么快就换了班子呀！

唉，你就这么受名人的荣誉，也就这么受名人的苦处。

可是，又该怎么说呢？你不愿别人以名人对待你，你又毕竟意识到自己是名人而又处处以名人来限制自己。在公众场合，你不敢信口开河，在拥挤的小饭馆里，你不敢端了一碗面条蹾在墙角吃。你不能在买菜时与小贩高一声低一声地讨价还价，你不能在街上看见秀色可餐的女子而骑车经过时斜看一眼。社会要的是你的名，你也在为名活着！当你来到有人举办的关于搜集了你的签名和书法的展览馆门口而掏出和别人一样的价钱买门票时，我突然想象到如果有哪一天，有人写了你的传记电影在挑选演员，你如果也去应选，结果会怎样呢？或许导演会看中你的相貌与名人×××相似而选中，可一定会因你演不好名人×××而被导演臭骂一顿轰出摄影棚。

你说，你简直受不了了，"我不要这个名，我要活人！"你甚至想象到有一天你在人头攒涌的场合走着走着，突然身子发生质变，变成泥塑木雕，永远停在那里供人去观赏和礼拜，而你的真人逃走多好！或者更简单，你获得了一件古代传说中的隐身衣……但这毕竟是想象呀，你只有不断地向前来使你不能安静的人说："别把我当名人，我其实一文不值！"

是的，你一文不值，在你和你的妻子的吵闹中她不止十次地这么对你吼过。她知道你是多么平凡的一个人，知道你哪枚牙上有着虫洞，哪只鞋子夹了指头，还有痔疮，且三个外痔经常磨破，弄得满裤头的腥血，知道你有三天不刷牙的劣习，有吃饭时放屁的毛病。就是这样的一位妻子，你却是那样地感激她，热爱她，你在她的欢笑中耍娇，在她的叹息中计划米面油盐酱醋的开销，在她的唠唠不

休的嘟囔中发怒。当每一个夜晚来临，你关了窗子，收了晾着的孩
子的尿布，封了火炉，取了便盆，关门熄灯，将帽子大衣鞋子袜子
和裤头一齐丢在沙发上然后溜进那个热烘烘的被窝去时，你说，我
现在不是名人了，亲爱的……

朋　友

　　朋友是磁石吸来的铁片儿、钉子、螺丝帽和小别针，只要愿意，从俗世上的任何尘土里都能吸来。现在，街上的小青年有江湖义气，喜欢把朋友的关系叫"铁哥们儿"，第一次听到这么说，以为是铁焊了那种牢不可破，但一想，磁石吸的就是关于铁的东西呀。这些东西，有的用力甩甩就掉了，有的怎么也甩不掉，可你没了磁性它们就全没有喽！昨天夜里，端了盆热水在凉台上洗脚，天上一个月亮，盆水里也有一个月亮，突然想到这就是朋友吗。

　　我在乡下的时候，有过许多朋友，至今二十年过去，来往的还有一二，八九皆已记不起姓名，却时常怀念一位已经死去的朋友。我个子低，打篮球时他肯传球给我，我们就成了朋友，数年间形影不离。后来分手，是为着从树上摘下一堆桑葚，说好一人吃一半的，我去洗手时他吃了他的一半，又吃了我的一半的一半。那时人穷，吃是第一重要的。现在是过城里人的日子，人与人见面再不问"吃过了吗"的话。在名与利的奋斗中，我又有了相当多的朋友，但也在奋斗名与利的过程中，我的朋友变换如四季。……走的走，来的来，你面前总有几张板凳，板凳总没空过。我做过大概的统计，有危难时护佑过我的朋友，有贫困时周济过我的朋友，有帮我处理过鸡零狗碎事的朋友，有利用过我又反过来踹我一脚的朋友，有诬陷过我的朋友，有加盐加醋传播过我不该传播的隐私而给我制造了巨大的麻烦的朋友。成我事的是我的朋友，坏我事的也是我的朋友。有的人认为我没有用了不再前来，有些人我看着恶心了主动与他断交，但难处理的是那些帮我忙越帮越乱的人，是那些对我有过恩却又没完没了地向我讨人情的人。地球上人类最多，但你一生的交往最多的却不外乎方圆几里或十几里，朋友的圈子其实就是你人生的世界，你为名为利的奋斗历程就是朋友的好与恶的历史。有人说，我是最能交朋友的，殊不知我的相当多的时间却是被铁朋友占有，常常感觉里我是一条端上饭桌的鱼，你来捣一筷子，他来挖一勺子，我被他们吃剩下一副骨架。当我一个人坐在厕所的马桶上独自享受清静的时候，我想象坐监狱是美好的，当然是坐单人号子。但有一次我独自化名去住了医院，只和戴了口罩的大夫护士见面，病床的号码就是我的一切，我却再也熬不下一个月，第二十七天里翻院墙回家给所有的朋友打电话。也就有人说啦：你最大的不幸就是不会交友。这我便不同意了，我的朋友中是有相当一些人令我吃尽了苦头，但更多的朋友是让我欣慰和自豪的。过去的一个故事讲，有人得了病去看医生，正好两个医生一条街住着，他看见一家医生门前鬼特别多，认为这医生必是医术不高，把那么多人医死了，就去门前只有两个鬼的另一位医生家看病，结果病没有治好。旁边人推荐他去鬼多的那家医生看病，他说那家门口鬼多这家门口鬼少，旁边人说，那家医生看过万人病，死鬼五十个，这家医生在你之前就只看过两个病人呀！我想，我恐怕是门前鬼多的那个医生。根据我的性情、职业、地位和环境，我的朋友可以归两大类：一类是生活关照型。人家给我办过事，比如买了煤，把煤一块一块搬上楼，家人病了找车去医院，介绍孩子入托。我当然也给人家办过事，写一幅字让他去巴结他的领导，画一张画让他去银行打通贷款的关节，出席他岳父的寿宴。或许人家帮我的多，或许我帮人家的多，但只要相互诚实，谁吃亏谁占便宜就无所谓，我们就是长朋友，久朋友。一类是精神交流型。具体事都干不来，只有一张八哥嘴，或是我慕他才，或是他慕我才，在一块谈文道艺，吃茶聊天。在相当长的时间里，我把我的朋友看得非常重要，为此冷落了我的亲戚，甚至我的父母和妻子儿女，可我渐渐发现，一个人活着其实仅仅是一个人的事，生活关照型的朋友可能了解我身上的每一个痣，不一定了解我的心，精神交流型的朋友可能了解我的心，却又常常拂我的意。快乐来了，最快乐的是自己，苦难来了，最苦难的也是自己。

然而我还是交朋友，朋友多多益善，孤独的灵魂在空荡的天空中游弋，但人之所以是人，有灵魂同时有身躯的皮囊，要生活就不能没有朋友，因为出了门，门外的路泥泞，树丛和墙根又有狗吠。

西班牙有个毕加索，一生才大名大，朋友是很多的，有许多朋友似乎天生就是来扶助他的，但他经常换女人也换朋友。这样的人我们效法不来，而他说过一句话：朋友是走了的好。我对于曾经是我朋友后断交或疏远的那些人，时常想起来寒心，也时常想到他们的好处。如今倒坦然多了，因为当时寒心，是把朋友看成了自己和自己的家人，殊不知朋友毕竟是朋友，朋友是春天的花，冬天就都没有了，朋友不一定是知己，知己不一定是朋友，知己也不一定总是人，他既然吃我，耗我，毁我，那又算得了什么呢？皇帝能养一国之众，我能给几个人好处呢？这么想想，就想到他们的好处了。

今天上午，我又结识了一个新朋友，他向我诉苦说他的老婆工作在城郊外县，家人十多年不能团聚，让我写几幅字，他去贡献给某人。我立即写了，他留下一罐清茶一条特级烟。待他一走，我就拨电话邀三四位旧的朋友来有福同享。这时候，我的朋友正骑了车子向我这儿赶来，我等等他们，却小小私心勃动，先自己沏一杯喝起，燃一支吸起，便忽然体会了真朋友是无言的牺牲，如这茶这烟，于是站在门口迎接喧哗到来的朋友而仰天嚯嚯大笑了。

说奉承

　　奉承女人是说漂亮，一般的人，称作同志的，老师的，师傅的，夸他是雷锋，这雷锋就帮你干许多你懒得干的琐碎杂事。人需要奉承，鬼也奠祀着安宁，打麻将不能怨牌臭，论形势今年要比去年好，给牛弹琴，牛都多下奶，渴了望梅，望梅果然止渴。

　　每个人少不了有奉承，再是英雄，多么正直，最少他在恋爱时有奉承行为。一首歌词，是写少年追求一个牧羊女的，说："我愿做一只小羊，跟在她身旁，我愿她拿着细细的皮鞭，不断轻轻打在我身上。"现实生活中，我们常常在拥挤的电车上看到有的乘客不慎踩了别的乘客的脚，如果是男人踩了男人的脚那就不得了，是丑女人踩了男人的脚那也不得了，但是个漂亮的女子踩的，被踩的男人反倒客气了：对不起，我把你的脚垫疼了！世上的女人如小贩筐里的桃子，被挑到底，也被卖到完，所以，女人是最多彩的风景，大到开天辟地，产生了人类，发生了战争，小到男人们有了羞耻去盖厕所。女人已敏感于奉承，也习惯了奉承，对女人最大的残酷不是服苦役，坐大牢，而是所有的男人都不去奉承。

　　对于女人的奉承——我们可以继续说奉承话吧——并不是错误，

它发乎于天性，出自真诚的热爱美好。最多是我们听到那些奉承的话，看到那些奉承的事，背过身去轻轻窃笑。而不能忍受的，浑身要起鸡皮疙瘩，发麻的，是对一些并不发乎于真诚的奉承。有一位熟人，他不止一次地向我发过牢骚，批评他的领导未在位之前，是不学无术的。"他老婆都瞧不起他，"他说，"连老婆都瞧不起的男人，谁还瞧得起他呢？"可这样的人阴差阳错到了位上，却什么都懂了，任何门科的业务会议上，他都讲话，讲了话你就得记录，贯彻执行！以至于他们同伴之间讥讽，也是"你别精能得像咱领导"！可是，偏是这样的领导，我的那位熟人，在批评与自我批评的会上来奉承了："我给咱头儿提个意见吧：你太不爱惜自己的身体了！你的身体难道是你个人的吗？不，是大家的，是集体的！"

我曾参加过许多全国性的会议，出席者胸前都要戴贴着照片的证牌的，我偶然一次往一位已经是七十多岁的老太太的证牌上看了一眼，看到的照片是四五十年前的她，于是留心，竟发现所有的老太太们的照片没一张是现时的。照片当然是自己提供的，老太太们都是名人，年轻时又都是美人，不愿意退出美的舞台是可以理解的，但已经鸡皮鹤首了还戴二三十岁的照片，这实在也太奉承自己了。也就在这次会上，我与一位写书的领导住隔壁，墙不隔音，我每天都能听到来访者对领导的头发、西服以及领导所著的叫《××××》的一本书的奉承。我静静地听，不敢笑，也不敢咳嗽，评价着奉承的高明与低下。大多是智商不高，唯有一日出现个口吃的声音，先是寒暄了一会儿，接着就沉默，接着就是要打破沉默的"啃儿""啃儿"的笑，接着说："我给你说件真真，真实的事。昨天我上，上街，两个人打打打架了，一个把一个打倒在地，在地上的要往起扑，头头一扬，一扬的。那人打了三三三拳，头往上扬，扬的，再用脚踢，头还是扬的，那人在地上摸摸砖，还是扬，正好旁边有个书书摊，捡了本书去头上一、一、一拍，头不扬了！你知道那是什什么书？是《××××》！"

奉承是要得法的，会奉承的人都是语言大师。见秃头说聪明绝顶，坏一只眼是一目了然。某人长相像一个名人，要奉承，说你真像××，不如说××真像你。工会的主席姓王，王姓好呀，正写倒写都是王。瞧这话说得多有水平！有人奉承就不得法，人总是要死的，你却不能祝寿时说，哎呀，离死又近了一年。领导去基层，可以说你亲自去考察呀！领导上厕所，怎么也不该说你亲自去尿呀！我害病住过院，有人来探视，说：听说你病了，我好难过，路上心里想，自古才子命短……他虽然称我是才子，可我正怕死，他说命短，我怎么高兴？有一度关于我的谣言颇多，甚至有了我的桃色新闻，一个人来安慰我，说：你那些事我听说了，真让我生气！名人嘛，有几个女人是应该的嘛，你千万不要往心上去！他这不是肯定了我的桃色新闻？！

每一个生命之所以为生命，是有其自信和自尊的，一旦宁肯牺牲自己的自信与自尊去奉承，那就有了企图。企图可以硬取，刺刀见红，企图也可以软赚，奉承为事。寓言里的狐狸奉承乌鸦的嗓音好，是想得到乌鸦叼着的一块肉，说"站惯了"的奴才贾桂，是想早日做坐下的主子。善奉承的眼光雪亮，他决不肯奉承比他位低的，势小的。科长只能奉承处长，处长只能奉承局长，一级撺一级，只要有官之阶，人就往高处走。委屈者求的是全，忍小事者为的是大谋。人的生活中是需要一些虚幻的精神的，有人疼痛，相信止痛针，给注射些蒸馏水，就说是止痛药，那疼痛也就不疼痛了，被奉承的为了荣誉、利益乐于让他人奉承，待发觉给鸡送来了饲料却拿走了鸡蛋时，被奉承者才明白了奉承。

当然，话有三说，巧说为妙，巧说不一定就是奉承，灶王爷之所以是人间普遍喜爱的神，是灶王爷"上天言好事，下界降吉祥"，也正因为灶王爷是没私利地言好事，降吉祥，灶王爷永远是灶王爷。看多了世间的奉承者和接受奉承者，有许多激愤，想想，人本身有私欲，社会又注重权与势，哪里又能消灭奉承者和接受奉承者？奉承换句话说是献媚，献媚就是送上女之色，是妓的行为，那么，既然有了妓，妓使许多人变成了嫖客，嫖客得性病就让他自受去吧。

说请客

请客半日忙。大包小袋地从街上买着东西回来了，就操心自己的手艺，能否把一桌饭菜烹饪得有形有色有味，再是操心要请的客人会不会到来。今日真是个好日子！一切该按心愿的都按心愿进行了，送走客人，满屋狼藉，心身仍是不累的，立在房门口要给邻居家诉说："他是×××呀！"×××总是有权有势或者有名的人。如果是男娶女嫁，孩子满月，老人过寿，以及分到了房子，评上了职称，请客是熟人来，把一个欢乐扩大成十个欢乐。可×××是何等人物，席好摆，客难请的。于是，请过了客的夫妇在这个晚上吃残汤剩水时，一个在说："我真怕他不来的。"一个在说："他总算是吃过咱们的了！"拿上等的饭菜给人家吃了，似乎那饭菜是多余的，像门口的垃圾，垃圾车来拉走了，就得感谢的呀。

在这个世界上，有坐轿的就有抬轿的，有想瞌睡的就有递枕头的，有人请吃，有人吃请，这如同狗吃得那么多狗不下蛋，鸡虽然刨着吃，蛋却一天一个，鸡就是下蛋的品种嘛！请吃和吃请，都是一个吃字，人活着当然不是为了吃，但吃是活着的一个过程，人乐趣于所有事情的过程。在西方，社会靠金钱和法律维系，中国有时候讲究权势和人情，一切又都表现在吃。最早的握手起源于人与人的不信任，在普遍没有吃的时候，你冒着生命危险捕获到食物让我吃，这岂能不让我感动？当我们看见母鸡辛辛苦苦啄死了一条蜈蚣，锐声叫唤着小鸡来吃，就想到最初请客也就是这样吧。

最初的请客是一种抚养或贡献，而现在的请客有些则沦落到一种公关，除了给神像，再也没有贡献，抚养自己孩子也为着防老。请客就请吧，帖子越来越精美，言语越说越诚恳，几乎如善男信女朝山拜佛，如面对了现场发功的气功大师，闭目屏息，迎掌端坐。但是，十分讲究虔诚的信徒们其实是何等自私的人们，他们虔诚的目的只是索取！请客者大多是有求于别人，或者在求人前，或者在求人后，深谋的还有个早些渗渠，短见的只要个立竿见影，吃一次饭当然是送蝇头以图牛头。我们常常会看到有不得不请客的人家请过客了，仍一脸无声的笑，拉拉扯扯地，一边送客走，一边要说：哎呀，天还早的，多坐会儿嘛！心里想的是"客走主人安，跳蚤蹦了狗喜欢"。若请吃了事未办成，吃过这一次再不会有第二次，这一次也是"权当喂了狗啦！"吃请的呢，有帮了你的，就等着你有什么表示，连一顿饭也不请吗？或许也知道君子不吃嗟来之食，他家里并不缺一顿吃的，吃请是一种身份和荣誉呀。有的人却是吃请吃烦了，饭菜是人家的，肠胃是自己的，花时间，穷应酬，说免了免了，会给帮忙的。但不吃人家不相信，这饭是一种凭证，吃吧，实在是把自己做了人质，把肚子做了坟墓，一股脑儿地埋葬那些鸡鱼猪羊的尸体了。

一个多么会吃的民族，并且自诩吃出了一种灿烂的文化，可请吃的和吃请的哪里又会明白，人是离不得吃的，吃食的不同却要改变人的品种的。秃隼之所以形容恶丑、性情暴戾，秃隼的食物是腐肉，凤凰吃的是洁莲之果、清竹之实，凤凰才气质高贵，美丽绝伦。人对食品有好有恶，和尚没有不高古的，酒鬼没有不丧德的，湖南人吃辣多革命，山西人吃醋少铺张，请吃者什么都让你吃，吃请者有什么吃什么，凡是胃囊什么食物都能盛的，少悟性，乏技艺，只能平庸，只能什么也干不了，去干一般的官儿，只能肥头大耳。肥头大耳又容易是什么呢？鱼就是为了吃，吃下了钓钩，狐狸就是为了皮毛美丽的那点荣誉，死亡于猎人的枪口。

说请客，社会上相当多的聪明能干之人其实是善请客而已，而被请者又有哪一个是讨妇乞儿？为请客如何费尽心机，赴吃请又怎样丑态百出，这其中生动的例子，随便在任何地方稍加留意，就能看到和听到，令人捧腹一笑。笑过了却一想，在目下的中国，如同城市人每人都有一辆自行车一样，我们每一个人，或许没有被吃请过，却谁是没有请吃过呢？笑别人就笑自己吧，骂别人就骂自己吧。那么，我们会说，我们这算什么呀？吃请还不是大吃请，请吃还不是大请吃，全中国最有名的吃请者只有一个，他就是那个钟馗。

是的，是钟馗。请吃就请钟馗，吃请就吃小鬼。

说花钱

中国传统的文化里，有一路子是善于吹的，如某些中医大夫，如气功师，街头摆摊卜卦的，酒桌上的饮者，路灯下拥簇着的一堆博弈人和观弈人，一分的本事吹成了十二分的能耐，连破棉袄里扪出一颗虱来，也是珍养的，有双眼皮的俊。依我们的经验，凡是太显山露水的，都不足怕，一个小孩子在街上说他是×××大人物，由他说去，谁信呢？人不信，鬼也不信。先前的年里，戴口罩很卫生，很文明，许多人脖子上吊着白系儿，口罩却掖在衣服里，就为着露出那白系儿。后来又兴墨镜，也并不戴的，或者高高架在脑门上，或者将一只镜腿儿挂在胸前衣扣上。而现在却是行立坐卧什么也不带的，带大哥大，越是人多广众，越是大呼小叫地对讲。——这些都是要显示身份的，显示有钱的，却也暴露了轻薄和贫相。金口玉言的只能是皇帝而不是补了金牙的人，浑身上下皆是名牌的服饰的没有一个是名家贵族，亿万富翁大概也不会有个精美的钱夹装在身上。

越不是艺术家的人，其做派越像艺术家；越是没钱的人，越是要做出是有钱的主儿。说句好话，钱是不能说就证明一切，但也不能说钱就不是一种价值的证明，说难听点，还是怕旁人看不起。过日子的秉性是，过不好，受耻笑，过好了，遭嫉妒。豪华宾馆的门口总竖着牌子写着："衣着不整，不得入内。"所谓不整者，其实是不华丽的衣着，虽然世上有凡人的邋遢是肮脏、名流的邋遢是不修边幅之说，但常常有不修边幅的名流在旁人说出名姓后接待者的脸面方由冷清到生动。于是，那些不失漂亮的女子，精致的手袋里塞满了卫生纸，她们不敢进澡堂，剥了华丽的外套，得缩身捂住破旧不堪的内衣，锃亮的高跟皮鞋不能脱，袜子被脚趾捅出个洞。她们得赶快谈恋爱，谈恋爱了，去花男朋友的钱，或者不结婚，或者结了婚搞婚外恋，傍大款，今天猎住这个，明日瞄准了那位，藤缠树，树有多高，藤有多高，男人们"下海"在水里扑腾，她们"下海"了，在男人的船上。社会越来越发展到以法律和金钱维系，有定数的钱就在世上流通，聚聚散散，来来往往，人就在钱上穷富沉浮。若将每一张钞票当一部小说来读，都有一段传奇的吧。

如果平静地来讲，现在可爱的倒不是那些年轻的女子了，老太太更显得真实、本质，做小市民有小市民的味：头梳得油光光的去菜市，问过了这一摊位的价格，又去问那一摊位的价格，仰头看天，低首数钱，为一分两分与摊主争吵，要揭发呀要告状呀地瞧摊主的秤星秤锤，剥菜叶子，掐葱根，末了要走了还随手捏去几棵豆芽。年轻的女子在市民里仍有个"小"字，行为做事却要充大。越是小，越怕人说小，如日本偏自称大日本帝国，一个长江口上的滩城偏要叫作大上海。

依一般的家庭，能花钱的都是女人，女人在家庭有没有地位就看是否掌握花钱的权力，如今的"气管炎"日益增多，是丈夫们越来越多地失去了经济的独立。事实是，真正的男人是不花钱的。日本的一位首相说过，好男人出门在外身上只装十元钱。他有能力去挣钱，挣了钱就让女人去花吧，看着女人去花钱，是把烦琐的家庭日常安排之任交她去完成了。即使女人们将钱花在衣着上、脸面上，那更是男人的快乐，试想，一个人被他救过命又救过另外人的命，他是从内心深处不愿常见到恩人而企望被救过的那人常出现在他面前的。不管如何地否认和掩饰，今日的社会还是以男人为中心的社会，女人——如张爱玲所说——即使往前奔跑，前面遇到的还是男人。所以，有了自己钱的，做了强人的女人，实指望一切要主动，却一切皆不主动，尤其是爱情。

　　钱的属性既然是流通的，钱就如人身上的垢痂，人又是泥捏的，洗了生，生了洗。李白说，千金散去还复来。守财奴全是没钱的。人没钱不行，而有人挣的钱多，有人挣的钱少，表面上似乎是能力的大小，实则是人的品种所致。蚂蚁中有配种的蚁王，有工蚁，也有兵蚁；狗不下蛋，鸡却下蛋，不让鸡下蛋鸡就憋死。百行百业，人生来各归其位，生命是不分贵贱和轻微的。钱对于我们来说，来者不拒，去者不惜，花多花少皆不受累，何况每个人不会穷到没有一分钱（没有一分钱的是死了的人），每个人更不会聚积所有的钱。钱过多了，钱就不属于自己，钱如空气如水，人只长着两个鼻孔一张嘴的。如果这样了，我们就可以笑那些穷得只剩下钱的人，笑那些没钱而猴急的人，就可以心平气和地去完成各自生存的意义了。古人讲"安贫乐道"，并不是一种无奈后的放达和贫穷的幽默，"安贫"实在是对钱产生出的浮躁之所戒，"乐道"则更是对圆满生命的伟大呼唤。

长舌男

一、说车

小时在乡下什么都不怕的，怕狼——炎天晌候有狼就坐在麦田埂上嗥，嗥如哭妇，诱吃过好多人——以至于夏夜在场畔睡凉席，胖的嫩的孩子全被大人们围着。过去了三十年，狼却没有了，这简直是个奇怪的现象！在熙熙攘攘的街头上，我碰着了从乡下进城来的一个小儿要求着他的爷爷去动物园（爷爷脸上有一道难看的疤，一看就曾是狼挖脸），小儿说：我要看狼！爷爷说：看狼去，几十年我也没见过了，怪……

有狼的时候，人有危机，人不寂寞，突然间发觉没有了狼，人倒活得不重要了似的。

一老一少肯定没有修炼过气功，若是开发了天眼，就会发现，狼其实仍是存在，而且越来越多地集中到了城里。街面上一辆接一辆呼啸往来的汽车，不是全附着了狼的灵魂，每天都有人被"吃"掉的吗？试想想，如果说现在芸芸众生中的许多人穿上了各类皮革的衣服，这许多人是牛羊猪鸡托生上世，那么更有人在拥有了公配的或自购的汽车，这便为随着牛羊猪鸡而来的狼了。可是，有多少人知道我们在城市里生活着是与狼共舞，倒很多很多的人还一心热羡着奋斗着有一辆供享的汽车来显示自己的价值！

这是一种可哀的事，也是上帝冥冥之中安排着生态平衡。狼始终在威胁着人。现代城市越来越发展，狼的灵魂不仅附在了汽车上，而且人本身就存在着几分狼气。

我告诉那老少爷孙不必去动物园的，动物园的狼已经不是狼了。小儿问我为什么。这傻孩子，他还不懂城市，孩子你见过城市的猫吗，不逮老鼠的猫还算是猫吗？

二、说铃

晓平告诉我：凡是城里人，没有不配有一辆自行车的，每一辆自行车没有不装有一颗铃的。对，这铃就是每个人的声。铃都在街上响，响着说：让路，让路！都要求让路，结果都在路上拥挤。人人都想有自己的声，声混浮起来，无字无节，成了噪音。

经常有人把铃就丢了。丢了铃就丢了声。

似乎丢铃的人很多。

冷静一想，我的铃突然不见了，我怎么能没有声呢？我于是在停车处摘下你的铃装在我的车上，你的铃不见了，你又摘下他的铃，摘来摘去，又摘去摘来，其实整个城里只是丢失了一颗铃。

或许，最初丢失的那颗铃是一个孩子干的，孩子偶然好奇，摘下来在里面和尿泥玩，玩毕了，一扬手扔到城河壕的污水里去了。

三、说你

我哪里还是我？虽然没有移植过别人的心肺脾肾，甚至也没有换皮美容，却吃吃过了多少猪肉、牛肉、羊肉、鸡肉，吃啥补啥，我常常怀疑胳膊上的那片肉是猪的了，脚上的那张皮是鸡的了。尤其患过了多年的病，曾经输过血，喝过成十个胎盘制成的糊状饮品，我就感觉我不是一个人，是合众体，从太阳光下走过，总恍惚着影子也是重叠了。每天晚上，梦是特别地多，境界中人都无序，忽而将至，忽而即逝，情节繁复，转换自如，醒来就发怔，我所有的灵魂一起在做梦了？周围的人开始在议论我，说我变了，性格越来越怪异，行为已无法捉摸，原本某件事我完全可以干得了的，可我干不了，怎样努力也干不了，而某件事大家都认为我干不了的，我却轻而易举地干了！谨慎时，树影子落在地上，我都要跳过去，以为那是个坑；狂放了，肆无忌惮，得意忘形。突然见谁都怕，婴儿当道也退避三舍，突然明明知道手里拿着鸡蛋，却和石头去碰，家里人也唠叨了，在外有说有笑，一进门怎么就三棒子打不出个屁来。这怪我吗，我还是我吗？我不是了我，我还说什么，能说得清吗？我连我也无法把握，人是一呼一吸而生存的，怎么吃饭说话时不感觉我还在呼吸？我一天天长高了，什么时候长的？夜里躺在床上，是哪一时哪一刻在睡着了？坐在那里，其实在走着，因为地球在动。太阳出来了，昨天的太阳绝不是今天的太阳。练什么气功，谁不就在大气层里？土是黄的，为什么长出的辣子是红、菠菜是绿？思维一会升到天上，一会又坠到深渊，想念无数的人，却没有具体的眉眼，如对着坍废的墙根，看腐蚀斑驳的痕迹，出现了各种景象各色人等。常常口里叼着烟斗到处寻找烟斗，正朗诵"给我一个杠杆吧，我会撬起地球"，而走到自家门口，拿了钥匙去开锁，才懊丧在偌大的世界里能拨动的仅仅是自己家锁的一个小孔。我不得不让我变，而且继续会变下去，更多的人不认识我了，我自己也难以认识我，苦恼的是名字依旧。我悔我吃过各种草的种子，如麦如稻如谷，吃过猪牛羊鸡，甚至蛇、蝎、龟和螃蟹，恨我患什么病呀，输他人的血，喝他人的胎盘，如果我是纯粹的我，我忠诚若狗，温媚如猫，愿意受人的正常的幸福和烦恼，可现在，我人非人，兽非兽，物非物！我的眼里溢满了委屈和哀伤的泪水，我只有这样活下去了。所以，我说，谁也不要理我，让我的乌合之众的灵魂去放逐吧，如果要认识我，等过三十年、四十年，某一日我死了，或许火化，高高的炼尸炉的烟囱里会冒出各种颜色的烟来，有一股清正之气，那才是我；或许土埋，坟墓上会长出许多花来，有一株散发幽香的，那才是我。而现在，我不是了真我，怨恨就怨恨吧，责怪就责怪吧，怨恨和责怪的是猪，是牛，是羊，是鸡。还有，悄悄地说吧，我输过的血保不准正是你卖出的血，喝过的胎盘饮品保不准也正是你的。

关于父子

　　一个儿子酷像他的父亲，旁人看起来很滑稽，做父亲的就要得意了，世界上有了一个小小的自己的复制品，时时对着欣赏，如镜中的花水中的月，这无疑比仅仅是个儿子自豪得多。我们常遇到这样的事，一个朋友已经去世几十年了，忽一日早上又见着了他，忍不住就叫了他的名字，当然知道这是他的儿子，但能不由此而企羡起这一种生生不灭永存于世的境界吗？

　　做父亲的都希望自己的儿子像蛇蜕皮一样的始终是自己，但儿子却相当多的愿意蝉在蜕壳时的裂变。一个朋友给我说，他的儿子小时候最高兴的是让他牵了逛大街，现在才读小学三年级，就不愿意同他一块出门了，因为嫌他胖得难看。如果父亲是一个官员或者名人，即就不是官员和名人却模样英俊，虽然不会发生像我的朋友那样的悲剧，但做儿子的绝不会爱自己的父亲，就是爱，爱里亲的成分则少，属的成分要多。

　　中国的传统里，有"严父慈母"之说，所以在初为人父时可以对任何事情宽容放任，对儿子却一派严厉，少言语，多板脸，动辄就吼叫挥拳，我们在每一个家庭都能听到对儿子以"匪"字来下评语和"小心熟了你的皮"的警告。他们常要把在外边的恼气回家来

发泄到儿子身上，如受了领导的压制，挨了同事的排挤，甚至丢了
一把钥匙，输了一盘棋。儿子在那时没力气回打，又没多少词汇能
骂，经济不独立，逃出家去更得饿死，除了承接打骂外唯独是哭，
但常常还是不准哭，也就不敢再哭。偶尔对儿子亲热了，原因还多
是自己有了什么喜事，要把一个喜事让儿子酝酿扩大成两个喜事。
在整个的少年，儿子能随便呼喊国家主席的小名，却不敢悄声说出
父亲的大号的，我的邻居名叫"张有余"，他的儿子就从不说出"鱼"
来，饭桌上吃鱼就只好说"吃蛤蟆"，于是小儿骂仗，只要说出对
方父亲的名字就算是恶毒的大骂了。可是每一个人的经验里，却都
在记忆的深处牢记着一次父亲严打的历史，耿耿于怀，到晚年说出
来，仍愤愤不平的。所以在乡下，甚至在目下的城市，儿子从来不
愿同父亲待在一起，他们往往是相对无言。我们总是发现着父亲对
儿子的评价不准，差不多是"呆""痴相"，以至儿子成就了事业
甚或是名人，他还是惊疑不信。

　　儿子稍稍独立，儿子与父亲的意见就不统一了，愈是与父亲相
悖，这儿子就愈是优秀人物。许多史书上已经记载了儿子为了皇位
囚禁和弑杀了父亲的事实，即是一个最贫贱的乡里穷儿子，对父亲
于某种利益上也"大逆不道"起来了。我曾在一个山村看见过一个
儿子哭父亲丧的场面，他泪水汪汪地哭："大（爸）呀，谁再和你
娃争嘴呀？不吃饭咱们是父子，一吃饭咱们就是对头啊！"儿子这
么痛哭当然也算个孝子，但他说的哪一句又不是实话呢？

　　可以说，儿子与父亲的矛盾是从儿子一出世就有了，他首先是
父亲的妻子的爱心转移，再就是向你讨吃讨喝以至意见相悖惹你生
气，最后又亲手将父亲埋葬。有这样个笑话，说是一个老父在哄孙

子吃奶时竟把媳妇的奶头示范性地吮了一口，儿子大为不满，与老父论理，可见儿子是不让其父的，但老父呢，更有一腔积愤，说："你吮了我老婆三年奶头，我还没寻你事哩，我吮你老婆一口奶头你就凶了？"古语讲男当十二替父志，儿子从十二岁起父亲就慢慢衰退了，所以做父亲的从小严打儿子，这恐怕是冥冥之中的一种人之生命本源里的嫉妒意识。若以此推想，女人的伟大就在于从中调和父与子的矛盾了，世界上如果只有大男人和小男人，其实就是凶残的野兽，上帝将女人分为老女人和小女人派下来就是要掌管这些男人的。

只有在儿子开始做了父亲，这父亲才有觉悟对自己的父亲好起来，可以与父亲在一条凳子上坐下，可以跷二郎腿，共同地吸一锅烟，共同拔下巴上的胡须。但是，做父亲的在已经丧失了一个男人在家中的真正权势后，对于儿子的能促膝相谈的态度却很有了几分苦楚，或许明白这如同一个得胜的将军盛情款待一个败将只能显得人家的宽大为怀一样，儿子的恭敬即使出自真诚，父亲在本能的潜意识里仍觉得这是一种耻辱，于是他开始钟爱起孙子了。这种转变皆是不经意的，不易被清醒察觉的，这似乎像北方人阳气重而喜食状若阴器的麦子，南方人阴气盛而喜食形若阳具的大米一样。也不妨走访一下，家有美妻艳女的人家谁个善于经营花卉盆景吗？有养猫癖的男人哪一个又是满意着他的家妻呢？父亲钟爱起了孙子，便与孙子没有辈分，嬉闹无序，孙子可以嘲笑他的爱吃爆豆却没牙咬动的嘴，在厕所比试谁尿得远，自然是爷爷尿湿了鞋而被孙子拔一根胡子来惩罚了。他们同辈人在一块，如同婆婆们在一块数说儿媳一样数说儿子的不是，完全变成了长舌男，只有孙子来，最喜欢的也最能表现亲近的是动手去摸孙子的"小雀雀"。这似乎成了一种习惯，且不说这里边有多少人生的深沉的感慨、失望和向往，但现在一见孩子就要去摸囱直是唯一的逗乐了。有时手伸了过去时才发现是个女孩，手忙停住，又不能暴露尴尬窘相，手就从下而上画了一弧，变成一种理头发的动作，最后摸到了自己后脑勺上，在这一瞬间感叹自己老了，头发全稀落殆尽了。这样的场面，往往使做儿子的感到了悲凉，在孙子不成体统地与爷爷戏谑中就要打发自己的儿子，但父亲却在这一刻里凶如老狼，开始无以复加地骂儿子，把积聚于肚子里的所所有有的不满全要骂出来，直骂个天昏地暗。

　　但爷爷对孙子不论怎样地好，孙子却是不记恩的。孙子在初为人儿时实在也是贱物，他放着是爷爷的心肝不领情而偏要做父亲的扁桃体，于父亲是多余的一丸肉，又替父亲抵抗着身上的病毒。孙子没有一个永远记着他的爷爷的，由此，有人强调要生男孩能延续家脉的学说就值得可笑了。试问，谁能记得他的先人是什么模样又叫什么名字呢？最了不得的是四世同堂能知道他的爷爷、老爷爷罢了，那么，既然后人连老老爷爷都不知何人，那老老爷爷的那一辈人一个有男孩传脉，一个没男孩传脉，价值不是一样的吗？话又说回来，要你传种接脉你明白这其中的玄秘吗？这正如吃饭是繁重的活计，不但要吃，吃的要耕要种要收要磨，吃时要咬要嚼要消化要拉泄，要你完成这一系列任务就生一个食之欲给你，生育是繁苦的劳作，要性交要怀胎要生产要养活，要你完成这一系列任务就生一个性之欲给你，原来上帝在造人时玩的是让人占小利吃大亏的伎俩！而生育比吃饭更繁重辛劳，故有了一种欲之快乐后还要再加一种不能断香火的意识，于是，人就这么傻乎乎地自鸣其乐地繁衍着。唉唉，这话让我该怎么个说呀，还是只说关于父子的话吧。

　　我说，作为男人的一生，是儿子也是父亲，前半生儿子是父亲的影子，后半生父亲是儿子的影子。前半生儿子对父亲不满，后半生父亲对儿子不满，这如婆婆和媳妇的关系，一代一代的媳妇都在埋怨婆婆，你也是媳妇你也是婆婆你埋怨你自己。我有时想，为什么上帝不让父亲永远是父亲，儿子永远是儿子，人数永远是固定着，儿子那就甘为人儿地永远安分了呢？但上帝偏不这样，一定是认为这样一直不死地下去虽父子没了矛盾而父与父的矛盾就又太多了，所以就要重换一层人，可是人换一层还是不好又换，就反反复复换了下来。那么，换来换去还是这些人了！可不是吗，如果不停生人死人，人死后灵魂据说又不灭，那这个世界里到处该是幽魂了，我们抬脚动手就要碰撞他们或者他们碰撞了我们。不是的，绝不是这样的，一定还是那些有数的人在换着而重新排列罢了。记得有一个理论是说世上的有些东西并不存在着什么优劣，而质量的秘诀全在于秩序排列，石墨和金刚石其构成的分子相同，而排列的秩序不一，质量截然两样。聪明人和蠢笨人之所以聪明蠢笨也在于细胞排列的秩序不同。哦，不是有许多英雄和盗匪在被枪杀时大叫"二十年又一个×××"吗？这英雄和盗匪可能是看透了人的玄机的。所以我认为一代一代的人是上帝在一次次重新排列了推到世界上来的，如果认为那怎么现在比过去人多，也一定是仅仅将原有的人分劈开来，各占性格的一个侧面一个特点罢了，那么你曾经是我的父亲，我的儿子何尝又不会是你，父亲和儿子原是没有什么区别的。明白了这一点多好呀，现时为人父的你还能再专制你的儿子吗？现时为人儿的你还能再怨恨现时你的父亲吗？不，不，还是民主、和平、仁爱地活着这一世人的为好，好！

说孩子

　　和女人在一起，最好不要提起她的孩子——一个家庭组合十年，爱情就老了，剩下的只是日子，日子里只是孩子，把鸡毛当令箭，不该激动的事激动，别人不夸自家夸。——她会全不顾你的厌烦和疲劳，没句号地要说下去。人的心是一辈一辈往下疼的，如摆砖溜儿，一块砖撞倒一块砖，不停地撞下去。我曾经问过许多人，你知道你娘的名字吗？回答是必然的。知道你奶奶的名字吗？一半人点头。知道你老奶奶的名字吗？几乎无人肯定。我就想，真可怜，人过四代，就不清楚根在何处，世上多少夫妇为"续香火"费了天大周折，实际上是毫无意义！全然地拒绝生育，当然是对人类的不负责任，但除过那些一定要生儿生女，一定要生儿不生女的人外，现代社会里的夫妇要孩子纯粹是一种精神的需要，有个乐趣，如饲猫饲狗，或许为了维系家庭。一个女人曾对我说，夫妻是衣服的两片襟，没有孩子就没有纽扣啊！

　　有了孩子，谁都希望孩子小时候乖，长大了有出息。结婚生育，原来是极自然的事，瓜熟蒂落，草大结籽，现在把生儿育女看得不得了了，照仪器呀，吃保胎药呀，听音乐看画报胎教呀，提前去医院，羊水未破就呼天喊地，结果十个有八个难产，八个有七个产后无奶。十三年前我在乡下，隔壁的女人有三个孩子，又有了第四个，是从田地里回来坐在灶前烧火，觉得要生了，孩子生在灶前麦草里。待到婴儿啼哭，四邻的老太太赶去，孩子已收拾了在炕上，饭也煮熟，那女人说："这有啥？生娃像大便一样的嘛！"孩子生多了，生一个是养，生两个三个也是养，不见得痴与呆，脑子里进了水，反倒难产的，做了剖宫产的孩子，性情古怪暴戾，人是胎生的，人出世就要走"人门"，不走"人门"，上帝是不管后果的。

我长久地生活在北方，最愤慨的是有相当多的人为一个小小的官位尔虞我诈，钩心斗角，到位上了，又腐败无能，敷衍下级，巴结上司，没有起码的谋政道德，后来去南方了几趟，接触了许多官员，他们在位一心想干一番事业，结果也都干得有声有色。究其原因，他们说，不怕丢官，丢了官我就去做生意，收入比现在还强哩！这是体制和社会环境所致。如今对儿女的教育何尝有点不像北方干部对待官职的态度呢？人口越来越多，传统的就业观念又十分严重，做父母的全盼望孩子出人头地，就闹出许多畸形的事体来。有人以教孩子背唐诗为荣耀，家有客人，就呼出小儿，一首一首闭了眼睛往下背。但我从没见过小时能背十首唐诗的"神童"长大成了有作为的人。有人省吃俭用地买钢琴呀，买绘画的颜料笔纸呀，用金钱加拳头要培养个音乐家和画家，结果只能培养出一大批挣便宜钱的半通不通的"辅导"。社会是各色人等组成的，是什么神就归什么位，父母生育儿女，生下来、养活到大，施之于正常的教育就完成了责任，而硬要是河不让流，盛方缸里让成方，装圆盆中让成圆，没有不徒劳的，如果人人都是撒切尔夫人，人人都是艺术家，这个世界将是多么可怕！接触这样的大人们多了，就会发现，愈是这般强烈地要培养儿女的人，这人愈是活得平庸。他自己活得没有自信了，就将希望寄托在儿女身上。这行为应该是自私和残酷，是转嫁灾难。试想，你自己都是那样，还苛刻地要求儿女，儿女会怎么看你？儿女的生命是属于儿女的，不必担心没有你的设计儿女就一事无成，相反，生命是不能承受过轻和过重的，教给了他做人的起码道德和奋斗的精神，有正规的学校传授知识和技能，更有社会的大学校传授人生的经验，每一个生命自然而然地会发出自己灿烂的光芒的。

如果是作小说，作家们懂得所谓的情节是人物性格的发展，而活人，性格就是命运。曾经流行过一种测验法，即让你随口说出三个动物来，每个动物又以最少三个词来比喻，第一个动物的比喻词便是你的自我感觉，第二个动物的比喻词是别人对你的看法，第三个动物的比喻词是原本的你。我测过百余人，发觉自我感觉不管如何变化，总超不出两类，一是良好，如龙，是飞腾的龙，威严的龙，美丽的龙；一是喋喋抱怨，如牛，吃的是草挤出的是奶的牛，一生辛勤的牛，为人耕作的牛。可以说，人是很难认识自己的，这如眼睛看不见眼睛一样。但认识自己，设计自己却是人至关重要的事！天才不是三百年才出现一个两个的，天才是每个人都存在的，关键是是否发现自己身上的天才。遗憾的是很多很多的人至死没有发现和发展自己的天才潜能，所以，伟大的人物总是少，众生才芸芸。

我也是一个父亲，我也为我的独生女儿焦虑过，生气过，甚至责骂过；也曾想，我的孩子如果一生下来就有我当时的思维和见解多好啊。为什么我从一学起，好容易学些文化了，我却一天天老起来，我的孩子又是从一学起?！但当我慢慢产生了我的观点后，我不再以我的意志去塑造孩子，只要求她有坚忍不拔的精神，只强调和引导她从小干什么事情都必须有兴趣，譬如踢沙包，你就尽情地去踢，画图画，你就随心所欲地画。我反对要去做什么"家"，你首先做人，做普通的人。继承了我的秉性，孩子胆小，我的亲戚们让孩子在外要刚硬，谁敢打你你就打他。我说，社会毕竟不是整日打架的社会，学得那么刚硬还像个女孩子吗？小不忍到底要坏大谋的。

我对待儿女的观点，是会被相当多的人反对的，或许将永远落下不称职的父亲的声名。我虽然常常看着小学生、中学生不分昼夜地在书桌前用功，心中充满了悲哀——大人们都在自己的岗位上消极怠工，却把恶果转嫁于孩子——但我也得让女儿去做作业，去复习，去拿回考试的高分。我现在唯一能做到的，是不能忍受着一些女人向我讲述她为孩子设想的伟大而美丽的前景，她不停地在说，使用着连续的逗号，好不容易出现一个句号了，我得赶紧就说："哎呀，差点忘了，××要我回个电话的！"我得逃避，我终于学会了逃避。

说房子

人活在世上需要房子，人死了也需要房子，乡下的要做棺、拱墓，城里的有骨灰盒。其实，人是从泥土里来的，最后又化为泥土，任何形式的房子，生前死后，装什么呢？

有一个字，囚，是人被四周围住了。房子是囚人的，人寻房子，自己把自己囚起来，这有点像投案自首。

过去的地主富农，买房买地，现在一般的农民省吃俭用，第一个建设就是盖房，活着没有盖所房子，好像一个总统没有治理好国家一样，很丢人的。时下的房地产很热，大款们也是广置房产，都要囚，囚了自己，还要给子子孙孙都有囚的地方。

为了房子，人间闹了多少悲剧：因没房女朋友告吹了；三代同室，以帘相隔，夫妻不能早睡，睡下不敢发声，生出性的冷淡和阳痿；单位里，一年盖楼，三年分楼，好同事成了乌眼鸡似的，白刀子进，红刀子出，与分房不公的领导鱼死网破。

人为什么都要自个儿寻囚呢？没有可以关了门、掩了窗，与相好谈恋爱的房子，那么到树林子去，在山坡上，在洁净鹅卵石的河滩，上有明月，近有清风，水波不兴，野花幽香，这么好的环境只有放肆了爱才不辜负。可是，没有个房子，哪里都是你的，哪里又岂能是你的？雁过长空无痕，春梦醒来没影，这个世界什么都不属于你，就是这房子里的空间归你。砰地推开，砰地关上，可以在里边四脚拉叉地躺着抽烟，可以伏在沙发上喘息；沏一壶茶品品清寂，没有书记和警察，叱责老婆和孩子。和尚没有家，也还有个庙。

人就是有这么个坏毛病，自由的时候想着囚，囚了又想到自由。现在有些人房子有几幢数套，一套里有多厨多厕，却向往没墙没顶的大自然，十天半月就去山地野外游览，穿宽鞋，过草地，吃大锅，放响屁，放浪一下形骸。没房子的，走到公共厕所都在暗暗设计：这房子若归我了，床放在哪儿好，灶安在哪儿好。人都被上帝分配在地球上，地球又有引力，否则，在某个早晨，人都会突然飞掉。

人多多少少都会有点房子的，是一室的或者两室三室的——人什么都不怕，人是怕人，所以用房子隔开，家是一人或数人被房子囚起来。一个村寨有村寨墙，一个城有城墙。人生的日子整齐分割为四季一年，一年十二月，一月三十天，每人每家的居住就如同将一把草药塞进药铺药柜的一个格屉一个格屉里，有门牌号码，以数字固定了——《易经》就是这么研究人的，产生了定数之说。人逃不出为自己规定的数字的。

有了房子，如鸟停在了枝头，即使四处漂泊，即使心还去流浪，那口锅有地方，床有地方，心里吃了秤锤般地实在。因此不论是乡下还是闹市，没有人走错过家门，最要看重的是他家的钥匙。有家就有了私产和私心，以前有些农民出门在外，要拉屎都要憋着跑回去，拉在他家的茅坑里，憋不住的，拉下来也用石头溅飞，不能让别人捡拾去。而工厂的工人，也有人有了每天要带些厂里的幺小零碎回家的瘾，如钳子呀，铁丝呀，钉子呀，实在想不出拿什么了，吃过饭的饭盒里也要装些水泥灰。房间里，随心所欲地布置了，在外做什么职业，在内就表现什么风格，或者在外得不到的，在内就要补上。官人们的座椅大，躺椅长，桌上有两副眼镜，看报纸一副，看人一副，墙上要有大的地图，款人们的房间里英文字母最多，以钱币叠成的菠萝挂在墙上，有一个壁橱是供了财神的，通有电光，遥感能发"财源茂盛"之声，想做艺术家的布置出了比艺术家还艺术家的氛围，有完整的盘羊头骨，有偌大的插画轴瓷缸，书不上架堆在桌上，纸烟拆开用烟斗来吸。那些自己做苦工偏要培养儿女做音乐家的，钢琴摆在窗下。病恹恹的，常年卧床的，挂龙泉剑在床头。而实在的人，过平常日子，家具是逐步添办的，色调不一，米袋子同浴盆、凉鞋、舍不得丢的吃过饼干的盒子塞在床下，醋瓶子、蒜瓣和《新华字典》共放于缝纫机面板上，墙上是全家照片镜框和孩子的三好学生奖状，他们今天把桌子移靠窗，明天床又东西向变为南北向，常变要出新，再折腾还是拥挤。

　　书上写着的是：家是避风港，家是安乐窝。有房子当然不能算家，有妻子儿女却没有房，也不算有家。家是在广大的空间里把自己囚住的一根桩。有趣的是，越是贪恋，越是经营，心灵的空间越小，其对社会的逃避性越大。家真是船能避风吗，有窝就有安与乐吗？人生是烦恼的人生，没做官的有想做做不上的烦恼，做了官有不想做不做不行的烦恼。有牙往往没有锅盔（一种硬饼），有了锅盔又往往没了牙齿。所以，房间如何布置，家庭如何经营都不重要，睡草铺如果能起鼾声，绝对比睡在席梦思沙发床上辗转不眠为好。用不着热羡和嫉妒他人的千般好，用不着哀叹和怨恨自己的万般苦，也用不着耻笑和贱看别人不如自己，生命的快活并不在于穷与富、贵与贱。

奋斗，赚钱，总算有满意的房子了，总算布置得满意了，人囚在家里达到人初衷了吧？人的毛病就来了！人又要冲出这个囚地，"情人"一词越来越公开使用；许多男人都在说，最大的快乐是妻子回了娘家；普遍流行起"能买来床，买不来睡眠，能买来食物，买不来胃口，能买来学位，买不来学问"……蚕是以自吐的丝囚了自己的，蚕又要出来，变个蝴蝶也要出来。人不能圆满，圆满就要缺，求缺着才平安，才持静守神。

世上的事，认真不对，不认真更不对，执着不对，一切视作空也不对，平平常常，自自然然，如上山拜佛，见佛像了就磕头，磕了头，佛像还是佛像，你还是你——生活之累就该少下来了。

关于女人

如果做理性的分析，一个女人，既然是仅属于女性的人，其形象的美与丑是没有什么意义的，但实际的情况是，每一个男人，包括最理性者，见到一个具体的、活生生的、漂亮的女人，没有不产生异样感觉的。成语词典里，美女人被比作花，比作月；贾宝玉感慨女人是清水做的，我们或许嘲笑这是情种们的言论，但沈从文说过，女人是天使和魔鬼合作的产物，甚至胡适先生谈佛的戒色，主张见到美女人就立即想她老了的形象，想她死后的一副骷髅，这岂不暴露了美女人仍对他们有着强大的诱惑，只是无可奈何地逃避罢了。真正有点不注重了女人美丑的是那些偏僻乡间的贫困的老大不小的光棍汉，"尾巴一揭是个女的"。他们认为，只要能娶来在他的土坑上就行了。他们对于美的女人有不属于自己的潜层意识。可这些身子很饥渴的光棍汉毕竟还要说："什么美的丑的，灯一拉还不都一样吗？"他们在婚后也就至死不点了灯行房事，可见对女人之美的愉悦是男人共有的，对美女的追求只阻于穷，穷不择妻。

可以说，社会发展到今天，妇女解放的口号呐喊了几个世纪，但世界还根子里是男人的。任何男人，不管说与不说，还是以外表的感觉首先对一个初识女人采取对待的态度，恋爱中的"一见钟情"被歌颂得十分美妙，一见钟情的当然是外貌。每个男人都希望自己的老婆长得漂亮，诚然漂亮的标准异人异样，且人人都是那么择着，最后没有剩下的，如挑到底卖到完的桃子。而女人呢，也习惯了拿自己的漂亮去取悦男人，"为知己者容"，瞧，说得似乎高尚，其实一把辛酸。一个不引起男人注意的、不被男人围绕着殷勤的女人，这女人要么自杀，要么永不出户，要么发誓与命运抗争，刻苦磨炼一种技艺而活着。哪个女人不企图提高街头上的回头率呢？即使遇上了太馋的目光，场面难堪，骂一句"流氓！"那骂声里也含几分得意。现在社会上的商店，几乎全是为女人开设，出售着大量的衣服和化妆品，百分之八十的杂志封面刊登的是女人的头像，好像这个世界是女人的，其实这正是男人世界的反映。男人们的观念里，女人到世上来就是贡献美的，这观念女人常常不说，女人却是这么做的。这个观念发展到极致，就是男人对于女人的美的享受出现异化，具体到一对夫妇，是男人尽力为女人服务，于是，一些蠢笨的男人就误认为现在是阴盛阳衰了。三十年代有个很有名的军人叫冯玉祥的，他在婚娶时问他的女人为什么嫁他，女人说：是上帝派我来管理你的。这话让许多人赞叹。但想一想，这话的背后又隐含了什么呢？说穿了，说得明白些，就是男人是征服世界而存在的，女人是征服男人而存在的，而征服男人的是女人的美，美是男人对女人的作用的限定而甘愿受征服的。懂得这层意思的，就是伟大的男人，若是武人就要演"英雄难过美人关"的故事，若是文人就有"身死花架下，做鬼也风流"的诗句。而不懂这层意思，便有了流氓，有了挨枪子的强奸罪犯。

明白了这个世界仍是男人的，女人也明白了自己的美的作用，又不被美而被动了自己的人格，又使美能长长久久为自己产生效力，女人该怎样地去活呢？上帝创造万物原本公正平衡，古有杞人忧天，天是永远不会塌下来的，即使地球爆炸了，仍有供人生存的星球。过去我们以木取火，眼看着山上的树木被砍了回家烧饭，树砍光了，连树根也刨了，就害怕某一日用什么来烧饭呢，但后来就有了能燃烧的叫煤的石头，叫煤的石头挖尽了，又有了电，或许将来没有了电，烧饭的燃料就会出现别的。男女既为人类的两半，从来没有男为多半，女为少半，两半同中有异，异而相吸，谁也离不得谁。相吸的是以性为磁的，性是人类同吃同喝一样重要的一种欲，性欲的刺激是以人之外貌美好为点，而欲是创造世界的原动力，这也正是上帝造人之所以分为男女的秘诀所在。对于性这种欲的冲动，人类在有了文明后带有两种说法，一是称作爱情，给以无以复加的歌颂，作为所有艺术的永恒专题；一是斥为色情，给以严厉的诋毁和鞭挞。可是，谁能说清爱情是什么呢，色情又是什么呢？它们都是精神的活动，由精神又转化为身体的行动，都一样有个"情"字，能说是爱情是色情的过滤，或者说，不及的性就是爱情，性的过之就是色情吗？不管怎么说，它们原是没区别的。女人大约有分为几个型的，如贤妻良母型和轻佻放荡型等等，又有以别的角度分为两大类的，即大家闺秀和小家碧玉。这种种类型，实质是男人的目光所见。好多男人喜欢的是轻佻的女人，希望招之，女人就会来之，在一起说，笑，打情骂俏，但他们常常不愿这样的女人成为他们的妻子，对于妻子，却要求永远忠于他们，视丈夫以外的男人为石头木头，女人们到底将要全部作为妇人的。如果都对自己的妻子严格限制，天下哪儿又有供自己风流的女人呢？这就是男人最矛盾的地方，所以男人在某种意义上讲是最自私和丑恶的动物。女人之所以要做真正的女人，首先要懂得男人的秉性：男人是朝三暮四的，是喜新厌旧的，是吃了碗里看在锅里的，不胡思乱想的男人不是男人，所谓的在性上的高尚与卑下的男人之分是克制的力量强弱，是环境的允许与限制，是文化重负下的犹豫和果断。孔子说女人和小人难养，远之不行，近之不行，男人更是这样，常常有男人以占有过众多女人为荣耀，以至到最后，乐道的只是数字而无法记忆起某个女人的名姓和形象；也有男人家有美妻仍立于街头感慨美女如云，觉得每一个都胜过家中的那位，若他真的又娶了街头最美的一个，不久又会觉得此不如彼。爱是得不到的为爱，可望而不可即，女人如果是一条总在手指间滑脱而去的泥鳅，男人就有了苍蝇一样的勇敢。于是，聪明的女人要使自己永远被男人看重，做了妻子永远要获得丈夫的宠爱，她应追求的不是让男人占有，也不占有男人，和让男人占有，也占有男人，转换这种关系的是一种平等，一种自我的独立。以自我而活，活有个性，活有热情，这就常活常新，正是这种常活常新，恰好符合了男人的那份易于疲倦的贱的秉性，使他们有了新鲜感，有了被吸引力。这结局虽然同讨好男人要企图达到的目的一样，但质发生了变异。可惜在这个男人的世界里，许多的女人不知道了怎样做女人，长得美固然是一份资本，但形象之美能从小保持到老吗？以美色之貌满足男人，美色之祸男人必然厌恶，且世上美貌有各式各样的美貌型，以其之一怎能囊括全部而统治男人的吃了五味想六味呢？以轻佻放荡取悦，轻看了自己，什么样的男人都要轻看你。太爱听赞美的话，就易使男人阴谋得逞，顺竿而爬。太善良，对男人太好，又会使男人产生错觉，膨胀一份贼胆。漂亮是美的表，端庄是美的质，我们敬奉菩萨，首先是我们喜欢菩萨的漂亮，而菩萨庄重，再淫荡的男人也没有产生过要强奸她的邪念，但任何男人谁没有跪倒在菩萨脚下呢？

可以说现在有相当多的女人不满男人的世界，却错误地一心要做女强人。常常听到有做母亲的在培养女儿做撒切尔夫人，撒切尔夫人之所以被称为铁女人，那是指政治而言，她们的理解，女人就要风风火火，就要慷慨激昂，好争好斗，如猛虎狮子。男人在主导着这个世界，这已经是人类的不幸，如若某一日女人也主导了这个世界，那同样是人类的不幸。男人就是男人，女人就是女人，男人与女人两极发展，这才是真正的男人和女人，才是上帝造人的原意，男者不男，女者不女，反倒使阳阴世界看似合一，实则不平衡了。

独立做女人的人格，热情地对待生活，对待自己，为自己而活，活得美好，女人越会对男人产生永久的吸引，这就是平等，与男人平等是真正地活出了女人味。有了这种与男人平等地生存于世上，平等地做夫妻的女人味，或许长得漂亮，或许长得不漂亮，但自然而然地就产生了你的态。态是古时用语，态无法言说，类似当今人所谈的气质和风度。女人的漂亮不会永驻，女人的态却长伴终生。李渔讲女人有态，三分漂亮可增加到七分，女人无态，七分漂亮可降落到三分，它如火之有焰，如灯之有光，如金银之宝气。态当然有天生具有的，但更多是后来可培养。古时候，有态的女人是声名显赫的妓女，妓女在那时是以男人而活着的附属物，但往往成了棋琴书画俱佳的高等艺妓，却成了活得与男人平等活着的最自为的人，所以最有了态。现在当然没必要只有牺牲自己，渡过血与泪的深渊而再出生污泥成莲荷，已经是有气质和风度的女人越来越多，这是社会的进步，女人们这么活下去，活着的才是真正的女人。

说美容

女人是赤裸的，女人却最善藏。藏着的部分以藏显露，如特别讲究服装要体现出线条；露着的那片脸上因为有五官，五官像阿拉伯数字，组合了就是号码，脸还要化妆，亦藏欲更露。

我们把画画叫美术，爱美，也就是爱画，于是女人将脸当了画布。动物皆有以美羽美纹美声来吸引异性的，说到底，美的实质的东西是性。如果世上没有女人，男人是不会去修建厕所，世上没有了男人，女人也不会去化妆。

不把真面目示人，这就是女人——见人不化妆，是不尊重对方呀！——性的虚幻下的活动里，男人需要假，女人就制造假。女人假到最后，真作假时假亦真：自己也怀疑了自己。一个女人说她画眉，哪日没有画了，就感觉没长了眉毛。

化妆的盛行，使女人越来越失去自信。谁还敢素面朝天？"女容为悦"从古代一路喊下来，现在似乎已是生活得越好，物质越丰富，女人的所悦者越少，情爱越难得。因为现代城市的女人就比乡下女人化妆得严重。女人们喜欢比喻月亮，说是明镜，是玉盘，是天灯，是夜之眼，比喻得已不知月亮到底是什么了；女人们都在形容，形容到不知什么身份什么年龄，戏永不散场，演员满街走。

其实，女人用不着化妆，化妆应为男人的事，如鸟兽中的凤、雄狮、公鸡和鸳。女人的化妆已经是违背了自然规律，轻贱了自己，更不必割这样填那样再做美容手术。人的身体，每一个部位，甚至一颗痣，一条皱纹，都是极其协调地配合在一起的，这如同大自然所形成的山丘、河流、洞涧、树林一样，它有它的风水。人体也有风水，随便去改造，就失去了和谐，也失去了特点和标志。

上帝既然造了我们，我们应该自信。

说打扮

打扮唯美。美是生命存在的过程，如林语堂说，鹤足的挺拔之美是逃离危险的结果，熊掌的雄壮之美是捕获食物的结果。性也产生美，性说到底还是生命延续的需要，所以花为了蜂蝶争艳，雄狮为了雌狮长发。人和禽兽的不同，是雄的长得不好看而雌的长得好看，女人比男人好看了，还要在女人之间显出自己更好看，这就有了打扮。

打扮是以藏和露为技巧的，藏除了真的藏短处，藏重要的还是为了露。在脸上涂各种化妆物是要更表现脸，设计服装讲究线条也是更要展示身材。中国人善于收拾厨房，不大理会厕所，有灶神没有茅房神，这种习惯思维用到身体打扮上，也是打扮（露）进口部位，不打扮（藏）出口部位。如果说羞耻，身体的一头一尾是不能同时盖着或露着，露了头就盖尾，要露尾，用毛巾把头盖了，尾露着也无所谓。

如一张画布，几种颜料，画就一幅幅画下来，人就是头发、脸、衣裤和鞋袜，翻来覆去在那里经营着，学着动物，也学着植物，把金木水火土全做了材料。人的打扮是为了鲜活人的眼睛，它不取悦于别类，这如同我们在乎于鸡的肥瘦而不是鸡的丑俊，世上如果只有男人或只有女人，世上是不会有厕所的。但打扮毕竟是皮面上的操作，人格和素质如白纸灯笼里的灯泡，灯泡是红色的，灯笼就是红灯笼，灯泡是黄色的，灯笼就是黄灯笼。于是有人艳，有人妖艳，有人清雅，有人清而不雅，警察穿了警服才是警察，老中医先生不背药箱也认得是老中医先生，妓女就给人脏的感觉，闲汉留下的印象是懒。

不扮不是人，人还是打扮着好，尤其女人。打扮得越有个性、越有风格才是会打扮，有人以为穿高档的、穿时兴的就是美，虽有三分人才七分穿的话，但有人越打扮越美，有人越打扮越丑。见什么都能吃的，吃了什么都觉得香的，并不是美食家，事实是这样的人没有不平庸的，一样的规律，凡是社会上兴什么衣服就穿什么的人都不是美人。

随着社会的发展，打扮技巧不断提高，服装有了"精品屋"，化妆有了"美容院"，张艺谋应该穿名牌吧，张艺谋穿的是板儿鞋。过去走到哪儿，见的是演员长得漂亮，穿得鲜艳；现在大小任何城市里，街头上都是流光溢彩，美色如云，芸芸众生很难在脸上看出年龄，在服装上分出穷富。我们看天上的麻雀，几乎都是一个样，分不清这一只不是那一只，人如果都成了美人，其实就没有了美人。过去有个故事，说一个懒婆娘长年不洗脸，有一夜贼入室偷窃，与贼搏斗，贼拿刀照她脑门上砍了一下，她倒在地上只说这下死了，可后来又觉得没死，起来一看，地上两半个脸，原来贼砍开的是垢痂结的脸壳。如今有的人粉越抹越厚，真怀疑也有了个壳，那高级化妆品和垢痂有什么两样？人穿衣是取暖的，讲究到衣服要冻死身子或焐死身子，人最后就成木头了，是挂衣架子。

人若是一块石头，生了苔藓，一年四季变换颜色，那怎么变来就怎么变去，可人的秉性是得寸而进尺，有了一条好裤带就想配好裤子，有了好裤子得有好上衣，那么帽子呀鞋呀欲望越来越多，思维也变了。打扮一旦成了社会时尚，风气靡丽，必然少了清正之气。过去有一句名言：最容易打扮的是历史和小姑娘。现在呢？没有学问的打扮得更像有学问，不是艺术家的打扮得更像艺术家，戏比生活逼真，谎言比真理流行。

当一切都在打扮，全没有了真面目示人的时候，最美丽的打扮是不打扮。

说生病

　　有一种病，在身上七年八年不愈，要想想，这一定是有原因了。泄露了不该泄露的天的机密？说破了不该说破的人的隐私？上帝的阴谋最多可以意会而不能言传的。那么，这病就特别地有意义，自感是一位先知先觉、勇敢的普罗米修斯，甘受惩罚吧。或许，人是由灵魂和肉体两方结合的，病便是灵魂与天与地与大自然的契合出了问题，灵魂已不能领导了肉体所致，一切都明白了吧，生出难受的病来，原来是灵魂与天地自然在做微调哩。

　　真如果这么对待了生病，有病在身就是一种审美。静静地躺在床上，四面的墙涂得素白，定着眼看白墙，墙便不成墙——如盯着一个熟悉的汉字就要怀疑这不是那个汉字——墙幻作驻云，恰有穿白衣白帽白口罩的"天使"女子送了药米。吊针的输液管里晶莹的东西滴滴下注，作想这管子一头在天上，是甘露进入身子。有人来探视，都突然温柔多情，说许多受感动的话，送食品，送鲜花。生了病如立了功，多么富有，该干的事都不干了，不该享受的都享受了，且四肢清闲，指甲疯长，放下一切，心境恬淡，陶渊明追求的也不过这般悠然。

最妙的是太阳暖和，一片光从窗子里进来跌在地上，正好窗外有一株含苞的梅，梅枝落雪，苞蕾血红，看作是敛羽静立的丹顶鹤，就下床来，一边掖了下坠的衣襟一边在光里捉那鹤影。刚一闷住，鹤影已移，就体会了身上的病是什么形状儿的，如针隙透风，如香炉细烟，如蚕抽丝，慢慢地离你而去的呢。

暂不要来人的好，人越多越寂寞，摆一架古琴也不必装弦，用心随情随意地弹。直挨到太阳转黑月亮升起，插一盘小电炉来煎中药，把带耳带嘴的砂锅用清水涤了又涤，药浸泡了，香点燃了，选一个八卦中的方位和时分，放上砂锅就听叽叽咕咕的响声吧。药是山上的灵根异草，采来就召来了山川丛林中的钟毓光气，它们叽咕是酝酿着怎么扶助你，是你的神仙和兵卒。煎过头遍，再煎二遍，满屋里浓浓的味，虽然搅药不能用筷子，更不得用双筷——双筷是吃饭的——用一根干桃棍儿慢慢地搅，那透过蘸湿了的蒙在砂锅上的麻纸上蒸气弥漫，你似乎就看到了山之精灵在舞蹈，在歌唱，唱你的生命之曲。

躺在床上吧，心可以到处流浪，你无处不在，无所不能，从未有过这般的勇敢和伟大，简直可以要作一部类屈原的《离骚》。当你游历了天上地下，前世和来世，熄了灯要睡去了，你不妨再说一些话，给病着的某一部位说话。你告诉它：×呀，你对我太好了，好得使我一直不觉得你的存在。当我知道了你的部位，你却是病了。这都是我的错，请你原谅。我终于明白了在整个身子里你是多么的重要，现在我要依靠你了，要好好保护你了，一切都拜托你了，×！人的身体每一处都会说话，除嘴有声外，各部无音，但所有的部位都能听懂话的，于是感受会告诉心和大脑，那有病的部位精神焕发，有了千军万马的英雄在同病毒战斗。什么"用人不疑"的仁，什么"士为知己者死"的义，瞬间里全体会得真切和深刻。

生病到这个份儿上，真是人生难得生病，西施那么美，林妹妹那么好，全是生病生出了境界，若活着没生个病，多贫穷而缺憾。

说　死

　　人总是要死的。大人物的死天翻地覆，小人物说死，一闭眼儿，灯灭了，就死了。我常常想，真有意思，我能记得我生于何年何月何日，但我将死于什么时候却不知道。一觉睡起来，感觉睡着的那阵就是死了吧，睡梦是不是另一个世界的形态呢？我的一个画家朋友，一个月里总要约我见一次，每次都要交我一份遗书，说他死后，眼睛得献给×××医院，心肺得献给×××医院。过些日子，他又约我去，遗书又改了，说×××医院管理混乱，决定把眼睛献给另一个×××医院的。对于死和将死的人见得多了，我倒有个偏见，如果说现在就业十分艰难，看一个孩子待父母孝顺不孝顺就看他能不能考上大学，那么，评价一个人的历史功过就得依此人死后是否还造福于民。秦始皇死了那么多年，现在发掘了个兵马俑坑，使中国赢得了那么大的威名，又赚了那么多旅游参观的钱，这秦始皇就是个好的。

　　人怕毛毛虫，据说人是从小爬虫衍变的，人也怕人，人也怕自己，怕自己死。在平日，寿比南山的话我们说得很多，万寿无疆也喊过，是极少以死来恭维的话，死只能是对敌人最痛恨的诅咒，是法典中的极刑。依我的经验，三十岁以前，从来是不思考到死的，人到了中年，下一辈的人拔节似的往上长，老一茬的人接二连三地死去，死的概念动不动冒在心头，几个熟人凑一堆了，瞧，谁怎么没有来？死了，就说半天关于死的话题。凡能说到死的人，其实离死还遥远，真正到了死神立于门边，却从不说死的。我见过许多癌症病人，大都有三个发展阶段，先是害怕自己是癌症，总打问化验检查的结果，观察陪护人的脸色。再是知道了事实，则拒不接受，陪护人谎说是无关紧要的某某部位炎症，他也这么说，老实地配合治疗，相信奇迹的出现。后是治疗无效，绝望了，什么话也不说了，眼睛也不愿看到一切，只是流泪。人一生下来就预示着死，生的过程就是死的过程，这样的道理每个人在平时都能说一套，甚至还要用这般的话去劝导临死的人，而到了自己将死，却便想不开了。《红楼梦》里的那一段《好了歌》，说的是功名、富贵、声色不能看得通达是人生的弱点，那么，人性里最大的可悲处是不能享受平等。试想，我们作为一个平头百姓，平日里看不惯以权谋私，看不惯不公正的发财，提意见呀闹斗争呀地要平等，可彻底消除贵贱穷富和男女老幼界限的最平等的死到来时，却不肯死，不死不行的，才依依不舍地去了。

为什么不肯死，民间的意识里，死是要到阴曹地府去的，那是一个漆黑无比的地方。几乎谁也没见过鬼，但每个人都认为鬼是青面獠牙，血口长舌的。接触过许多死去了又活过来的人，他们都在讲死的时候，觉得自己一直往上飞，越往上飞越觉得舒服，甚至能看到睡在床上的自己的身子，还听得到医生的话和亲属的哭。这情景真实不真实，我没有经验，但凡见过的病死的人最后咽气的时候差不多都呈现出一丝微笑的。我在陕西的镇安县见过一次葬礼，十几人围着死人敲锣打鼓唱孝歌，其中一段在唱："说一声你死了就死了，亲戚朋友都不知道。亲戚朋友知道了，亡人已过奈何桥。奈何桥七寸的宽来万丈的高，中间抹着花油胶。大风吹来摇摇摆摆，小风吹来摆摆地摇。有福的亡人桥上过，无福的亡人被打下桥。亡人过了奈何桥，从此阴间阳间路两条。"这是没办法的，谁都要离开这个人世的，如果人世真是这么地好，你总不能老占着地方不让别人来吧。而且死去有死去的好处，基督教徒们不是说死去要到天堂见上帝吗？共产党的干部也常说"将来要去见马克思"。我们这些芸芸众生，死了只能去阎王那儿报到，阎王是什么，阎王是监督执行公正平等的长官。

把生与死看得过分严重是人的禀性，这禀性表现出来就是所谓的感情，其实，这正是上天造人的阴谋处。识破这个阴谋的是那些哲学家、高人、真人，所以他们对死从容不迫。另外，对死没有恐惧的是那些糊里糊涂的人。最要命的是高不成低不就的人，他们最恐惧死，又最关心死，你说人来世上是旅游一趟的，旅游那么一遭就回去了，他就要问人是从哪儿来的又要回到哪儿去。道教来说死是乘云驾鹤去做仙了；佛教来说灵魂不生不死不来不往，死的只是躯体；唯物论来说人来自泥土，最后又归于泥土。芸芸众生还是想不通，诅咒死而歌颂生，并且把产生的地方叫作"子宫"，好像他来人世之前是享受到皇帝的待遇的。

不管怎样美好地来到人世，又怎样地不愿去死，最后都是死了。这人生的一趟旅游是旅游好了还是旅游不好，每个人都有自己的体会。我相信有许多人在这次旅游之后是不想再来了，因为看景常常不如听景。但既然阳世是个旅游胜地，没有来过的还依旧要来的，这就是人类不绝的缘故吧。作为一个平平常常的人，我还是作我平常人的庸俗见解，孔子有句话，是"朝闻道，夕死可矣"，当我第一次读到这句话，我特高兴，噢，孔圣人说过了，早上得了道，晚上就应该死了，这不是说凡是死的人都是得了道的吗？那么，这死是多么高贵和幸福，而活得长久的，则是一种蠢笨，不悟道，是罪过，越是拥戴谁万寿无疆，越是在惩罚谁，他万寿了还不得道，他活着只是灾难更多，危害更大。

海明威有个小说，写的是一个人看见妻子在生产，他承受不了人生人的场面，就割破动脉血管而死了。海明威讲的是生比死可怕。我小时候听水磨坊的老汉说过一个故事，一个人夜里独自在家，有鬼来骚扰，这人不理，鬼很生气，闹得更厉害，以死来威胁，这人说了一句："我对活着都不怕，我怕死？"这人说得真好，人在世上，是最艰难的事，要吃喝拉撒，要七情六欲，要伤病灾痛，要悲欢离合，活人真不容易的。那些自杀的人，自己能对自己下手，似乎很勇敢，其实是一种自私、逃避和怯弱。

既然死是人的最后归宿，既然寿的长短是闻道的迟早，既然闻道而死去的时候是一种解脱和幸福，对于死应该坦然。而恐惧的人，不能正确地面对死去，也绝不会正确地面对活着，这样的人即使一时还未死，却错误地理解人生，以为人生就是在有限的时间里吃好穿好玩好，要吃好穿好玩好就去掠夺、剥削、欺骗、伤害别人。这样的活着把自己的肚腹变成埋葬山珍海味的坟墓，穿丝挂绸，把身子变成一个蚕，只能是久久得不了道，老而不死，"老而不死是为贼"了。

读　山

在城里待得一久，身子疲倦，心也疲倦了。回一次老家，什么
也不去做，什么也不去想，懒懒散散地乐得清静几天。家里人都忙
着他们的营生，我便往河上钓几尾鱼了，往田畦里拔几棵菜了，然
后空着无事，就坐在窗前看起山来。

山于我是有缘的。但我十分遗憾，从小长在山里，竟为什么没
对山有过多少留意？如今半辈子行将而去了，才突然觉得山是这般
活泼泼的新鲜。每天都看着，每天都会看出点内容；久而久之，好
像面对着一本大书，读得十分地有滋有味了。

其实这山来得平常，出门百步，便可蹚着那道崖缝夹出的细水，
直嗓子喊出一声，又可以叩得石壁上一片嗡嗡回音。太黑乱，太粗
笨了，混混沌沌的；无非是崛起的一堆石头：石上有土，土上长树。
树一岁一枯荣，它却不显出再高，也不觉得缩小；早晚一推窗子，
黑兀兀地就在面前，午后四点，它便将日光逼走，阴影铺了整个村
子。但我却不觉得压抑，我说它是憨小子，憨得可恼，更憨得可爱。
这么再看看，果然就看出了动人处，那阳面，阴面，一沟，一梁，
缓缓陡陡，起起伏伏，似乎是一条偌大的虫，蠕蠕地从远方运动而

来了，蓦然就在那里停下，骤然一个节奏的凝固。这个发现，使我大惊，才明白：混混沌沌，原来是在表现着大智：强劲的骚动正寓以屑屑的静寂里啊！

于是，我常常捉摸这种内在的力，寻找着其中贯通流动的气势。但我失望了，终未看出什么规律。一个山峁，一个山峁，见得十分平凡，但怎么就足以动目，抑且历久？一个崖头，一个崖头，连连绵绵地起伏，却分明有种精神在团聚着？我这么想了：一切东西都有规律，山则没有；无为而为，难道无规律正是规律吗？

最是那方方圆圆的石头生得一任儿自在，满山遍坡的，或者立着，或者倚着，仄，斜，蹲，卧，各有各的形象，纯以天行，极拙极拙了。拙到极处，却便又雅到了极处。我总是在黎明，在黄昏，在日下，雨中，以我的情绪去静观，它们就有了别样形象，愈看愈像，如此却好。如在屋中听院里拉大锯，那音响假设"嘶，嘶，嘶"，便是"嘶"声，假设"沙，沙，沙"，便是"沙"声。真是不可思议。

有趣的是山上的路那么乱！而且没有一条直着，能从山下走到山顶，能从山顶走到山底，常常就莫名其妙地岔开，或者干脆断去了。山上啃草的羊羔总是迷了方向，在石里，树里，时隐时现。我终未解，那短短的弯路，看得见它的两头，为什么总感觉不到尽头呢？如果将那弯线儿拉直，或许长了，那一定却是感觉短了呢，因为城里的大街，就给人这种效果。这效果太过直白无趣。我懂了：这就是含蓄，丰富吧！

我早早晚晚是要看一阵山上的云雾的：陡然间，那雾就起身了，一团一团，先是那么翻滚，似乎是在滚着雪球。滚着滚着，满世界白茫茫一片了，偶尔就露出山顶，林木蒙蒙地细腻了，温柔了，脉脉地有着情味。接着山根也出来了。但山腰，还是白的，白得空空的。正感叹着，一眨眼，云雾却倏忽散去，从此不知消失在哪里了。我想这不是别的什么，大概这阅历久久的大山们在显示妩媚和灵怪，也说不定。

如果是早晨，起来看天的四脚高悬，便等着看太阳出来，山顶就腐蚀了一层红色，折身过山梁，光就有了棱角，谷沟里的石石木木，全然淡化去了，隐隐透出轮廓，倏忽又不复存在，如梦一般。完全的光明和完全的黑暗竟是一样看不清任何东西，使我久久陷入迷惘，至今大惑不解。

看得清的，要算是下雨天了。自然那雨来得不要太猛，雨扯细线，就如从丝帘里看过去，山就显得妩妩媚媚。渐渐黑黝起来，黑是泼墨的黑，白却白得光亮，那石的阳处，云的空处，天的阔处，树头的虚灵处……一时觉得山是个莹透物了，似乎可以看穿山的那边，有蓄着水的花冠在摇曳，有一只兔子水淋淋地喘着气……很快雨要停了，天朗朗一开，山就像一个点着的灯笼，凸凸凹凹，深深浅浅，就看得清楚：远处是铁青的，中间是黑灰的，近处是碧绿的，看得见的那石头上，一身的苔衣，茸茸的发软发腻，小草在铮泠泠挺着，每一片叶子，像长着一颗眼珠，亮亮地闪光。这时候，漫天的鸟如撕碎纸片的自由，一朵淡淡的云飘在山尖上空了，数它安详。

我总恨没有一架飞机，能使我从高空看下去山是什么样子，曾站在房檐看院中的一个土堆，上面甲虫在爬，很觉得有趣，但想从天上看下面的山，一定更有好多妙事了。但我却确实在满月的夜里，趴在地上，仰脸儿上瞧过几次山。那时月亮还没有出来，天是一个昏昏的空白，山便觉得富富态态；候月光上来了，但却十分地小，山便又觉得瘦骨嶙峋了。

到底我不能囫囵囵道出个山来，只觉得它是个谜，几分说得出，几分意会了则不可说，几分压根儿就说不出。天地自然之中，一定是有无穷的神秘，山的存在，就是给人类的一个窥视吗？我趴在窗口，虽然看不出个彻底，但却入味，往往就不知不觉从家里出来，走到山中去了。我走月也在走，我停月也在停。我坐在一堆乱石之中，聚神凝想，夜露就潮起来了，山风森森，竟几次不知了这山中的石头就是我呢，还是我就是这山中的一块石头？

独自走一走

第三章

秦　腔

　　山川不同，便风俗区别，风俗区别，便戏剧存异；普天之下人不同貌，剧不同腔；京，豫，晋，越，黄梅，二黄，四川高腔，几十种品类；或问：历史最悠久者，文武最正经者，是非最汹汹者？曰：秦腔也。正如长处和短处一样突出便见其风格，对待秦腔，爱者便爱得要死，恶者便恶得要命。外地人——尤其是自夸于长江流域的纤秀之士——最害怕秦腔的震撼；评论说得婉转的是：唱得有劲；说得直率的是：大喊大叫。于是，便有柔弱女子，常在戏台下以绒堵耳，又或在平日教训某人：你要不怎么怎么样，今晚让你去看秦腔！秦腔成了惩罚的代名词。所以，别的剧种可以各省走动，唯秦腔则如秦人一样，死不离窝；严重的乡土观念，也使其离不了窝：可能还在西北几个地方变腔走调的有些市场，却绝对冲不出往东南而去的潼关呢。

　　但是，几百年来，秦腔却没有被淘汰，被沉沦，这使多少人大惑而不得其解。其解是有的，就在陕西这块土地上。如果是一个南方人，坐车轰轰隆隆往北走，渡过黄河，进入西岸，八百里秦川大地，原来竟是：一抹黄褐的平原；辽阔的地平线上，一处一处用木橼夹打成一尺多宽墙的土屋，粗笨而庄重；冲天而起的白杨、苦楝、紫槐，枝干粗壮如桶，叶却小似铜钱，迎风正反翻覆……你立即就会明白了：这里的地理构造竟与秦腔的旋律惟妙惟肖地一统！再去接触一下秦人吧，活脱脱的一群秦始皇兵马俑的复出：高个，浓眉，眼和眼间隔略远，手和脚一样粗大，上身又稍稍见长于下身。当他们背着沉重的三角形状的犁铧，赶着山包一样团块组合式的秦川公牛，端着脑袋般大小的耀州瓷碗，蹲在立的卧的石磙子碌碡上吃着牛肉泡馍，你不禁又要改变起世界观了：啊，这是块多么空旷而实在的土地，在这块土地挖爬滚打的人群是多么"二愣"的民众！那晚霞烧起的黄昏里，落日在地平线上欲去不去的痛苦的妊娠，五里一村，十里一镇，高音喇叭里传播的秦腔互相交织、冲撞，这秦腔原来是秦川的天籁、地籁、人籁的共鸣啊！于此，你不渐渐感觉到了南方戏剧的秀而无骨吗？不深深地懂得秦腔为什么形成和存在而占却时间、空间的位置吗？

八百里秦川，以西安为界，咸阳，兴平，武功，周至，凤翔，长武，岐山，宝鸡，两个专区几十个县为西府；三原，泾阳，高陵，户县，合阳，大荔，韩城，白水，一个专区十几个县为东府。秦腔，就源于西府。在西府，民性敦厚，说话多用去声，一律咬字沉重，对话如吵架一样，哭丧又一呼三叹。呼喊远人更是特殊：前声拖十二分的长，末了方极快地道出内容。声韵的发展，使会远道喊人的人都从此有了唱秦腔的天才。老一辈的能唱，小一辈的能唱，男的能唱，女的能唱；唱秦腔成了做人最体面的事，任何一个乡下男女，只有唱秦腔，才有出人头地的可能，大凡有出息的，是个人才的，哪一个何曾未登过台，起码不能吼一阵乱弹呢？

农民是世上最劳苦的人，尤其是在这块平原上，生时落草在黄土炕上，死了被埋在黄土堆下；秦腔是他们大苦中的大乐，当老牛木犁疙瘩绳，在田野已经累得筋疲力尽，立在犁沟里大喊大叫来一段秦腔，那心胸肺腑、关关节节的困乏便一尽儿涤荡净了。秦腔与他们，要和"西凤"白酒、长线辣子、大叶卷烟、牛肉泡馍一样成为生命的五大要素。若与那些年长的农民聊起来，他们想象的伟大的共产主义生活，首先便是这五大要素。他们有的是吃不完的粮食，他们缺的是高超的艺术享受，他们教育自己的子女，不会是那些文豪们讲的，幼年不是祖母讲着动人的美丽的童话，而是一字一板传授着秦腔。他们大都不识字，但却出奇地能一本一本整套背诵出剧本，虽然那常常是之乎者也的字眼从那一圈胡子的嘴里吐出来十分别扭。有了秦腔，生活便有了乐趣，高兴了，唱"快板"，高兴得像被烈性炸药爆炸了一样，要把整个身心粉碎在天空！痛苦了，唱"慢板"，揪心裂肠的唱腔却表现了多么有情有味的美来，美给了别人的享受，美也熨平了自己心中愁苦的皱纹。当他们在收获时节的土场上，在月在中天的庄院里大吼大叫唱起来的时候，那种难以想象的狂喜、激动、雄壮，与那些献身于诗歌的文人，与那些有吃有穿却总感空虚的都市人相比，常说的什么伟大的永恒的爱情是多么渺小、有限和虚弱啊！

我曾经在西府走动了两个秋冬，所到之处，村村都有戏班，人人都会清唱。在黎明或者黄昏的时分，一个人独独地到田野里去，远远看着天幕下一个一个山包一样隆起的十三个朝代帝王的陵墓，细细辨认着田埂上、荒草中那一截一截汉唐时期石碑上的残字，高高的土屋上的窗口里就飘出一阵冗长的二胡声，几声雄壮的秦腔叫板，我就痴呆了，感觉到那村口的土尘里，一头叫驴的打滚是那么有力，猛然发现了自己心胸中一股强硬的气魄随同着胳膊上的肌肉疙瘩一起产生了。

每到农闲的夜里，村里就常听到几声锣响：戏班排演开始了。演员们都集合起来，到那古寺庙里去。吹，拉，弹，奏，翻，打，念，唱，提袍甩袖，吹胡瞪眼，古寺庙成了古今真乐府，天地大梨园。导演是老一辈演员，享有绝对权威，演员是一家几口，夫妻同台，父子同台，公公儿媳也同台。按秦川的风俗：父和子不能不有其序，爷和孙却可以无道，弟与哥嫂可以嬉闹无常，兄与弟媳则无正事不能多言。但是，一到台上，秦腔面前人人平等，兄可以拜弟媳为帅为将，子可以将老父绳绑索捆。寺庙里有窗无扇，屋梁上蛛丝结网，夏天蚊虫飞来，成团成团在头上旋转，薰蚊草就墙角燃起，一声唱腔一声咳嗽。冬天里四面透风，柳木疙瘩火当中架起，一出场一脸正经，一下场凑近火堆，热了前怀，凉了后背。排演到什么时候，什么时候都有观众，有抱着二尺长的烟袋的老者，有凳子高、桌子高趴满窗台的孩子。庙里一个跟头未翻起，窗外就哇的一声叫倒好，演员出来骂一声：谁说不好的滚蛋！他们抓住窗台死不滚去，倒要连声讨好：翻得好！翻得好！更有殷勤的，跑回来偷拿了红薯、土豆，在火堆里煨熟给演员作夜餐，赚得进屋里有一个安全位置。排演到三更鸡叫，月儿偏西，演员们散了，孩子们还围了火堆弯腰踢腿，学那一招一式。

一出戏排成了，一人传出，全村振奋，扳着指头盼那上演日期。一年十二个月，正月元宵日，二月龙抬头，三月三，四月四，五月五日过端午，六月六日晒丝绸，七月过半，八月中秋，九月初九，十月一日，再是那"腊月五豆"，腊八，二十三……月月有节，三月一会，那戏必是上演的。戏台是全村人的共同的事业，宁肯少吃少穿也要筹资集款，买上好的木石，请高强的工匠来修筑。村子富不富，就比这戏台阔不阔。一演出，半下午人就找凳子去占地位了，未等戏开，台下坐的、站的人头攒拥，台两边阶上立的卧的是一群顽童。那锣鼓就叮叮咣咣地闹台，似乎整个世界要天翻地覆了。各类小吃趁机摆开，一个食摊上一盏马灯，花生，瓜子，糖果，烟卷，油茶，麻花，烧鸡，煎饼，长一声短一声叫卖不绝。锣鼓还在一声儿敲打，大幕只是不拉，演员偶尔从幕边往下望望，下边就喊：开演呀，场子都满了！幕布放下，只说就要出场了，却又叮叮咣咣不停。台下就乱了，后边的喊前边的坐下，前边的喊后边的为什么不说最前边的立着；场外的大声叫着亲朋子女名字，问有坐处没有，场内的锐声回应快进来；有要吃煎饼的喊熟人去买一个，熟人买了站在场外一扬手，"日"的一声隔人头甩去，不偏不倚目标正好；左边的喊右边的踩了他的脚，右边的叫左边的挤了他的腰，一个说：狗年快完了，你还叫啥哩？一个说：猪年还没到，你便拱开了！言语伤人，动了手脚；外边的乘机而入，一时四边向里挤，里边向外扛，人的旋涡涌起，如四月的麦田起风，根儿不动，头身一会儿倒西，一会儿倒东，喊声、骂声、哭声一片；有拼命挤将出米的，一出来方觉世界偌大，身体胖肿，但差不多却光了脚，乱了头发。大幕又一挑，站出戏班头儿，大声叫喊要维持秩序；立即就跳出一个两个所谓"二干子"人物来。这类人物多是头脑简单，四肢发达，却十二分忠诚于秦腔，此时便拿了树条儿，哪里人挤，哪里打去，如凶神恶煞一般。人人恨骂这些人，人人又都盼有这些人，叫他们是秦腔宪兵，宪兵者越发忠于职责，虽然彻夜不得看戏，但大家一夜满足了，他们也就满足了一夜。

终于台上锣鼓停了，大幕拉开，角色出场。但不管男的女的，出来偏不面对观众，一律背身掩面，女的就碎步后移，水上漂一样，台下就叫：瞧那腰身，那肩头，一身的戏哟！是男的就摇那帽翎，一会儿双摇，一会儿单摇，一边上下飞闪，一边纹丝不动，台下便叫：绝了，绝了！等到那角色儿猛一转身，头一高扬，一声高叫，声如炸雷豁啷啷直从人们头顶碾过，全场一个冷战，从头到脚，每一个手指尖儿，每一根头发梢儿都麻酥酥的了。如果是演《救裴生》，那慧娘站在台中往下蹲，慢慢地，慢慢地，慧娘蹲下去了，全场人头也矮下去了半尺，等那慧娘往起站，慢慢地，慢慢地，慧娘站起来了，全场人的脖子也全拉长了起来。他们不喜欢看生戏，最欢迎看熟戏，那一腔一调都晓得，哪个演员唱得好，就摇头晃脑跟着唱，哪个演员走了调，台下就有人要纠正。说穿了，看秦腔不为求新鲜，他们只图过过瘾。

在这样的地方，这样的环境，这样的气氛，面对着这样的观众，秦腔是最逞能的，它的艺术的享受，是和拥挤而存在，是有力气而获得的。如果是冬天，那风在刮着，像刀子一样，如果是夏天，人窝里热得如蒸笼一般，但只要不是大雪、冰雹、暴雨，台下的人是不肯撤场的。最可贵的是那些老一辈的秦腔迷，他们没有力气挤在台下，也没有好眼力看清演员，却一溜一排地蹲在戏台两侧的墙根，吸着草烟，慢慢将唱腔品赏。一声叫板，便可以使他们坠入艺术之宫，"听了秦腔，肉酒不香"，他们是体会得最深。那些大一点的、脾性野一点的孩子，却占领了戏场周围所有的高空，杨树上，柳树上，槐树上，一个枝杈一个人。他们常常乐而忘了险境，双手鼓掌时竟从树杈上掉下来，掉下来自不会损伤，因为树下是无数的人头，只是招致一顿臭骂罢了。更有一些爬在了场边的麦秸积上，夏天四面来风，好不凉快，冬日就扒个草洞，将身子缩进去，露一个脑袋。也正是有闲阶级享受不了秦腔吧，他们常就瞌睡了，一觉醒来，月在西天，戏毕人散，只好苦笑一声悄然没声儿地溜下来回家敲门去了。

当然，一次秦腔演出，是一次演员亮相，也是一次演员受村人评论的考场。每每角色一出场，台下就一片喊喊喳喳：这是谁的儿子，谁的女子，谁家的媳妇，娘家何处？于是乎，谁有出息，谁没能耐，一下子就有了定论。有好多外村的人来提亲说媒，总是就在这个时候进行。据说有一媒人将一女子引到台下，相亲台上一个男演员，事先夸口这男的如何俊样，如何能干，但戏演了过半，那男的还未出场，后来终于出来，是个国民党的伪兵，还持枪未走到中台，扮游击队长的演员挥枪一指，"叭"的一声，那伪兵就倒地而死，爬着钻进了后幕。那女子当下哼一声，闭了嘴，一场亲事自然了了。这是喜中之悲一例。据说还有一例，一个老头在脖子上架了孙孙去看戏，孙孙吵着要回家，老头好说好劝只是不忍半场而去，便破费买了半斤花生，他眼盯着台上，手在下边剥花生，然后一颗一颗扬手喂到孙孙嘴里，但喂着喂着，竟将一颗塞进孙孙鼻孔，吐不出，咽不下，口鼻出血，连夜送到医院动手术，花去了七十元钱。但是，以秦腔引喜的事却不计其数。每个村里，总会有那么个老汉，夜里看戏，第二天必是头一个起床往戏台下跑。戏台下一片石头、砖头，一堆堆瓜子皮、糖果纸、烟屁股，他掀掀这块石头，踢踢那堆尘土，少不了要捡到一角两角甚至三元四元钱币来，或者一只鞋，或者一条手帕。这是村里钻刁人干的营生，而馋嘴的孩子们有的则夜里趁各家锁门之机，去地里摘那香瓜来吃，去谁家院里将桃杏装在背心兜里回来分红。自然少不了有那些青春妙龄的少男少女，则往往在台下混乱之中眼送秋波，或者就悄悄退出，相依相偎到黑黑的渠畔树林子里去了……

秦腔在这块土地上，有着神圣的不可动摇的基础。凡是到这些村庄去下乡，到这些人家去做客，他们最高级的接待是陪着看一场秦腔，实在不逢年过节，他们就会要合家唱一会乱弹，你只能点头称好，不能耻笑，甚至不能有一点不入神的表示。他们一生最崇敬的只有两种人：一是国家领导人，一是当地的秦腔名角。即是在任何地方，这些名角没有在场，只要发现了名角的父母，去商店买油是不必排队的，进饭馆吃饭是会有座位的，就是在半路上挡车，只要喊一声：我是某某的什么，司机也便要嘎地停车。但是，谁要侮辱一下秦腔，他们要争死争活地和你论理，以至大打出手，永远使你记住教训。每每村里过红白丧喜之事，那必是要包一台秦腔的，生儿以秦腔迎接，送葬以秦腔致哀，似乎这个人生的世界，就是秦腔的舞台，人只要在舞台上，生、旦、净、丑，才各显了真性，恶的夸张其丑，善的凸现其美，善的使他们获得美的教育，恶的也使丑里化作了美的艺术。

广漠旷远的八百里秦川，只有这秦腔，也只能有这秦腔，八百里秦川的劳作农民只有也只能有这秦腔使他们喜怒哀乐。秦人自古是大苦大乐之民众，他们的家乡交响乐除了大喊大叫的秦腔还能有别的吗？

商州又录

小序

　　去年两次回到商州，我写了《商州初录》。拿在《钟山》杂志上刊了，社会上议论纷纷，尤其在商州，《钟山》被一抢而空，上至专员，下至社员，能识字的差不多都看了，或褒或贬，或抑或扬。无论如何，外边的世界知道了商州，商州的人知道了自己，我心中就无限欣慰。但同时悔之《初录》太是粗糙，有的地名太真，所写不正之风的，易被读者对号入座；有的字句太拙，所旨的以奇反正之意，又易被一些人误解。这次到商州，我是同画家王军强一块旅行的，他是有大才的，彩墨对印的画无笔而妙趣天成。文字毕竟不如彩墨了，我只仅仅录了这十一篇。录完一读，比《初录》少多了，且结构不同，行文不同，地也无名，人也无姓，只具备了时间和空间，我更不知道这算什么样文体，匆匆又拿来求读者鉴定了。

　　商州这块地方，大有意思，出山出水出人出物，亦出文章。面对这块地方，细细做一个考察，看中国山地的人情风俗，世时变化，考察者没有不长了许多知识，清醒了许多疑难，但要表现出来实在是笔不能胜任的。之所以我还能初录了又录，全凭着一颗拳拳之心。我甚至有一个小小的野心：将这种记录连续写下去。这两录重在山光水色、人情风俗上，往后的就更要写到建国以来各个时期的政治、经济诸方面的变迁在这里的折光。否则，我真于故乡"不肖"，大有"无颜见江东父老"之愧了。

一

最耐得寂寞的，是冬天的山，褪了红，褪了绿，清清奇奇的瘦，像是从皇宫里走到民间的女子，沦落或许是沦落了，却还原了本来的面目。石头裸裸地显露，依稀在草木之间。草木并没有摧折，枯死的是软弱，枝柯僵硬，风里在铜韵一般的颤响。冬天是骨的季节吗？是力的季节吗？

三个月的企望，一轮嫩嫩的太阳在头顶上出现了。

风开始暖暖地吹，其实那不应该算作风，是气，肉眼儿眯着，是丝丝缕缕的捉不住拉不直的模样。石头似乎要发酥呢，菊花般的苔藓亮了许多。说不定在什么时候，满山竟有了一层绿气，但细察每一根草、每一枝柯，却又绝对没有。两只鹿，一只有角的和一只初生的，初生的在试验腿力，一跑，跑在一片新开垦的田地上，清新的气息使它撑了四蹄，呆呆的，然后一声锐叫，寻它的父亲的时候，满山树的枝柯，使它分不清哪一丛是老鹿的角。

山民挑着担子从沟底走来，棉袄已经脱了，垫在肩上，光光的脊梁上滚着有油质的汗珠。路是顽皮的，时断时续，因为没有浮尘，也没有他的脚印；水只是从山上往下流，人只是牵着路往上走。

山顶的窝洼里，有了一簇屋舍。一个小妞儿刚刚从鸡窝里取出新生的热蛋，眯了一只眼儿对着太阳耀。

二

这个冬天里，雪总是下着。雪的故乡在天上，是自由的纯洁的王国；落在地上，地也披上一件平和的外衣了。洼后的山，本来也没有长出什么大树，现在就浑圆圆的，太阳并没有出来，却似乎添了一层光的虚晕，慈慈祥祥的像一位梦中的老人。洼里的林梢全覆盖了，幻想是陡然涌满了凝固的云，偶尔的风间或使某一处承受不了压力，陷进一个黑色的坑，却也是风，又将别的地方的雪扫来补缀了。只有一直走到洼下的河沿，往里一看，云雪下是黑黝黝的树干，但立即感觉那不是黑黝黝，是蓝色的，有莹莹的青光。

河面上没有雪，是冰。冰层好像已经裂了多次，每一次分裂又被冻住，明显着纵纵横横的银白的线。

一棵很丑的柳树下，竟有了一个冰的窟窿，望得见下面的水，是黑的，幽幽的神秘。这是山民凿的，从柳树上吊下一条绳索，系了竹筐在里边，随时来提提，里边就会收获几尾银亮亮的鱼。于是，窟窿周围的冰层被水冲击，薄亮透明，如玻璃罩儿一般。

山民是一整天也没有来提竹筐了吧？冬天是他们享受人伦之乐的季节，任阳沟的雪一直涌到后墙的檐下去，四世同堂，只是守着那火塘。或许，火上的吊罐里，咕嘟嘟煮着熏肉，热灰里的洋芋也熟得冒起白气。那老爷子兴许喝下三碗柿子烧酒，醉了。孙子却偷偷拿了老人的猎枪，拉开了门，门外半人高的雪扑进来，然后在雪窝子里拔着腿，无声地消失了。

一切都是安宁的。

黄昏的时候，一只褐色的狐狸出现了。它一边走着，一边用尾巴扫着身后的脚印，悄没声地伏在一个雪堆上。雪堆上站着一只山鸡，这是最俏的小动物了，翘着赤红色的长尾，欣喜不已。远远的另一个雪堆上，老爷子的孙子同时卧倒了，伸出黑黑的枪口，右眼和准星已经同狐狸在一条线上……

三

西风一吹，柴门就掩了。

女人坐在炕上，炕上铺满着四六席；满满当当的，是女人的世界。火塘的出口和炕门接在一起，连炕沿子上的红椿木板都烙腾腾的。女人舍不得这份热，把粮食磨子都搬上来，盘腿正坐，摇那磨拐儿，两块凿着纹路的石头，就动起来，呼噜噜一匝，呼噜噜一匝。"毛儿，毛儿。"她叫着小儿子，小儿子刚会打能能，对娘的召唤并不理睬；打开了炕角的一个包袱，翻弄着五颜六色的、方的圆的长的短的碎布头儿。玩腻了，就来扑着娘的脊背抓。女人将儿子抱在从梁上吊下来的一个竹筐子里，一边摇一匝磨拐儿，一边推一下竹筐儿。有节奏的晃动，和有节奏的响声，使小儿子就迷糊了。女人的右手也乏疲了，两只手夹一个六十度的角，一匝匝继续摇磨拐儿。

风天里，太阳走得快，过了屋脊，下了台阶，在厦屋的山墙上磨蚀了一片，很快就要从西山峁上滚下去了。太阳是地球的一个磨眼吧，它转动一圈，把白天就从磨眼里磨下去，天就要黑了？

女人从窗子里往外看，对面的山头上，孩子的爹正在那里犁地。一排儿五个山头上，山头上都是地；已经犁了四个山头，犁沟全是由外往里转，转得像是指印的斗纹，五个山头就是一个手掌。女人看不到手掌外的天地。

女人想：这日子真有趣，外边人在地里转圈圈，屋里人在炕上摇圈圈；春天过去了，夏天就来；夏天过去了，秋天就来；秋天过去了，冬天就来。一年四季，四个季节完了，又是一年。

天很快就黑了，女人溜下炕生火做饭。饭熟了，她一边等着男人回来，一边在手心唾口唾沫，抹抹头发。女人最爱的是晚上，她知道，太阳在白日散尽了热，晚上就要变成柔柔情情的月亮的。

小儿子就醒了，女人抱了她的儿子，倚在柴门上指着山上下来的男人，说："毛儿爹——叫你娃哟！——哟——哟——"

"哟——哟——"，却是叫那没尾巴的狗的，因为小儿子屎拉下来了，要狗儿来舐屎的。

四

初春的早晨，没有雪的时候就有着雾。雾很浓，像扯不开的棉絮，高高的山就没有了吓人的巉石，山弯下的土塬上，林梢也没有了黝黝的黑光。河水在流着，响得清喧喧的。

174

　　河对岸的一家人，门拉开的声很脆，走出一个女儿，接着又牵出一头毛驴走下来。她穿着一件大红袄儿，像天上的那个太阳，晕了一团，毛驴只显出一个长耳朵的头，四个蹄腿被雾裹着。她是下到河里打水的。

　　这地面只有这一家人，屋舍偏偏建得高，原本那是山嘴，山嘴也原本是一个囫囵的石头，石头上裂了一条缝，缝里长出一棵花栗木树。用碎石在四周帮砌上来，便做了屋舍的基础。门前的石头面上可以织布，也可以晒粮食。这女儿是独生女，二十出头，一表人才。方圆几十里的后生都来对面的山上，山下的梢林里，割龙须草，拾毛栗子，给她唱花鼓。

　　她牵着毛驴一步步走下来，往四周看看，四周什么却看不清，心想：今日倒清静了！无声地笑笑，却又感到一种空落。河上边的木板桥上，有一鸡爪子厚的霜，没有一个人的脚印。

　　在河边，她蹴下了，卸下了毛驴背上的木桶，一拎，水就满了，但却不急着往驴背上挂，大了胆儿往河那边的山上、塬上看。看见了河水割开的十几丈高的岸壁，吃水线在雾里时隐时现。有一棵树，她认得是冬青木的，斜斜地在壁上长着。这是一棵几百年的古木，个儿虽并不粗高，却是岸上塬头上的梢林的祖爷子。那些梢林长出一代，砍伐了一代，这冬青还是青青地长着，又孕了米粒大的籽儿。

　　她突然心里作想：这冬青，长在那么危险的地方，却活得那么安全呢。

　　于是，也就想起了那些唱给她的花鼓曲儿。水桶挂在毛驴背上，赶着往回走，走一步，回头看一下，走一步，再回过头来。雾还没有退。桥面上的霜还白白的。上斜坡的时候，路仄仄地拐"之"字形，她却唱起一首花鼓曲了：

后院里有棵苦李子啊，小郎儿哟，

未曾开花，亲人哪，

谁敢尝哎，哥呀哎！

五

秋天里，什么都成熟了；成熟了的东西是受不得用手摸的，一摸就要掉呢。四个女子，欢乐得像风里的旗，在一棵柿树上吃蛋柿。洼地里路纵纵横横，似一张大网，这树就在网底，像伏着的一只大蜘蛛。果实很繁，将枝股都弯弯地坠下来，用不着上树，寻着一个目标，那嘴轻轻咬开那红软了的尖儿，一吸，甜的香的软的光的就全到了肚子里。只需再送一口气去，那蛋柿壳儿就又复圆了。末了，最高的枝儿上还有一颗，她们拿石子掷打，打一次没有打中，再打一次，还是不中。

树后的洼地里，呜哇哇有了唢呐声，一支队伍便走过来了。这是迎亲的；一家在这边的山上，一家在那边的山上，家与家都能看见，路却要深入到这洼地，半天才能走到。洼地里长满了黄蒿，也长满了石头，迎亲的队伍便时隐时现，好像不是在走，是浮着漂着来的。前面两杆唢呐，三尺长的铜杆，一个碗大的口孔，拉长了喉咙，扩大了嘴地吹。后边是两架花轿，轿简易却奇特，是两根红桑碾杆，用红布裹了，上边缚一个座椅，也是铺了红布的，一走一颠，

一颠一闪；新郎便坐了一架，新娘便坐了一架。再后边，是未婚的
后生抬了柜，抬了箱、被子、单子、盒子、镜子。再后边，是一群
老幼。女人们衣服都浆得硬硬的，头上抹了油，一边交头接耳，一
边拿崭新的印花手帕撩撩，赶那些追着油香飞的蜂。

吃蛋柿的女人忙隐身在树后，睁一只眼儿看，看见了那红桑木
碾杆上的新娘，从头到脚穿得严严实实，眼睛却红红的，像是流过
泪。吹唢呐的回头看一眼，故意生动着变形的脸面，新娘扑地笑了，
但立即就噤住，脸红得烧了火炭。

一生都在山路上走，只有这一次竟不走路啊。被抬着，娘生她
在这个山头上，长大了又要到那个山头上去生去养了。

树后的女子都觉得有趣，细嚼起来，却不知道这是怎么回事。

她们很快被迎亲的队伍发现了，都拿眼光往这里瞅。四个女子
羞羞的，却一起仰起头儿盯那高枝儿上的蛋柿。她们没有用石子去
打，蛋柿也没有掉下来。

迎亲队伍没有停，过去了。他们走过了一条小路，柿树下同时
放射出的，通往四面八方山头的小路上，便都有了唢呐的余音。

六

高高的山挑着月亮在旋转，旋转得太快了，看着便感觉没有动，
只有月亮的周围是一圈一圈不规则的晕，先是黑的，再是黄的，再
灰，再紫，再青，再白。洼地里全模糊了，看不见地头那个草庵子，
庵后那一片桃林，桃林全修剪了，出地像无数的五指向上分开的手。
桃林过去，是拴驴的地方，三个碌碡，还有一根木桩；现在看不见

了，剪了尾巴的狗在那里叫。河里，桥空无人，白花花的水。

一个男人，蹲在屋后阳沟的泉上，拿一个杆杖在水里搅，搅得月亮碎了，星星也碎了，一泉的烂银，口中念念有词。接着就摸起横在泉口的竹管。这竹管是打通了节的，一头接在泉里，一头是通过墙眼到屋里的锅台上。他却不得进屋去。他已经从门口走过来，又走到门口去，心里痒痒的，腿却软得像抽了筋，末了就使劲敲门。屋里有骂他的声音。

骂他的是一个婆子，婆子正在搬弄着他的女人；女人正在为他生着儿子。他要看看儿子是怎样生出来的，婆子却总是把他关门外。

"这是人生人呢！"

"我是男子汉；死都不怕呢！"

"不怕死，却怕生呢。"

他不明白，人生人还这么可怕。当女人在屋里一阵阵惨叫起来，他着实是害怕了。他搅着泉水祈祷，他想跑过那桃林，一个人到河面的桥上去喊，他却没了力气，倒在木桩篱笆下，直眼儿只看着月亮，认作那是风火轮子，是一股旋风，是黑黑的夜空上的一个白洞。

一更过去，二更已尽，已经是三更，鸡儿都叫了。女人还在屋里嘶叫。他认为他的儿子糊涂：来到这个世界竟这么为难。山洼里多好，虽然有狼，但只要在猪圈上画白灰圈圈，它就不敢来咬猪了。这里山高，再高的山也在人的脚下。太阳每天出来，怕什么？只要脊背背了它从东山到西山，它就成月亮了。晚上不是还有疙瘩柴火烤吗？还有洋芋糊汤呢。你会有媳妇，还有酒，柿子可以烧，苞谷也可以烧，喝醉了，唱花鼓。

女人一声锐叫，不言语了。接替女人叫的是一阵尖而脆的哇哇啼声。

门打开了，接生的婆子喊着男人："你儿子生下了，生下了！"催他进去烧水，打鸡蛋，泡馍。男人却稀软得立不起来。天上的月亮没有了，星星亮起来，他觉得星星是多了一颗。

"又一个山里人。"他说。

七

路到山上去，盘十八道弯，山顶上一棵栗木树下一口泉，趴下喝了，再从那边绕十八道弯下去。山的两面再没有长别的树，石头也很分散，却生满了刺玫，全拉着长条儿覆衍石上，又互相交织在一起。花儿却嫩得噙出水儿，一律白色，惹得蝴蝶款款地飞。

十八道弯口，独独一户人家，住着个寡妇，寡妇年轻，穿着一双白布蒙了尖儿的鞋；开了店卖饭。

公路上往来的司机都认识她，她也认识司机，迟早在店里窗内坐着，对着奔跑的汽车一抬手，车就停了。方圆三十里的山民，都称她是"车闸"。

山里人出到山外去，或者从山外回到山里来，都在店里歇脚。谁也不惹她，谁也没理由敢惹她。她认了好多亲家，当然，干儿子干女儿有几十，有本乡本土的，有山外城里的。为了讨好她，送给她狗的人很多；为了讨好她，一走到店前就唤狗儿喂东西吃。十几条狗都没有剪尾巴，肥得油光水亮。

八月里，店里店外堆满了柿子、核桃、黄蜡、生漆、桐油；山民们都把山货背来交给她。她一宗一宗转卖给山外来的汽车。店里

说话的人多，吃饭的人少。营业的时间长，获取的利润短。她不是
为了钱，钱在城乡流通着，使她有了不是寡妇的活泼。活泼，使一
些外地来人都知道了她是寡妇。她不害羞，穿了那双有白布的鞋儿，
整头平脸，拿光光的眼睛看人，外地来人也就把她这个寡妇知道了，
也讨好地掰了干粮给那狗儿吃，也只有给狗儿吃。

满山的刺玫都开了，白得宣净，一直繁衍到了店的周围。因为
刺在花里，谁也不敢糟蹋花，因为花围了店屋，店里人总是不断。
忽一日，深山跑来一只美丽的麝，从那边十八道弯里跑上，从这边
十八道弯里跑下，又在山梁上跑。山里的一切猎手都不去打。他们
一起坐在店里往山头上看，说那麝来回跑得那么快，是为它自身的
香气兴奋呢。

八

你毕竟是看见了，仲夏的山上并不是一种纯绿，有黄的颜色，
有蓝的颜色，主体则是灰黑的，次之为白，那是枸子和狼牙刺的花
了。你走进去，你就是你梦中的人，感觉到了渺小。却常会不辨
路径，坐下来看那峡谷，两壁的梢林交错着，你不知道谷深到何处，
成团成团的云雾往外涌，疑心是神鬼在那里出没。偶然间一棵干枯
的树站在那里，满身却是肉肉的木耳。有蛇，黑藤一样地缠在树上。
气球大的一个土葫芦，团结了一群细腰黄蜂。蹑手蹑脚地走过去，
一只松鼠就在路中摇头洗脸了。这小玩意儿，招之即来，上了身却
不被抓住，从右袖筒钻进去了，又从左袖筒钻出去了。同时有一声
怪叫，嘎喇喇地，在远处的什么地方，如厉鬼狞笑。

你终于禁不住了寂寞，唱起来；一旦唱起来，就不敢停下，想要使所有的东西都听见，来提醒它们：你是有力量的，是强者。但唱得声越来越颤了。惊恐驱使着你突然跑动，越跑越紧，像是梦中一样，力不从心。后来就滚下去，什么也不可能得知了。

人昏了，权当是睡着了；但醒来，却是忍不住的苦痛；腿上的血还在流呢。

一位老者，正抱着你，你只看见那下巴上一窝银须，在动，不见那嘴，末了，胡子中吐一团烂粥般的草，是蓝蓝芽。敷在腿上的伤口，于是血凝固，亦不再疼。你不知道他是谁，哪儿来的。

"采药的。"他说。

"采药的？就在这山上，成年采吗？"

他点点头，孤独已经使他不愿再多说话吗？扶着你站起来，他就走了。

你是该下山了，但你不愿意；想陪陪他，心里在说：山上是太苦了。正是太苦，才长出了这苦口的草药吗？采药的人成年就是挖着这苦，也正是挖着了这草药的苦，才医治了世上人的一生中所遇到的苦痛吗？

你一定得意了你这话里的哲理，回头再寻那采药人，云雾又从那一丛黑柏下涌过来了，什么也没有了响动，你听见的是你的呼吸声。

九

一座山竟是一块完整的石头，这石头好像曾经受了高温，稀软着往下墩，显出一层一层下墩的纹线。在左边，有一角似乎支持不住，往下滴溜，上边的拉出一个向下的奶头状，下边的向上壅一个蘑菇状，快要接连了，突然却凝固，使完整的石头又生出了许多灵巧，倒疑心此山是从什么地方飞来的。

河水就绕着这山的半圆走，水很深，是黑的液体，只有盛在桶里，才知道它是清白的，清白到了没有。沿着河边的石砭，人家就筑起屋舍，屋舍并不需起基础，前墙根紧挨着石砭沿，屋下的水面，什么地方在石砭上凿出坑儿，立栽上石条，然后再用石头斜斜垒起来，算作是台阶。水涨了，台阶就缩短，水落了，台阶就拉长。水也是长了脚的，竟也一年走到门槛下，鸡儿站在门墩上能喝水。

现在，水平平地伏在台阶下，那里是码头，柏木解成了一溜长排，被拴在石嘴上。船儿从峡谷里并没有回来，女人们就蹲在那里捶打一种树皮。这树皮在水里泡了七七四十九天，用棒槌砸着，砸出麻一样的丝来，晒干了可以拧绳纳鞋底。四只五只鸭子在那里浮，看着一个什么就钻下去啄，其实那不是鱼，是天上落下的还没有消失的残月。

一只很大的木排撑下来，靠近了对面的山根，几十人开始抬一个棺材往山上去，唢呐咿咿呜呜的。这是河湾上一个汉子要走了，他是在上游砍荆条，然后扎排运到下游去卖，已经砍了许多，往山下扛的时候，滚了坡。在外的人横死了，尸首不能进家门。棺材上就缚了一只雄鸡，一直要运到河那边山头的坟地去。熟人死了一个，新鬼多了一名。孝子婆娘在唢呐声中哭，有板有眼。这边砸树皮的女人都站起来，说那汉子的好话，看着那儿子在河里撑了孝子盆，

182

就拿一块手帕，捂了鼻子嘴地流眼泪。

在水里钻了一生，死了却都要到山顶上去，女人们不明白这是为什么，或许山上有荆条，有龙须草，有桐子，有土漆，河里只是运往的路吧。唢呐吹得这么响，唢呐是人生的乐器呢，上世的时候，吹过一阵，结婚的时候，吹过一阵，下世的时候，还是这么吹。

一个女人突然觉得肚子疼，她想了想，才六个月，还不是坐炕的日子呀？就怀疑是那汉子的阴魂要作孽了，吓得脸色苍白。夜里，女人的男人偷偷从门前石阶上下去，坐船到了对岸山上，浇了一壶酒，将削好的四个桃木橛子钉在坟头，说："你不要勾了我的儿子，让他满满月月生下来，咱山上河里总盼着一个劳力啊！"

一切很安静。住人家的那块完整石头的山上，月亮小小的，水落了，门下斜斜的台阶，长长的，月亮水影照着像一条光光的链条。

十

一群乌鸦在天上旋转，方向不固定的，末了，就落下来；黑夜也在翅膀上驮下来了。九沟十八岔的人，都到河湾的村里来，村里正演电影。三天前消息就传开，人来得太多，场畔的每一棵苦楝子树，枝枝丫丫上都坐满了，从上面看，净是头，像冰糖葫芦，从下面看，尽是脚，长的短的，布底的，胶底的。后生们都是二十出头，永不安静在一个地方，灰暗里，用眼睛寻着眼睛说话。

早先地在一起，他们常被组织着，去修台田，去狩猎，去护秋，男男女女在一起说话，嬉闹，大声笑。现在各在各家地里，秋麦二料忙清了，袖着手总觉得要做什么，却不知道做什么，肚子饱饱的，却空空的饥饿。只看见推完磨碾后的驴，在尘土里打滚，自己的精神泄不出去，力气也恢复不来。

场畔不远，就是河，河并不宽，却深深的水。两岸都密长了杂木，又一层儿相对向河面斜，两边的树枝就复交纠缠了。河面常被这种纠缠覆盖，时隐时现。一只木排，被八个女子撑着，咿咿呀呀漂下来。树分开的时候，河是银银的，钻树的防空洞了，看不见了树身上的蛇一样裹绕的葛条，也看不见葛条上生出茸茸的小叶的苔藓。木排泊在场畔下，八个女子互相照看了头发，假装抹脸，手心儿将香脂就又一次在脸上擦了，大声说笑着跳上场畔。

后生们立即就发现了。但却正经起来，两只眼儿都睁着，一只看银幕，一只看着场畔。

八个女子，三个已经结了婚，勾肩搭背的，往人窝里去了，她们不停地笑，笑是给同伴听的，笑也是给前后的人听的。前后有了后生，也大声说话，说是说明电影上的事，话也是给他人说明自己的能耐的。都知道是为了什么，都不说是为了什么。

五个女子是没有订婚的，五个女子却并不站在一起，又不到人窝去，全分散在场畔边上，离卖醪糟的小贩摊，不远不近，小贩摊上的马灯照在身上，不暗不明。有后生就匆匆走过去，又匆匆走过来，忙乱中瞅一眼，或者站在前边，偏踩在一块圆石头上，身子老不得平衡，每一次从石头上歪下来，后看一眼，不经意的。女子就咪咪地笑，后生一转身笑声便嘿，身再一转，咪咪又响。目光碰在一起了，目光就说了话，后生便勇敢了，要么搭讪一句，要么，挪过步来，女子倒忽地冷了脸，骂一声"流氓！"热热的又冷冷了，后生无趣地走了。女子却无限后悔，望着星星，星星蒙蒙的，像滴流着水儿。再换过地方，站在卖醪糟的那边，一只手儿托着下巴，食指咬在牙里。

一场电影完了，看了银幕上的人，也看了看银幕上的人的人，也被人看了。八个女子集合在场畔，唱了一段花鼓，却说：别唱了，那些没皮脸的净往这儿看呢！就爆一阵笑声，上了木排，从水面上划走了。木排在河里，一河的星星都在身下，她们数起来，争着说哪颗星星是她的，但星星老数不清。说："这电影真好！"奋力划桨。

木排上行到五里外的湾里，八个女子跳下去，各自问一句"几时还演电影呢？"各自走进八个岸边的山洼。已经听见狗在家门口汪着了，一时间，脚腿却沉重起来，没了一丝儿力气……

十一

冬天里沟深，山便高，月便小，逆着一条河水走，水下是沙，沙下是水，突然水就没有了，沙干白得像漂了粉，疑惑水干枯了，再走一段，水又出现，如此忽隐忽现。一个源头，倒分地上地下两条河流。山在转弯的时候，出现一片栲树，树里是三间房，房没有木架，硬打硬搁，两边山墙上却用砖砌了四个"吉"字。栲树叶子都枯了，只是不脱落，静得没声没息。门前一溜石板下去，是一处场面，左边新竹，每一片细叶都亮亮的，像打了蜡光。竹子下是石磙子碾子，碾盘上卧着一条狗，碾杆上挂着一副牛的暗眼套。右边是十三个坟墓，坟墓前边都有一个砖砌的灯盏窝。这是百十年里这屋里的主人。十三个主人都死去了，这屋还没有倒，新的主人正坐在炕上。

这是个老婆子，七十多岁了，牙口还好，在灯下捏针纳扣门儿，续线的时候，线头却穿不到针眼，就叹口气坐着，起身从锅台上抱了猫儿上来。猫是妖媚的玩物，她离不得它，它也离不得她，她就在嘴里嚼馍花，嚼得烂烂的了，拿在手里喂它吃。

孙子还没有回来。黄昏时到下边人家喝酒去了。孙子是儿子的一条根，儿子死了，媳妇也死了，她盼着这孙子好生守住这个家。孙子却总是在家里坐不住，他喜欢看电影，十里外的地方演也去，回来就呆呆痴几天。他不愿留光头。衣服上不钉扣门儿。两年前就不和她一个炕上睡，嫌她脚臭。早晚还刷牙呢。有男朋友，也有女朋友，一起说话，笑，她听不懂。

她总觉得这孙子有一对翅膀，有一天会飞了。

灯光幽幽的，照在墙角一口棺木上，这是她将来睡的地方，儿子活着的时候就做的，但儿子死了，她还活着；每一年就用土漆在上边刷一次，已经刷过八次了。她也奇怪自己命长。是没有尽到活着的责任吗？洋芋糊汤疙瘩火，这么好的生活，她不愿离去，倒还收不住她的心呢！

心想：现在的人，怎么就不像前几年的人了，一天不像一天了。她疑心是她没在门框上挂一个镜儿。上辈人常是家里有灾有祸了，要挂一块镜子的。她爬起来，将镜子就挂上了，企望一切邪事不要勾了孙子的魂，把外界的诱惑都用镜收住吧。

半夜里，门外有了脚步声，有人在敲门。老婆子从窗子看出去，三个人背着孙子回来了，打着松油节子火把，说是孙子喝醉。白日听说县上要修一条柏油公路到这里来，他们庆贺，酒就喝得多了。

老婆子窸窸窣窣下来开门，嘟囔道："越来越不像山里人了！"

门框上的镜亮亮的，在坟头上照下一点白；天上的月亮分外明，照得满山满谷里的光辉。

黄土高原

沟是不深的，也不会有着水流；缓缓地涌上来了，缓缓地又伏下去；群山像无数偌大的蒙古包，呆呆地在排列。八月天里，秋收过了种麦，每一座山都被犁过了，犁沟随着山势往上旋转，愈旋愈小，愈旋愈圆。天上是指纹形的云，地上是指纹形的田，它们平行着，中间是一轮太阳；光芒把任何地方也照得见了，一切都亮亮堂堂。缓缓地向那圆底走去，心就重重地往下沉；山洼里便有了人家。并没有几棵树的，窑门开着，是一个半圆形的窟窿，它正好是山形的缩小，似乎从这里进去，山的内部世界就都在里边。山便再不是圆圈的叠合了，无数的抛物线突然间地凝固，天的弧线囊括了山的弧线，山的弧线囊括了门窗的弧线。一地都是那么寂静了，驴没有叫，狗是三只四只地躺在窑背，太阳独独地在空中照着。

路如绳子一般地缠起来了：山垴上，热热闹闹的人群曾走去赶过庙会。路却永远不能踏出一条大道来，凌乱的一堆细绳突然地扔了过来，立即就分散开去，在洼底的草皮地上纵纵横横了。这似乎是一张巨大的网，由山垴哗地撒落下去，从此就老想要打捞起什么了。但是，草皮地里能有什么呢？树木是没有的，花朵是没有的，

除了荆棘、蒿草，几乎连一块石头也不易见到。人走在上边，脚用
不着高抬，身用不着深弯，双手直棍一般地相反叉在背后，千次万
次地看那羊群漫过，粪蛋儿如急雨落下，嘭嘭地飞溅着黑点儿。起
风了，每一条路上都在冒着土的尘烟，簌簌的，一时如燃起了无数
的导火索，竟使人很有了几分骇怕呢。一座山和一座山，一个村和
一个村，就是这么被无数的网罩起来了。走到任何地方，每一块都
被开垦着，每处被开垦的坡下，都会突然地住着人家，几十里内，
甚至几百里内，谁不知道哪条沟里住着哪户人家呢？一听口音，就
攀谈开来，说不定又是转弯抹角的亲戚。他们一生在这个地方，就
一刻也不愿离开这个地方，有的一辈子也没有去过县城，甚至连一
条山沟也不曾走了出去；他们用自己的脚踏出了这无数的网，他们
却永远走不出这无数的网。但是，他们最乐趣的是在二三月，山沟
里的山鸡成群在崖畔晒日头，几十人集合起来，分站在两个山头，
大声叫喊，山鸡子从这边山上飞到那边山上，又从那边山上飞到这
边山上，人们的呐喊，使它们不能安宁，它们没有鹰的翅膀，可以
飞过更多的山沟，三四个来回，就立即在空中方向不定地旋转，猛
地石子一样垂直跌下，气绝而死了。

　　土是沙质的，奇怪的是靠崖凿一个洞去，竟百年千年不会倒坍，
或许筑一堵墙吧，用不着去苦瓦，东来的雨打，西去的风吹，那墙
再也不会垮掉，反倒生出一层厚厚的绿苔，春天里发绿，绿嫩得可
爱，夏天里发黑，黑得浓郁，秋天里生出茸绒，冬天里却都消失了，
印出梅花一般的白斑。日月东西，四季交替，它们在希冀着什么，
这么更换着苔衣？默默的信念全然塑造成那枣树了，河滩上，沟畔
里，在窗前的石碾子碾盘前，在山与山弧形的接壤处，突然间就发

现它了。它似乎长得毫无目的，太随便了，太缓慢了，春天里开一层淡淡的花，秋天里就挂一身红果。这是最懂得了贫困，才表现着极大的丰富吗？是因为最懂得了干旱，那糖汁一样的水分才凝固在枝头吗？

冬天里，逢个好日头，吃早饭的时候，村里人就都圪蹴在窗前石碾盘上，呼呼噜噜吃饭了。饭是荞麦面，汤是羊肉汤，海碗端起来，颤悠悠的，比脑袋还要大呢。半尺长的线线辣角，就夹在二拇指中，如山东人夹大葱一样，蘸了盐，一口一截，鼻尖上，嘴唇上，汗就咕咕噜噜地流下来了。他们蹲着，竭力把一切都往里收，身子几乎要成一个球形了，随时便要弹跳而起，爆炸开去。但随之，就都沉默了，一言不发，像一疙瘩一疙瘩苔石，和那碾盘上的石磙子一样，凝重而粗笨了。窗内，窗眼里有一束阳光在浮射，婆姨们正磨着黄豆，磨的上扇压着磨的下扇，两块凿着花纹的石头顿挫着，黄豆成了白浆在浸流。整个冬天，婆姨们要待在窑里干这种工作，如果这磨盘是生活的时钟，这婆姨的左胳膊和右胳膊，就该是搅动白天和黑夜的时针和分针了。

山峁下的小路上，一月半月里，就会起了唢呐声的。唢呐的声音使这里的人们精神最激动，他们会立即放下一切活计，站在那里张望。唢呐队悠悠地上来了，是一支小小的迎亲队，前边四支唢呐，吹鼓手全是粗壮汉子，眼球凸鼓，腮帮满圆，三尺长的唢呐吹天吹地，满山沟沟都是一种带韵的吼声了。农人不会作诗，但他们都有唢呐，红白喜事，哭哭笑笑，唢呐扩大了他们的嘴。后边，是一头肥嘟嘟的毛驴，耸着耳朵，喷着响鼻，额头上，脖子上，红红绿绿系满彩绸。套杆后就是一辆架子车，车头坐着一位新娘，花一样娟美，小白菜一样鲜嫩，她盯着车下的土路，脸上似笑，又未笑，欲哭，却未哭，失去知觉了一般的麻麻木木。但人们最喜欢看这一张脸了，这一张脸，使整个高原以此明亮起来。后边的那辆车，是两个花枝招展的陪娘坐着，咧着嘴憨笑，狼狼狈狈地紧抱着陪箱、陪被、枕头、镜子。再后边便是骑着毛驴的新郎，一脸的得意，抬胳膊动腿地常要忘形。每过一个村庄，认识的，不认识的，都要在怀里兜了枣儿祝贺，吃一颗枣儿，道一声谢谢，道一声谢谢，说一番吉祥，唢呐就越发热闹，声浪似乎要把人们全部抛上天空，轰然粉碎了去呢。

最逗人情思的是那村头小店：几乎每一个村庄，路畔里就有了那么一家人，老汉是肉肉的模样，婆姨是瘦瘦的精干，人到老年，弯腰驼背的，却出养个万般水灵的女儿来。女儿一天天长大，使整个村庄自豪，也使这个村庄从此不能安宁。父母懂得人生的美好，也懂得女儿的价值，他们开起店来，果然生意兴隆。就有了那么个后生，他到远远的黄河东岸去驮铁锅去了，一去三天三夜，这女子老听见驴子哇儿哇儿地响，站在窗前的枣树下，往东看得脖子都硬了。她恨死了后生，恨得揉面，捏了他的小面人儿，捏了便揉，揉了又捏。就在她去后洼洼拔萝卜的时候，那后生却赶回来，坐在窑里吃饭，说一声："这面怎么没味？"回道："我们胳膊没劲，巧巧不在。""阿达去了？"人家不理睬，他便脸通红，末了出了门，一步三回头。老人家送客送到窑背背，女子正赶回藏在山峁峁，瞧见爹娘在，想下去说句话，又怕老人嫌，待在那里，灰不沓沓。只待得爹娘转脚回去了，一阵风从峁上卷下来："等一等！"跟跟跄跄跑近了，羞羞答答，扭扭捏捏，却从怀里掏出个青杏儿来。

可怜这地面老是干旱，半年半年不曾落下一滴雨。但是，一落雨就没完没了，沟也满了，河也满了。住在这儿，圪崂里的人家，一下雨人人都在关心着门前那条公路了。公路是新开的，路一开，外面的人就都来过，大卡车也有，小卧车也有，国家干部来家说一席漂亮的京腔，录一段他们的歌谣，他们会轻狂地把什么好东西都翻出来让人家吃。客人走过，窑背上的皮鞋印就不许被扫了去，娃娃们却从此学得要刷牙，要剪发……如今雨地里路垮了，全村人心都揪起来，一个人背了镢头去修，全村人都跟了去干。小卧车嘟嘟地开过来，停在那边，他们急得骂天骂地骂自己，眼泪都要掉下来。公家的事看得重，他们的力气瞧得轻。路修通了，车开过了，车一响，哗地人们都向两边靠，脸是笑笑的，十二分的虔诚和得宠，肥大的狗汪汪地叫着要去撵，几个人拉住绳儿不敢丢手。

走遍了十八县，一样的地形，一样的颜色，见屋有人让歇，遇饭有人让吃。饭是除了羊肉、荞面，就是黄澄澄的小米：小米稀作米汤，稠作干饭，吃罢饭，坐下来，大人小孩立即就熟了。女人都白脸子，细腰身，穿窄窄的小袄，蓄长长的辫，多情多意，给你纯净的笑；男的却边塞将士一般的强悍，大块吃肉，大碗喝酒，上了酒席，又有人醉倒方止。但是，广漠的团块状的高原，花朵在山洼里悄悄地开了，悄悄地败了，只是在地下土中肿着块茎；牛一般的力气呢，也硬是在一把老镢头下慢慢地消耗了，只是加厚着活土层的尺寸。春到夏，秋到冬，或许有过五彩斑斓，但黄却在这里统一，人愈走完他的一生，愈归复于黄土的颜色。每到初春里，大批大批的城里画家都来写生了，站在山洼随便一望，四面的山峁上，弧线的起伏处，犁地的人和牛就衬在天幕。顺路走近去，或许正在用力，牛向前倾着，人向前倾着，角度似乎要和土地平行了，无形的力变成了有形的套绳了。深深的犁沟，像绳索一般，一圈一圈地往紧里套，他们似乎要冲出这个愈来愈小的圈，但留给他们活动的地方愈来愈小，末了，就停驻在山峁顶上。他们该休息了。只有小儿们，停止了在地边玩耍，一步步爬过来，扑进娘的怀里，眨着眼，吃着奶……

五味巷

长安城内有一条巷：北边为头，南边为尾，千百米长短；五丈一棵小柳，十丈一棵大柳。那柳都长得老高，一直突出两层木楼，巷面就全阴了，如进了深谷峡底；天只剩下一带，又尽被柳条割成一道儿的，一溜儿的。路灯就藏在树中，远看隐隐约约，羞涩像云中半露的明月，近看光芒成束，乍长乍短在绿缝里激射。在巷头一抬脚起步，巷尾就有了响动，背着灯往巷里走，身影比人长，越走越长，人还在半巷，身影已到巷尾去了。巷中并无别的建筑，一堵侧墙下，孤零零站一竿铁管，安有龙头，那便是水站了；水站常常断水，家家少不了备有水瓮、水桶、水盆儿，水站来了水，一个才会说话的孩子喊一声"水来了！"全巷便被调动起来。缺水时节，地震时期，巷里是一个神经，每一个人都可以当将军。买高档商品，是要去西大街、南大街，但生活日用，却极方便：巷北口就有了四间门面，一间卖醋，一间卖椒，一间卖盐，一间卖碱；巷南口又有一大铺，专售甘蔗，最受孩子喜爱，每天门口拥集很多，来了就赶，赶了又来。巷本无名，借得巷头巷尾酸辣苦咸甜，便"五味，五味"，从此命名叫开了。

这巷子，离大街是最远的了，车从未从这里路过，或许就最保守着古老，也因保守的成分最多，便一直未被人注意过、改造过。但居民却看重这地方，住户越来越多，门窗越安越稠。东边木楼，从北向南，一百二十户，西边木楼，从南向北，一百零三户。门上窗上，挂竹帘的、吊门帘的、搭凉棚的、遮雨布的，一入巷口，各人一眼就可以看见自己门窗的标志。楼下的房子，没有一间不阴暗，楼上的房子，没有一间不裂缝；白天人人在巷里忙活，夜里就到每一个门窗去，门窗杂乱无章，却谁也不曾走错过。房间里，布幔拉开三道，三代界限划开；一张木床，妻子，儿子，香甜了一个家庭，屋外再吵再闹，也彻夜酣眠不醒了。

城内大街是少栽柳的，这巷里柳就觉得稀奇。冬天过去，春天几时到来，城里没有山河草林，唯有这巷子最知道。忽有一日，从远远的地方向巷中一望，一巷迷迷的黄绿，忍不住叫一声"春来了！"巷里人倒觉得来得突然，近看那柳枝，却不见一片绿叶，以为是迷了眼儿。再从远处看，那黄黄的、绿绿的，又弥漫在巷中。这奇观儿曾惹得好多人来，看了就叹，叹了就折，巷中人就有了制度：君子动眼不动手。只有远道的客人难得来了，才折一枝二枝送去瓶插。瓶要瓷瓶，水要净水，在茶桌几案上置了，一夜便皮儿全绿，一天便嫩芽暴绽，三天吐出几片绿叶，一直可以长出五指长短，不肯脱落，娟秀如美人的长眉。

到了夏日，柳树全挂了叶子，枝条柔软修长如长发，数十缕一撮，数十撮一道，在空中吊了绿帘，巷面上看不见楼上窗，楼窗里却看清巷道人。只是天愈来愈热，家家门窗对门窗，火炉对火炉，巷里热气散不出去，人就全到了巷道。天一擦黑，男的一律裤头，女的一律裙子，老人孩子无顾忌，便赤着上身，将那竹床、竹椅、竹席、竹凳，巷道两边摆严，用水哗地泼了，侧身躺着卧着上去，茶一碗一碗喝，扇一时一刻摇，旁边还放盆凉水，一刻钟去擦一次。有月，白花花一片，无月，烟火头点点，一直到了夜阑，打鼾的、低谈的、坐的、躺的，横七竖八，如到了青岛的海滩。

若是秋天，这里便最潮湿，砖块铺成的路面上，人脚踏出坑凹，每一个砖缝都长出野草，又长不出砖面，就嵌满了砖缝，自然分出一块一块的绿的方格儿。房基都很潮，外面的砖墙上印着泛潮后一片一片的白渍，内屋脚地，湿湿虫繁生，半夜小解一拉灯，满地湿湿虫乱跑，使人毛骨悚然，正待要捉，却霎时无影。难得的却有了鸣叫的蛐蛐，水泥大楼上，柏油街道上都有着蛐蛐，这砖缝、木隙里却是它们的家园。孩子们喜爱，大人也不去捕杀，夜里懒散地坐在家中，倒听出一种生命之歌，欢乐之歌。三天，五天，秋雨就落一场，风一起，一巷乒乒乓乓，门窗皆响，索索瑟瑟，枯叶乱飞。雨丝接着斜斜下来，和柳丝一同飘落，一会儿拂到东边窗下，一会儿拂到西边窗下。末了，雨戛然而止，太阳又出来，复照玻璃窗上，这儿一闪，那儿一亮，两边人家的动静，各自又对映在玻璃上，如演电影，自有了天然之趣。

孩子们是最盼着冬天的了。天上下了雪，在楼上窗口伸手一抓，便抓回几朵雪花，五角形的，七角形的，十分好看，凑近鼻子闻闻有没有香气，却倏忽就没了。等雪在柳树下积得厚厚的了，看见有相识的打下边过，动手一扯那柳枝，雪块就哗地砸下，并不生疼，却吃一大惊，楼上楼下就乐得大呼小叫。逢着一个好日头，家家就忙着打水洗衣，木盆都放在门口，女的揉，男的涂，花花彩彩的衣服全在楼窗前用竹竿挑起，层层叠叠，如办展销。凡翻动处，常露出姑娘俊俏俏白脸，立即又不见了，唱几句细声细气的电影插曲，逗起过路人好多遐想。偶尔就又有顽童恶作剧，手握一小圆镜，对巷下人一照，看时，头儿早缩了，在木楼里哧哧痴笑。

这里每一个家里，都在体现着矛盾的统一：人都肥胖，而楼梯皆瘦，两个人不能并排，提水桶必须双手在前；房间都小，而立柜皆大，向高空发展，乱七八糟东西一股脑全塞进去；工资都少，而开销皆多，上养老，下育小，两个钱顶一个钱花，自由市场的鲜菜吃不起，只好跑远道去国营菜场排队；地位都低，而心性皆高，家家看重孩子学习，巷内有一位老教师，人人器重。当然没有高干、中干住在这里，小车不会来的，也就从不见交通警察，也不见一次戒严。他们在外从不管教别人，在家也不受人教管：夫妻平等，男回来早男做饭，女回来早女做饭。他们也谈论别人住水泥楼上的单元，但末了就数说那单元房住了憋气：一进房，门"砰"地关了，一座楼分成几十个世界。也谈论那些后有后院、前有篱笆花园的人家，但末了就又数说那平房住不惯：邻人相见，而不能相逾。他们害怕那种隔离，就越发维护着亲近，有生人找一家，家家都说得清楚：走哪个门，上哪个梯，拐哪个角，穿哪个廊。谁家娶媳妇，鞭炮一响，两边楼上楼下伸头去看，乐事的剪一把彩纸屑，撒下新郎新娘一头喜，夜里去看闹新房，吃一颗喜糖，说十句吉祥话。谁还说不出谁家大人的小名，谁家小孩的脾性呢？

他们没有两家是乡党的，汉，回，满，各种风俗。也没有说一种方言的，北京，上海，河南，陕西，南腔北调。人最杂，语言丰富，孩子从小就会说几种话，各家都会炒几种风味菜，除了外国人，哪儿来的人都能交谈，哪儿来的剧团，都要去看。坐在巷中，眼不能看四方，耳却能听八面，城内哪个商场办展销，哪个工厂办技术夜校，哪个书店卖高考复习资料，只要一家知道，家家便知道。北京开了什么会，他们要议论，某个球队出国得了冠军，他们要欢呼，哪个干部搞走私，他们要咒骂。议完了，笑完了，咒完了，就各自回家去安排各家的事情，因为房小钱少，夫妻也有吵的，孩子也有哭的。但一阵雷鸣电闪，立即便风平浪静，妻子依旧是乳，丈夫依旧是水，水乳交融，谁都是谁的俘虏；一个不笑，一个不走，两个笑了，孩子就乐，出来给人说：爸叫妈是冤家，妈叫爸是对头。

早上，是这个巷子最忙的时候。男的去买菜，排了豆腐队，又排萝卜队，女的给孩子穿衣喂奶，去炉子上烧水做饭。一家人匆匆吃了，但收拾打扮却费老长时间：女的头发要油光松软，裤子要线棱不倒，男子要领齐帽端，鞋光袜净，夫妻各自是对方的镜子，一切满意了，一溜一行自行车扛下楼，一声丁零，千声呼应，头尾相接，出巷去了。中午巷中人少，孩子可以隔巷道打羽毛球。黄昏来了，巷中就一派悠闲：老头去喂鸟儿，小伙去养鱼，女人最喜育花。鸟笼就挂满楼窗和柳丫上，鱼缸是放在走廊、台阶上，花盆却苦于没处放，就用铁丝木板在窗外凌空吊一个凉台。这里的姑娘和月季，突然被发现，立即成了长安城内之最，五年之中，姑娘被各剧团吸收了十人，月季被植物园专家参观了五次。

就是这么个巷子，开始有了声名，参观者愈来愈多了。一九八一年冬，我由郊外移居城内，天天上下班，都要路过这巷子，总是带了油盐酱醋瓶，去那巷头四间门面捎带，吃醋椒是酸辣，尝盐碱是咸苦。进了巷口，一直往南走，短短小巷，却用去我好多时间，走一步，看一步，想一步，千缕思绪，万般感想。出了南巷口，见孩子们又拥集在甘蔗铺前啃甘蔗，吃得有滋有味，小孩吃，大人也吃。我便不禁两耳下陷坑，满口生津，走去也买一根，果然水分最多，糖分最浓，且甜味最长。

白浪街

　　丹江流经竹林关，向东南而去，便进入了商南县境。一百十一里到徐家店，九十里到梳洗楼，五里到月亮湾，再一十八里拐出沿江第四个大湾川到荆紫关、淅川、内乡、均县、老河口。汪汪洋洋九百九十里水路，山高月小，水落石出。船只是不少的，都窄小窄小，又极少有桅杆竖立，偶尔有的，也从不见有帆扯起来。因为水流湍急，顺江而下，只需把舵，不用划桨，便半天一晌，"轻舟已过万重山"了。假若从龙驹寨到河南西峡，走的是旱路，处处古关驿站，至今那些地方旧名依故，仍是武关、大岭关、双石关、马家驿、林河驿等等。而老河口至龙驹寨，则水滩甚多，险峻而可名的竟达一百三十多处！江边石崖上，低头便见纤绳磨出的石渠和纤夫脚踩的石窝。虽然山根石皮上的一座座镇河神塔都差不多坍了半截，或只留有一堆砖石，那夕阳里依稀可见苍苔缀满了那石壁上的"远源长流"字样。一条江上，上有一座"平浪宫"在龙驹寨，下有一座"平浪宫"在荆紫关，一样的纯木结构，一样的雕梁藏栋。破除迷信了，虽然再也看不到船供养着小白蛇，进"平浪宫"去供香火，三磕六拜，但在弄潮人的心上，龙驹寨、荆紫关是最神圣的地方。

那些上了年纪的船公，每每摸弄着五趾分开的大脚，就夸说："想当年，我和你爷从龙驹寨运苍术、五倍子、木耳、漆油到荆紫关，从荆紫关运火纸、黄表、白糖、苏木到龙驹寨，那是什么情景！你到过龙驹寨吗？到过荆紫关吗？荆紫关到了商州的边缘，可是繁华地面呢！"

荆紫关确是商州的边缘，确是繁华的地面。似乎这一切全是为商州天造地设的，一闪进关，江面十分开阔。黄昏中平川地里虽不大见孤烟直长的景象，落日在长河里却是异常地圆。初来乍到，认识为之改变：商州有这么大平地！但江东荆紫关，关内关外住满河南人，江西村村相连，管道纵横，却是河南、湖北口音，唯有到了山根下一条叫白浪的小河南岸街上，才略略听到一些秦腔呢。

这街叫白浪街，小极小极的。这头看不到那头，走过去，似乎并不感觉这是条街道，只是两排屋舍对面开门，门一律装板门罢了。这里最崇尚的颜色是黑白：门窗用土漆刷黑，凝重、锃亮，俨然如铁门钢窗，家里的一切家什，大到柜子、箱子，小到罐子、盆子，土漆使其光明如镜，到了正午，你一人在家，家里四面八方都是你。日子富裕的，墙壁要用白灰搪抹，即使再贫再寒，那屋脊一定是白灰抹的，这是江边人对小白蛇（白龙）信奉的象征。每每太阳升起，空间一片迷离之时，远远看那山根，村舍不甚清楚，那错错落落的屋脊就明显出对等的白直线段。烧柴不足是这里致命的弱点，节柴灶就风云全街，每一家一进门就是一个砖砌的双锅灶，粗大的烟囱，如"人"字立在灶上，灶门是黑，烟囱是白。黑白在这里和谐统一，黑白使这里显示亮色。即使白浪河，其实并无波浪，更非白色，只是人们对这一条浅浅的满河黑色碎石的沙河的理想而已。

　　街面十分单薄，两排房子，北边的沿河堤筑起，南边的房后就一片田地，一直到山根。数来数去，组成这街的是四十二间房子，一分为二，北二十一间，南二十一间，北边的斜着而上，南边的斜着而下。街道三步宽，中间却要流一道溪水，一半有石条棚，一半没有棚，清清亮亮，无声无息，夜里也听不到响动，只是一道星月。街里九棵柳树，弯腰扭身，一副媚态。风一吹，万千柔枝，一会打在北边木板门上，一会儿刷在南边方格窗上，东西南北风向，在街上是无法以树判断的。九棵柳中，位置最中的，身腰最弯的，年龄最古老而空了心的是一棵垂柳。典型的粗和细的结合体，桩如桶，枝如发。树下就仄卧着一块无规无则之怪石。既伤于观赏，又碍于街面，但谁也不能去动它。那简直是这条街的街徽。重大的集会，这石上是主席台，重要的布告，这石上的树身是张贴栏，就是民事纠纷，起咒发誓，也只能站在石前。

　　就是这条白浪街，陕西、河南、湖北三省在这里相交，三省交界，界碑就是这一块仄石。小小的仄石竟如泰山一样举足轻重，神圣不可侵犯。以这怪石东西直线上下，南边的是湖北地面，以这怪石南北直线上下，北边的街上是陕西，下是河南。因为街道不直，所以街西头一家，三间上屋属湖北，院子却属陕西，据说解放以前，地界清楚，人居杂乱，湖北人住在陕西地上，年年给陕西纳粮，陕西人住在河南地上，年年给河南纳粮。如今人随地走，那世世代代杂居的人就只得改其籍贯了。但若查起籍贯，陕西的为白浪大队，河南的为白浪大队，湖北的也为白浪大队，大凡找白浪某某之人，一定需要强调某某省名方可。

　　一条街上分为三省，三省人是三省人的容貌，三省人是三省人的语言，三省人是三省人的商店。如此不到半里路的街面，商店三座，座座都是楼房。人有竞争的禀性，所以各显其能，各表其功。先是陕西商店推倒土屋，一砖到顶修起十多间一座商厅；后就是河南弃旧翻新堆起两层木石结构楼房；再就是湖北人，一下子发奋起四层水泥建筑。货物也一家胜筹一家，比来比去，各有长短，陕西的棉纺织品最为赢，湖北以百货齐全取胜，河南挖空心思，则常常以供应短缺品压倒一切。地势造成了竞争的局面，竞争促进了地势的繁荣，就是这弹丸之地，成了这偌大的平川地带最热闹的地方。每天这里人打着旋涡，四十二户人家，家家都做生意，门窗全然打开，办有饭店、旅店、酒店、肉店、烟店。那些附近的生意人也就担筐背篓，也来摆摊，天不明就来占却地点，天黑严才收摊而回，有的则以石围圈，或夜不归宿，披被守地。别处买不到的东西，到这里可以买，别处见不到的东西，到这里可以见。"小香港"的名声就不胫而走了。

三省人在这里混居，他们都是炎黄的子孙，都受共产党的领导，但是，每一省都不愿意丢失自己的省风省俗，顽强地表现各自的特点。他们有他们不同于别人的长处，他们也有他们不同于别人的短处。

湖北人在这里人数最多。"天有九头鸟，地有湖北佬"，他们待人和气，处事机灵。所开的饭店餐具干净，桌椅整洁，即使家境再穷，那男人卫生帽一定是雪白雪白，那女人的头上一定是纹丝不乱。若是有客稍稍在门口向里一张望，就热情出迎，介绍饭菜，帮拿行李，你不得不进去吃喝，似乎你不是来给他"送"钱的，倒是来享他的福的。在一张八仙桌前坐下，先喝茶，再吸烟，问起这白浪街的历史，他一边叮叮咣咣刀随案板响，一边说了三朝，道了五代。又问起这街上人家，他会说了东头李家是几口男几口女，讲了西头刘家有几只鸡几头猪，忍不住又自夸这里男人义气，女人好看。或许一声呐喊，对门的窗子里就探出一个俊脸儿，说是其姐在县上剧团，其妹的照片在县照相馆橱窗里放大了尺二，说这姑娘好不，应声好，就说这姑娘从不刷牙，牙比玉白，长年下田，腰身细软。要问起这儿特产，那更是天花乱坠，说这里的火纸，吃水烟一吹就着；说这里的瓷盘从汉口运来，光洁如玻璃片，结实得落地不碎，就是碎了，碎片儿刮汗毛比刀子还利；说这里的老鼠药特有功效，小老鼠吃了顺地倒，大老鼠吃了跳三跳，末了还是顺地倒。说的时候就拿出货来，当场推销。一顿饭毕，客饱肚满载而去，桌面上就留下七元八元的，主人一边端着残茶出来顺门泼了，一边低头还在说：照看不好，包涵包涵。他们的生意竟扩张起来，丹江对岸的荆紫关码头街上有他们的"租地"，虽然仍是小摊生意，天才的演说使他们大获暴利，似乎他们的大力丸，轻可以治痒，重可以防癌，人吃了有牛的力气，牛吃了有猪的肥膘，似乎那代售的避孕片，只要和在水里，人喝了不再多生，狗喝了不再下崽，浇麦麦不结穗，浇树树不开花。一张嘴使他们财源茂盛，财源茂盛使他们的嘴从不受亏，常常三个指头高擎饭碗，将面条高挑过鼻，沿街吸吸溜溜地吃。他们是三省之中最富有的公民。

河南人则以能干闻名，他们勤苦而不恋家，强悍却又狡狯。靠山吃山，靠水吃水，大人小孩没有不会水性的。每三日五日，结伙成群，背了七八个汽车内胎逆江而上，在五十里、六十里的地方去买柴买油桐籽。柴是一分钱二斤，油桐籽是四角钱一斤。收齐了，就在江边啃了干粮，喝了生水。憋足力气吹圆内胎，便扎柴排顺江漂下。一整天里，柴排上就是他们的家，丈夫坐在排头，妻子坐在排尾，孩子坐在中间。夏天里江水暴溢，大浪滔滔，那柴排可接连三个、四个，一家几口全只穿短裤，一身紫铜色的颜色，在阳光下闪亮，柴排忽上忽下，好一个气派！到了春天，江水平缓，过姚家湾、梁家湾、马家堡、界牌滩，看两岸静峰峭峭，赏山峰林木森森，江心的浪花雪白，崖下的深潭黝黑。遇见浅滩，就跳下水去连推带拉，排下湍流，又手忙脚乱，偶尔排撞在礁石上，将孩子弹落水中，父母并不惊慌，排依然在走，孩子眨眼间冒出水来，又跳上排。到了最平稳之处，轻风徐来，水波不兴，一家人就仰躺排上，看天上水纹一样的云，看地上云纹一样的水，醒悟云和水是一个东西，只是一个有鸟一个有鱼而区别天和地了。每天一湾，湾里都有人家，江边有洗衣的女人，免不了评头论足，唱起野蛮而优美的歌子，惹得江边女子掷石大骂，他们倒乐得快活，从怀里掏出酒来，大声猜拳，有喝到六成七成，自觉高级干部的轿车也未比柴排平稳，自觉天上神仙也未比他们自在。每到一个大湾的渡口，那里总停有渡船，无人过渡，船公在那里翻衣捉虱，就喊一声："别让一个溜掉！"满江笑声。月到江心，柴排靠岸，连夜去荆紫关拍卖了，柴是一斤二分，油桐籽五角一斤；三天辛苦，挣得一大把票子，酒也有了，肉也有了，过一个时期"吃饱了，喝胀了"的富豪日子。一等家里又空了，就又逆江进山。他们的口福永远不能受损，他们的力气也是永远使用不竭。精打细算与他们无缘，钱来得快去得快，大起大落的性格，使他们的生活大喜大悲。

陕西人，固有的风格使他们永远处于一种中不溜的地位。勤劳是他们的本分，保守是他们的性格。拙于口才，做生意总是亏本，出远门不习惯，只有小打小闹。对于河南、湖北人的大吃大喝，他们并不眼馋，看见河南、湖北人的大苦大累反倒相讥。他们是真正的安分农民，长年在土坷垃里劳作。土地包产到户后，地里的活一旦做完，油盐酱醋的零花钱来源就靠打些麻绳了。走进每一家，门道里都安有拧绳车子，婆娘们盘腿而坐，一手摇车把，一手加草，一抖一抖的，车轮转的是一个虚的圆团，车轴杆的单股草绳就发疯似的肿大。再就是男子们在院子里开始合绳：十股八股单绳拉直，两边一起上劲，长绳就抖得眼花缭乱，白天里，日光在上边跳，夜晚里，月光在上边碎，然后四股合一条，如长蛇一样扔满了一地。一条绳交给国家收购站，钱是赚不了几分，但他们个个身宽体胖，又年高寿长。河南人、湖北人请教养身之道，回答是：不研究行情，夜里睡得香，心便宽；不心重赚钱，茶饭不好，却吃得及时，便自然体胖。河南、湖北人自然看不上这养身之道，但却极愿意与陕西人相处，因为他们极其厚道，街前街后的树多是他们栽植，道路多是他们修铺，他们注意文化，晚辈里多有高中毕业，能画中堂上的老虎，能写门框上的对联，清夜月下，悠悠有吹箫弹琴的，又是陕西人氏。"宁叫人亏我，不叫我亏人"，因而多少年来，公安人员的摩托始终未在陕西人家的门前停过。

　　三省人如此不同，但却和谐地统一在这条街上。地域的限制，使他们不可能分裂仇恨，他们各自保持着本省的尊严，但团结友爱却是他们共同的追求。街中的一条溪水，利用起来，在街东头修起闸门，水分三股，三股水打起三个水轮，一是湖北人用来带动轧面机，一是河南人用来带动轧花机，一是陕西人用来带动磨面机。每到夏天傍晚，当街那棵垂柳下就安起一张小桌打扑克，一张桌坐了三省，代表各是两人，轮换交替，围着观看的却是三省的老老少少，当然有输有赢，友谊第一，比赛第二。月月有节，正月十五，二月初二，五月端午，八月中秋，再是腊月初八，大年三十，陕西商店给所有人供应鸡蛋，湖北商店给所有人供应白糖，河南商店就又是粉条，又是烟酒。票证在这里无用，后门在这里失去环境。即使在"文化大革命"中，各省枪声炮声一片，这条街上风平浪静：陕西境内一乱，陕西人就跑到湖北境内，湖北境内一乱，湖北人就跑到河南境内。他们各是各的避风港，各是各的保护人。各家妇女，最拿手的是各省的烹调，但又能做得三省的饭菜。孩子们地道的是本省语言，却又能精通三省的方言土语。任何一家盖房子，所有人都来"送菜"，送菜者，并不仅仅送菜，有肉的拿肉，有酒的提酒，来者对于主人都是帮工，主人对于帮工都待如至客。一间新房便将三省人扭合在一起了。一家姑娘出嫁，三省人来送"汤"，一家儿子结婚，新娘子三省沿家磕头作拜。街中有一家陕西人，姓荆，六十三岁，长身长脸，女儿八个，八个女儿三个嫁河南，三个嫁湖北，两个留陕西，人称"三省总督"。老荆五十八岁开始过寿日，寿日时女儿、女婿都来，一家人南腔北调语音不同，酸辣咸甜口味有别，一家热闹，三省快乐。

一条白浪街，成为三省边街，三省的省长他们没有见过，三县的县长也从未到过这里，但他们各自不仅熟知本省，更熟知别省。街上有三份报纸，流传阅读，一家报上登了不正之风的罪恶，秦人骂"瞎髁"，楚人骂"操蛋"，豫人骂"狗球"；一家报上刊了振兴新闻，秦人说"燎"，楚人叫"美"，豫人喊"中"。山高皇帝远，报纸却使他们离政策近。只是可惜他们很少有戏看，陕西人首先搭起戏班人，湖北人也参加，河南人也参加，演秦腔，演豫剧，演汉调。条件差，一把二胡演过《血泪仇》，广告色涂脸演过《梁秋燕》，以豆腐包披肩演过《智取威虎山》，越闹越大，《于无声处》的现代戏也演，《春草闯堂》的古典戏也演。那戏台就在白浪河边，看的人人山人海。一时间，演员成了这里头面人物，每每过年，这里兴送对联，大家联合给演员家送对联，送的人庄重，被送的人更珍贵，对联就一直保存一年，完好无缺。那戏台两边的对联，字字斗般大小，先是以红纸贴成，后就以红漆直接在门框上书写，一边是"丹江有船三日过五县"，一边是"白浪无波一石踏三省"，横额是"天时地利人和"。

在米脂

走头头的骡子三盏盏的灯，
挂上那铃儿哇哇的声。
白脖子的哈巴朝南咬，
赶牲灵的人儿过来了；
你是我的哥哥你招一招手，
你不是我的哥哥你走你的路。

在米脂县南的杏子村里，黎明的时候，我去河里洗脸，听到有
人唱这支小调。一时间，山谷空洞起来，什么声音也不再响动；河
水柔柔的更可爱了，如何不能掬得在手；山也不见了分明，生了烟
雾，淡淡地化去了，只留下那一抛山脊的弧线。我仄在石头上，醉
眼蒙眬，看残星在水里点点，明灭长短的光波。我不知这是谁唱的。
三年前，我听过这首小调的唱片，但那是说京腔的人唱的，毕竟是
太洋了；后来又在西安大剧院听人唱过，又觉得抒扬有余，神韵不
足。如今在这么一个边远的山村，一个欲明未明的清晨，唱起来了，
在它适应的空间里，味儿有了，韵儿有了。

　　歌唱的，是一位村姑。在上岸的柳树根下，她背向而坐；伸手去折一枝柳梢，一片柳叶落在水里，打个旋儿，悠悠地漂下去了。

　　这是极俏的人，一头淡黄的头发披着，风动便飘忽起来，浮动得似水中的云影，轻而细腻，倏忽要离头而去。耳朵一半埋在发里，一半白得像出了乌云的月亮。她微微地斜着身子，微微地低了头，肩削削的，后背浑圆，一件蓝布衫子，窈窕地显着腰段。她神态温柔、甜美，我不敢弄出一点响动，一任儿小曲摄了魂去。

　　这是一首古老的小调，描绘的是一个迷人的童话。可以想象到，有那么一个村子，是陕北极普遍的村子。村后是山，没有一块石头，浑圆得像一个馒头，山上有一二株柳，也是浑圆的，是一个绿绒球。山坡下是一孔一孔窑洞，窑里放着油得光亮的门箱，窑窗上贴着花鸟剪纸，窑门上吊着印花布帘，羊儿在崖畔上啃草，鸡儿在场塄上觅食。从门前小路上下去，一拐一拐，到了河里，河水很清，里边有印着丝纹的石子，有银鳞的小鱼，还有蝌蚪，黑得像眼珠子。少妇们来洗衣，一块石板，是她们一席福地。衣服艳极了，晾在草地上，于是，这条河沟就全照亮了。

　　有那么一个姑娘，该叫什么名字呢？她是村里佼佼者。父母守她一个，村里人爱她，见过她的人都爱她。她家在大路口开了个饭店，生意兴旺。进店的，为了吃饭，也为着见她。她却最是端庄，清高得很，对谁也不肯一笑。

　　姑娘有姑娘的意中人，眼波只属于清风，只属于他。他是后山的后生，十八或者二十岁，每天要从这里路过去县上赶脚。进得店来，看见她，粗茶淡饭也香，喝口凉水也甜，常常饥着而来，待会儿便走，不吃不喝也就饱了。她给他擀面，擀得白纸一张，切面，刀案齐响，下到锅里莲花转，捞到碗里一窝丝。她一回头，他正看她，给她一笑，她想回他个笑，但她却变了脸。他低了头，连脖子都红了，却看见了桌布下她露出的两只鞋尖。她看出他的意思了，却更冷了脸儿，饭端上来，偏不拿筷子。他问；她说："在筷笼，你没长手？"他凉了心，吃得没味，出去了。她得意地笑，终又恨他，骂他"孱头"。

他几天竟不来了，她坐在家里等。等得久了，头也懒得梳，她说："不来了，好！"但却哭了。

天天却听见门外树上的喜鹊叫。她走出来，却是他在用石子打那鸟儿。她愣了，眼泪都流了出来。他瞧着她喜欢，向她走来，她却又上了气："为什么打鸟？""我恨！""恨鸟儿？""它住在这里。""那碍你什么了？""也恨我。""恨你？""恨我不是鸟儿！"她想了想，突然笑了。他一看她，她立即面壁不语。他向她走近来，她却又走了，一直走到窑里。只想他会一挑帘儿进来，回头一看，他没有进来，走出窑看时，他却走了，边走边抹着眼泪。

她盼他再来。再盼他来。他却再也没来。每天赶脚人从门口来往，三头五头的骡子，头上缠着红绸，绸上系着铜铃，铜铃一响，她出门就看，骡子身上架着竹筐，一边是小米、南瓜、土豆，一边是土布、羊皮、麻线，他领头前边走，乜她一眼，鞭儿甩得"叭叭"地响，走过去了。

一次，两次，眼睁睁看他过去了，她恨自己委屈了他，又更恨那个他！夜里拿被子堆一个他，指着又骂又捶又咬，末了抱住流眼泪。等着他又路过了，她看着他的身影，又急切切盼着他能回过头来，向她招一招手……

　　小调停了，我却叹息起来，千般万般儿猜想，那后生是招了招手呢，还是在走他的路？一抬头，却见岸那边走来一个年轻人，白生生赶了一群羊，正向那唱小调的村姑摇手。村姑走了过去，双双走到了岩那边的洼地，坐在深深的茅草丛中去了。茅草在动着，羊鞭插在那里，是他们的卫兵。

　　我悄悄退走了，明白这边远的米脂，这贫瘠的山沟，仍然是纯朴爱情的乐土，是农家自有其乐的地方。

清涧的石板

　　车在陕北高原上颠簸，旅人已经十分地懒意了。从车窗里乜眼儿看去，两边尽是黄褐色的土峁，扑沓一堆的样子，又一个不连贯一个；顶上被开垦了，中腰修了梯田：活脱脱的秃头皱额老人呢。先还觉得有趣，慢慢便十分无聊，车上人差不多都闭上眼睛，昏昏欲睡去了。

　　但是，突然睁开眼来，却发现有了异样：山峁不再是重重暮气的老人了，它已经站起来，峭峭地有了崖，草木极盛；再往远看，山势一时生动，合时主峰兀现，开时脉络分明；随之便也听见了哗哗声，似流水，又不见水。车再往前开，便发现路正在石川里，石是青峥峥的，却并不浑然，分明看得见是一层一层叠压起来的，石川几米来宽，中间裂一窄缝，哗哗声便显得更大了。司机停下车来，说要给机器加水，提了桶下去，往那石缝里一跃一跳，立即就不见了。旅人都好奇起来，下车近去，原来河就在石缝里边，水流颇大，竟在里边拐来捣去，淘出四五尺宽的穴窟、渊潭；石岸更有了层次，越发杂乱；水是清极亮极的，看得见有一种鱼样的东西就趴在水下的石上，静静地，如何不曾冲去。

有人叫道：这便到了清涧县了。

陕北高原上，黄褐色的土里，突然有了青的石层，这便使人耳目一新，又有这么一道清水，立即就活泼泼地叫人爱怜了。

车继续往前走，石川越发幽深，常常转弯抹角，便闪出一个开阔地来。村庄也多起来了，全簇在山根，身后的石层，一道一道脉络，舒长而起伏，像是海的曲线，沉浮着山村人家。人家都是窑洞，却不是凿的土窑，也不是拱的砖窑，全然用着石板，那窑墙满是碎片立砌，一层斜左，一层斜右，像针织着的花纹，窑檐一摆儿用石板压起，如帽檐一般好看。间或就有了房子，房瓦是石板相接。有一人家正在修筑屋顶，房上站满了人，旁边的斜梯架上，匠人赤膀子背着石板，一步一挪，一步一挪；太阳在膀子上闪着油光，在石板上泛着青光，终于站在房上了，弓着腰，石板朝上，云幕的衬托下，像是背着一块青天。

河岸上，有人在叮叮当当凿着，然后是举着钢钎，弯着了身子，努力地撬动，咯咯噜噜的脆响，是分木裂帛的声音，一页页石板揭了起来，小的桌面大，大的席片小。装在毛驴车上被拉走了，老头仰八叉睡在石板上吸烟，小儿却坐在车辕杆上赶驴，驴是不消赶的，他只是在车帮上吊一串小石板，用木棍敲着，叮叮当当，音亮而韵远。

旅人们再也不觉寂寞了，眉飞色舞，感叹起这天地造物的奇妙了：如果整个陕北是个秃头皱额的老人，这里该就是个灵光秀气的女子了，如果黄土高原是件光面羊皮大袄，清涧该是大袄上的一枚晶亮的玉扣了。清涧，是黄水的沉淀，是黄土的结晶，它是为着旅人的性情而形成的，还是为着改变黄土高原的概念而存在呢？

傍晚到了县城。县城不大，却依半山而筑，黑黢黢的一圈城墙，一色石板堆成，使人沉重而隐隐逼迫着一股寒气。走进城街，街巷极窄，两边建筑皆是石板所筑，虽然这里一天前才下过雨，路却无尘无泥。有人从小巷深处走来，满巷一片响声，放开喉咙歌唱一阵，音嗡嗡而有韵，久久不散。市民衣着华丽，习俗却还古旧，家家老小在门前石板桌前坐了喝茶，或是在石板棋盘上对弈。虽有自来水，女子们不愿在家洗涤，全抱了衣服在城边的河里，赤脚下水，在那青石板上擂着棒槌。

天黑下来了，旅人并没有睡意，依然在街上溜达，去量量城墙上石板的尺寸，去摸摸街面上石板的光滑。末了，长久地看着夜空，做一个遐想：夜空青蓝蓝的，那也是一张大石板吗，那星星就是石板上的银钉吗？

天明起来，旅人们兴趣毫无减退，打问着石板的趣闻。旁人建议到城外乡村里走走吧。到了乡村，几乎就都要惊呼不已了，觉得到了一个神话的世界。那一切建筑，似乎从来没有了砖和瓦的概念：墙是石板砌的，顶是石板盖的，门框是石板拱的，窗台是石板压的，那厕所，那台阶，那院地，那篱笆，全是石板的。走进任何一家去，炕面是石板的，灶台是石板的，桌子是石板的，凳子是石板的，柜子是石板的，锅盖是石板的，炕围是石板的。色也多彩，青，黄，绿，蓝，紫。主人都极诚恳，忙招呼在门前的树下，那树下就有一张支起的石板，用一桶凉水泼了，坐上去，透心地凉快。主妇就又抱出西瓜来，刀在石板磨石上磨了，嚓地切开，籽是黑籽，瓤是沙瓤。正吃着，便见孩子们从学校回来了，个个背一个书包，书包上系一片小薄石板，那是他们写字的黑板。一见有了生人，忽地跑开，兀自去一边玩起乒乓球。球案纯是一张石板，抽、杀、推、挡，球起球落，声声如珠落入玉盘。

终于在一所石板房里，遇见了一个石匠。老人已经六十二岁了，留半头白发，向后梳着，戴一副硬脚圆片镜，正眯了眼在那里刻一面石碑。碑面光腻，字迹凝重，每刻一刀，眉眼一凑，皱纹就爬满了鼻梁。我们攀谈起来，老人话短而气硬。他说，天下的石板，要数清涧，早年这个村里，地土缺贵，十家养不起一头牛，一家却出几个好石匠，打石板为生，卖石板吃饭，亏得这石板一层一层揭不尽，养活了一代一代清涧人。为了纪念这石板的功劳，他们祖传下来的待客的油旋，也就仿制成石板的模样，那么一层一层的，好吃耐看。他说，当年陕北闹红，这个村的石匠都当了红军，出没在石板沟，用石板做石雷，用石板烙面饼，硬是没被敌人消灭，却沉重地打击了敌人。他说，他的叔父，一个游击队的政委，不幸被敌人抓去，受尽了酷刑，不肯屈服，被敌人杀了头，挂在县城的石板城门上，使他们又连夜攻城，取下头颅，以石匠最体面的葬礼，做了一合石板棺材掩埋了。结果，游击队并没有垮掉，反倒又一批石匠参加了游击队……

老人说着，慷慨而激奋，末了就又低头刻起碑文了，那一笔一画，入石三分。旅人都哑然了，觉得老人的话，像碑文一样刻在心上，他们不再是一种入了异境的好奇，而是如走进佛殿一般的虔诚，读哲学大典一般的庄重，静静地做各人的思索了，问起这里的生活，问起这里的风俗，末了，最感兴趣的是这里的人。

"到山上走走吧，你们会得到答案的。"老人指着河对面的山上说。

　　走到山上，什么也没有，却是一片墓地。每一个墓前不论大小新旧，出奇地都立着一块石板——一面刻字的石碑，形成一片石板林。近前看看，有死于战争时期的，有死于建设岁月的，每一块碑上，都有着生平。旅人们面对着这一面面碑的石板，慢慢领悟了老人的话：是的，清涧的人，民性就是强硬，他们活着的时候，是一面朴实无华的石板，锤錾下去，会冒出一串火花，他们死去了，石板却又要在墓前竖起来。他们或许是个将领，或许是个士兵，或许是个农民，或许是个村儒，但他们的碑子却冲天而起，直指天空，那是性格的象征，力量的象征，不屈的象征。

走三边

　　往陕北远行，三千里路，云升云降，月圆月缺，旅途是辛苦的。过了金锁关，山便显得愈小，羊便见得更多，风头一日比似一日强硬，一日比似一日的思亲情绪全然涌上心头了。当黄昏里，一个人独独地走在沟壑梁上，东来西往的风扯锯般地吹，当月在中天，只身儿卧在小店床上听柴扉外蛐蛐儿忽鸣忽噤，便要翻那本边塞古诗，以为知音，是体会得最深最深的了。但我仍继续北上。三边，这是个多么逗人情思的神秘的地方啊。我知道，愈是好地方，愈是不容易去得，愈是去的人少了，愈值得去一趟呢。

　　穿过延安，车进入榆林地区，两天里，在沟底里钻，七拐八拐的，光看见那黄天冷漠，黄原发呆，车像是一只小爬虫儿，似乎永远也不可能钻出这黄的颜色了。第三天，偶尔看见山头上有了树，是绿的，或者是黄的，或者是红的，高高地衬在云天，像天地间突然涌出了一轮太阳，像战地上暮地打起了一发信号弹，猜想水土异地，三边该是到了，但车又走了半天，还不肯停。杨树倒是多起来，陕南的杨树长在河边，这里的杨树却高高在上，这便称奇。九月天里，树叶全都泛黄，黄得又不纯，透了红的，属黄红，透了绿的，属黄绿，天生的颜色，天工的浓淡，这又是奇了。且那山的幅度明显大起来，沟却深极深极，三两步的宽窄，一直二十丈三十丈地下去，底里就是一指宽的水条子，亮亮的。路边偶尔就有人家了，独户一院，三户一簇，前墙单薄，山墙单薄，顶上微斜，不砖不瓦，用泥抹了，活脱脱一个个放大的火柴匣子呢。路边的土壁，用镢头一下下挖成，表面再凿成鱼鳞的纹，"人"字形的纹，全然发黑，纹里生苔，千年万年而不倒了。有村子就有饭店，除了羊肉还是羊肉，常瞧见有人捧着一个煮熟的羊头，啃得嘴上是油，脸上是油。老头子披了羊皮袄袄，摇摇晃晃，提一副羊肠子，沿沟畔下到河边去洗，三四丈长的下水玩意儿在胳膊上像框线一样打着结。五只六只的肥狗竟无聊得围了车子撒欢，汪汪叫，四山一片空音。

三边还没到吗？山头变得更小了，也更矮了，末了就缓缓平伏了，像瘫了软了下去。几天几夜的山的压抑，使人几乎缩小了许多，猛一出山，车在路上快得蹦跶，人在车上也乐得蹦跳，但很快风大起来，沾身就起一层鸡皮疙瘩。这是个什么地方呢？这么开阔，天看不到边，地看不到沿，一满黄沙；这儿，那儿，起落着无数的小洼小包，可以说是哗啦铺下的一张大毯，并未实确，似乎往包上踩踩，包就下去，洼就起来了。草很少，树更没有，天和地是一个颜色，并行向前延伸着是两张黏合的胶布，车的行驶才将它们分开。路端端的，却软得厉害，风一过，就蹿一条尘烟，远远看去，如燃起了一条长长的导火索。只是风沙旋转着往车上打，关了车窗，仍听见沙石在玻璃上叮叮咣咣作响。

到了定边，天已擦黑，城外三里，便进了绿的世界，要不是赶驴人提醒，谁能想到这不是树林子而是县城呢？于是得知，在这三边，有一丛树，便有一户人家，有一片树，便是一个村庄，有一座树林，就该是镇子或者县城了：原来天和地平行，树和人同长，这便是三边的特点了。林子里的路，已铺了柏油，无风无沙，落叶满地，在路边的沙窝子里积着堆儿，扫柴人一抓一把，动作犹如舞蹈。两边渐渐有了屋舍，虽也是火柴匣子的形状，但毕竟清洁可爱，门窗直对屋顶，更为讲究，格棂漆蓝，贴纸黄、红、绿、白，上有窗花，飞禽走兽，花鸟虫鱼，千姿百态。窗子是房子的眼，透眼一看，主人的家景、主人的心境便楚楚了然了。街道出奇地宽，家家院落大能做球场，这使善于拥挤的大城市的人如何能想象，假设有盲人来到这里，用不着探路棍儿，也不会撞了壁的。从街面往每一条巷道望去，青瓦瓦一色，再一留神，才发现全县城每一块地面，沙土全不裸露，一律被青砖铺了。正是这些有根系之树，这些有重量之砖，才在沙原上镇守住了这个县城吗？街上路灯已亮，人走动得极多，几天来很少见到人影，原来人都集中到这儿了吧。男人差不多都戴了卫生帽，脸是黑的，帽是白的，黑白反衬；女人却全束着长发，瘦脸光洁，发是黑的，脸是白的，也是黑白反衬，似乎这里一切都十分安逸、平静。外地人一来，立即就被所有人发觉了，女人们全要妖媚而大胆地瞅着，在灯影下指指点点地议论，你刚一注意，便嘛了口舌，才一掉头，就又戛然大笑。茫茫边塞，漠漠沙原，竟有这么个城，城里有城墙，有门洞，有钟楼，有鼓楼，城里的人又水色，又风雅，爽而不野，媚而不俗，一时使外人如进了天上仙地、温柔之乡，竟忘了去投宿，也不卸行囊，便沿街乐而漫游了。

走到十字街心，人头攒涌，路塞而不能前行，原来一家戏院正散了戏，问声："什么戏？"答曰："秦腔。"一句秦腔，备感亲

切，一时大梦初醒，才知这里并非异地，走来走去，还在陕西。我
有一癖性，大凡到了一地，总喜欢听听本地戏文，因为本地戏剧最
易于表现当地风土人情。但听听别的戏文，仅仅是了解罢了，秦腔
却使我立即缩短了陌地陌人的距离。便当街立着，与他人攀谈，三
边人竟男音雄而有禅，女音秀而有骨，三言两语，熟若知己。说话
间，见无数只狗沿街窜钻，吓得不敢走动，旁有解释说：这里家家
养狗，体肥性凶，但一般却不伤人；晚上主人看戏，狗尾随而来，
故街上到处可见了。

　　我先到西南郊的白于山区去，河流下切的河槽上、陡崖上，砂
岩露出，这便是整个三边出石头的地方了。除此以外，到处是黄土、
黄土，除了黄土还是黄土。站在沟壑处，便见山峰连续，站在坡上，
却原来一切都被洪水切裂了，一眼望去，浑圆的丘峰，混混的、沌
沌的，重叠交错。千沟万壑又显得支离破碎，分割成一小块一小块
的地面，这便是有了涧、川、塬、梁、峁、岔、坪、台吗？正是这
残存的塬、台、梁上，高粱火红，糜子金黄。此时正逢收获，可惜
这里不比关中平原，庄稼茂密如森林，农民是跑着收割，收一把，
夹在肘下，跑一垄，肘下夹一捆，广种薄收，偌大一块地，末了在
地中只堆起五堆六堆，这便是好年景了呢。再往南走，那山更有了
特点，多是土山戴沙，其气脉从沙迹而来，势颇平缓，亦有负石而
出的，其势则峻急了。但那石头已不是坚硬的青色，而是赤褐，脚
踢便松散，像未烧熟的砖坯。那人家就沿沟而居，掏室穴处，或在
石崖、河底凿出石板架屋代瓦。衣裤穿那羊皮，烧柴山上砍蒿，饮
水却到崖畔上去，那里是一个一个小窟，小如灯盏一般，水自盏出，
渊渊声如鼓，水虽不大，聚潭清澈可见底，味甘纯如露，最宜于烹

茶，冬饮能暖肚，夏喝而祛暑。更有趣的是山壁上多有打儿窝：窝小小的，高高在上，立崖下往上丢石，石进之求子辄应。我在那里住了一夜，主人十分好客，做了荞面疙瘩，熬了羊肉腥汤，彻夜一家老少盘脚坐炕，喝酒儿，唱曲儿。天明要走，特去那打儿窝丢石，可连丢五次未中，主人倒很难堪，不住地替我安慰，我虽求儿不至，但以此而乐，已是十二分的满足了。告别主人回返，行至十里，正是腹饥口渴，忽听哪儿有唢呐，声声远韵。循声寻去，沟洼有了人家娶亲，新人正拜堂，院中十二支唢呐吹天吹地。见我路过，一哇声喊着，邀到上席，说是省城客人，正好添喜，于是主人敬酒，新郎敬酒，新娘敬酒，每敬必三杯，杯杯底干。

走了丘壑地，又上牧草滩。这里比不得前日的艰辛，一马平川，便租得自行车，终日走乡串村落得自在。早上，草原日出，比海上日出更为可观，直奔红日驶去，偶一侧头，便见蜿蜒长城，长城那边沙丘连绵，免不了感叹：难得一道长城，昔日挡敌寇，今日拒风沙。间或还会遇见一些河流的，但都可怜见的，流程短，又愈流愈小，末了就积水于穴洼，不涸者为湖，涸了的为坑。车上稍走个神儿，就骑进草里，车倒了，人也倒了，软软的不疼。站起来，草没了膝盖，远远看着有了羊群，白云似的飘，却忽然不见了，等到风起，草木倒伏，那羊群又复出现。羊是百十头，头羊领着，时而散开，时而集中。我觉得好玩，便去捉那长角头羊耍玩，只说羊是世上最温顺的动物，没想竟发怒起来，直向我抵。牧童叫要就地睡倒，我照办了，那头羊倒以为我已死，便昂首得意而去。问牧童：这里的羊这么凶恶？他冲我一笑，只是领我又走了一段，遇见另一群羊，一声吆喝，两群羊就肃然对阵，头羊出场，怒目而视，良久，几乎同时各自后退十多米远，猛地冲去，砰，两头相撞，角也折了，皮也破了，仍争斗不已。我不禁胆战心惊，庆幸刚才装死，要不哪是羊的对手呢？这么得了教训，再遇见羊，不敢妄动。但有一日，又看见好大两群羊在那里啃草，却无论如何不见牧羊人。正要呼叫，远远飘来嘻嘻笑声，左右看时，前边的一丛沙柳，无风而摇得厉害，便见有了两个人影，一个蓝衣，一个红衣，相依相偎。我知道这是一对恋人了，爱情最忌外人，就悄然退走，走出二里地，终忍不住回头一望，那少男少女已经分开，各站在白云似的羊群中，招手对笑，接着就对唱起来了：

大红果果剥皮皮，

大家都说我和你，

其实咱们没有那回事，

好人担了个赖名誉。

道是无情却有情。爱情是这么热烈，又是这么纯朴。遥想那大城市中的公园，一张石凳紧坐三对恋人，话不敢高说，笑不敢放纵，那情、那景，如何有这里的浪漫情趣呢？我一时激动，使劲蹬动车子，骑到了莽草中的一个平坝子上，坝子上草是浅了，但绿却来得嫩，花也开得艳，实在是一个天然的大足球场，又想起大城市为了办足球场，移土填面，松地植草，原来是那么地可怜而可笑了。越想越乐，车如奔马，似乎觉得自行车前轮如日，后轮如月，威威乎、当当乎，该是世上见识最广、气派最大的人物了。

但是，乐极生悲，天近黄昏，竟迷了方向，又一时风声大作。

草木皆伏，我大声呼喊，嘴一张，风便灌满，喊声连自己也听不到。惊恐之际，蓦地远处有了灯光，落魂失魄地赶去，果然有了人家。进去讨了吃喝，一打问，这里竟是盐场。盐场？我反复问了几句，主人讲，这里的盐场可大了，年产几十万吨，况且类似这么大的盐场，三边共有十多处，他们这一带人，人人会捞盐，每年二三月开捞，至八九月止，如今捞盐时令已过，他们就放牧，或是采甘草。说着，就送我一捆甘草，其茎粗，其根长，为我从未见过，嚼之，甜赛甘蔗。其中有一种叫"铁心甘草"的，全株竟是朱红，折之，质坚如木，也还有一种叫"大榔头"的，直径甚至达一寸五分，一株便一斤三两。这一夜真可谓乐极生悲，又否极泰来，虽然未能去看看那盐场，但得了甘草，又得了知识，美哉乐哉。天明要走，主人又杀了羔羊，这羔羊十四五斤，浑身雪白，顺着将毛儿用手一撮，四指不见头，吹吹，其毛根根九道曲弯。这就是中外有名的"二毛皮"了，此等皮毛，以往只听说过，至今见到，爱不释手，实想买一张，又难以开口，但却开了口福，羔羊肉鲜美异常，大海碗的羊肉泡馍馍，一连吃过三碗，生日忘了，命儿忘了，心想神仙日子，也莫过如此了。

在安边待了几日，就新结识了几位伙伴，他们视我如兄弟，主动提出做我的向导，要往北边沙漠里去走走。"一定要去看看，那又是另一个世界呢！"兴趣撩拨，就三人越过了长城，徒步北行。沙地上行走委实更艰难了，太阳曝热，阳光反射在地上，白花花的，直刺得眼睛发疼。脚下越走越沉，正应了走一步退半步之说，立时浑身就汗水淋淋。沙丘皆是东西坐向，带状排列，望之如海中浪涛，其波峰波谷，起起伏伏，似有了节奏。每一沙碛，低者三米，高者八米十米不限，沙细如面，掬之便从指缝流漏。沙丘过去，又是成片的盐碱地，树木是不长的，只可怜巴巴生些盐蒿。一棵蒿守住一抔土，渐渐便成了一个小包，均匀得像种的蔬菜。再往后却又是沙丘，但已经植了树：水柳、红柳、小叶杨、沙枣。生态竟是这么平衡：沙盖了盐碱，树又守住了流沙。

再往沙地深处去，已不知走了多少里，树林子便越发密了。叶子全金黄了，透过金黄色过去，便看见里边又是白亮亮的沙丘。谁知刚刚走了二十分钟，前边竟是一个不大不小的湖！伙伴们才哄地笑了，笑得诡谲，也笑得得意。便去捡柴舀水，做起野餐来。我兀自到湖边去看，湖水没源无口，我不知这沙地里水是从哪儿来的，又怎么没在沙中漏掉。掬一口尝尝，甘甜清凉，立时腋下津津生风。静观水面，就有了唼喋鱼声，但湖水绿得沉重，终未看见那鱼的模样。倏忽又有了啾啾鸟鸣，才醒悟这一整天来，还未见过鸟影，原来沙地的鸟全快活在水边树丛中了。忽然，那鸟惊起，满天撒了黑点，瞬间无影无踪，才是四只五只鹞子飞来，黑色影子一般地四处出击。我不禁恨起这些鹞子了，无论到什么地方，有良善，就必然要了凶恶呢？一个人再往湖后沙丘上爬去，那里有几株沙枣，枣子成熟，用脚一蹬树，枣子就哗哗落下，并不红的，有沙一样的颜色，吃之，没汁，质如栗子，嚼嚼方酸味隐隐显有了。大多的沙丘已经被固定，圆墩墩的，压了道道沙柳，那沙纹便像女人头上的发罩，均匀地网着。

三天过后，我们又信步走到一个镇落里，这个镇落显得很大，有回族人，有汉族人，分两片屋舍：一处汉族人，建筑分散中但有联络，一处回族人，建筑对仗里却见变化。伙伴讲，再往北去不远，还有蒙古族人哩。汉、回族人见得多了，蒙古族人还未见过，我便想改日往北边去，夜里在镇中小学借宿，和一老教师说起蒙古族人，那老教师原来在那北边干过事，给我一个手抄本，上有关于蒙俗的描述，那上边记载极多，现在依稀记得这么一段：

> 三边地区蒙古族人，性刚强而心巧，专事畜牧，羊只尚少，马牛最多。当地亦产盐，每三二人驱牛数头，鞍驮其盐，载布帐锅碗往来。昼意干糇，晚就道旁，有水草处卸鞍驮，撑帐支锅，取野薪自炊，其牛纵食原野，人披裘轮卧起，以犬护之，不花一钱。汉民亦有效之。

读此书，方知三边地域竟是这么广大，民族竟是这么亲善，在远离省城，更远离京都的边塞，保持了这般宝地，多么令人感慨啊！但是，就在我们动身去蒙古族人居住的区域的时候，意外又得到消息：这个镇子在两日之后，便是汉、回、蒙一年一度的盛大交易会，便只好暂时取消北上计划，只好把蒙区访问作成千般儿万般儿美好的想象罢了。

交易会，其场面可谓之热闹，有北京王府井的拥挤，却比王府井更气势，有上海南京路的嘈杂，却比南京路更疯野。那一排一摆小吃，荞面拉条，豆面丢片，黄米干饭，羊肉粉汤，酸、辣、煎，五味俱全；那菜市上一筐一车，二尺长的白菜，淡黄的萝卜，乌紫的土豆，半人高的青葱，六色尽有；那农具市上的铜的挂铃、铁的锹、钢的锨，叮、呛、铿、锵，七音齐响。还有那骡马市上，千头万头高脚牲口，黄乎乎、黑压压偌大一片，蒙古族人在这里最为荣耀，骡马全头戴红缨，脖系铃铛，背披红毡，人声喧嚣，骡马鸣叫，气浪浮动得几里外便可听见。在羊肉市上，近乎一里长的木架上，羊肉整条挂着。更有买卖活羊的，卖主用两只腿夹住羊头，大声与买主议价。汉族、回族、蒙古族人都似乎极富有，买肉就买整条，买果就买整筐。末了就都拥进那菜馆酒馆，大块吃肉，大碗喝酒，直要闹到月上中天方散。第二天坐车要离开，车已开动，有几个蒙古族人却挡住了车头，要我下来，我不知何事，倒吓了一跳。他们竟是从怀中掏出一瓶"西凤"，他们不服，特赶来要我喝。我哈哈一笑，感其豪爽，当场喝下两口，他们叫好，称我"朋友"，几番握手，互留地址，方放车通行。

半个月匆匆过去了，临走前两天，正好是阴历八月十五，夜里在长城根下一个村子吃了月饼、香梨，喝了花茶、葡萄酒，看了一阵房东大娘剪的窗花，兴致还未尽，便同房东的小儿子一起登长城望高，月光下，沙海泛亮，草原迷离，高高低低的长城，从脚下一头伸向天的东头，一头伸向天的西头，这伟大的建筑，从远古的时候，一坐落在这里，沙再没有埋住，风再没有刮走，它给了沙漠之骨，沙漠也给了它雄壮。如今烽火台没有了狼烟传递，但每一座台下，都住了人家，牛羊互往，亲戚走动。生者，在这沙漠上添着活气；死了，隆起沙堆，又生起一堆绿色。一道长城，是连接千家万户的一条线，流动着不屈不挠的生命和新型的人与人关系的情感。玩到天明，晨曦里看见天地相接的地方柳树林子长得好茂，那树都是树干粗壮，一人多高，就截了顶，聚出密密的嫩枝，枝形呈圆，叶子全红了，像无数偌大的灯笼高高举着，似乎这天之光明，完全是这些灯笼照耀的。树林子前面，端端一柱白烟长上来了，走近去，是放蜂人燃的。这里还能放蜂，犹如春天里一个童话！相坐攀谈，放蜂人来自江南，年年都来，来数月方去，他说，外人以为三边无色无香，其实那是错了。"你瞧，绿的沙柳，红的盐蒿，粉的牛儿草，白的盐，黄的沙，这三边的土地是最有五颜六色，是最有香有甜的。"尝尝那蜜，果然上品，荔枝蜜没有它香醇，槐花蜜没有它味长。

告辞了放蜂人，突然之间，几天来混混沌沌的思想，沉淀的沉淀了，清亮的清亮了，一时觉得有角度来做我的文章了。往回边走边构思，眼光偏又盯住了一片一片不知名的荆棘，开着丸子一般大的白绒花团，顺枝而上的，如挂纸钱串，就地而生的，又如围起的花环。哦，我明白了，这类花的开放，是对三边荒凉的送葬吗？是对三边的富有和美丽的礼赞吗？天黑回到村子，房东已为我准备好了送别酒菜，菜饱酒足，席上拉起了二胡。二胡的清韵，又勾起了我思亲的幽情，仰望在上明月，不知今夜亲人们如何思念着我，可他们哪会知道今夕我在这里是这么欢乐啊！一时情起，书下一信，告诉说：明日我又要继续往北而去，只盼望什么时候了，我要和我的亲人、更多的朋友能一块再走走三边，那该又是何等美事呢。

龙年说龙

　　中国人有许多崇拜，除了日月山河水光雷电外，也崇拜动物，认为自己的今世都是前世的动物托生，于是年年出生的人就有了鼠牛虎兔龙蛇马羊猴鸡狗猪的属相。这些动物轮流当值，十二年一轮回，每到当值就称本命年。但是，任何当值都是有权在握，主宰一切的，偏偏本命年里该属相者则惶恐，因为一辈人一辈人传下来的经验教训，本命年这一年里顺者一顺再顺，不顺者百事不顺，是一道关口，一个门槛，便得系红腰带，摆酒席，若有好事将一生二，二生三，三生无数，若有不好的事就分为一半，大而化小，小而化了。我是属龙的，世纪的钟声一过，当值的就是辰龙，而且这一个本命年，四十九岁，百岁之间最厉害的一个，所以，前几日见到几位朋友，都说：今年得给你过过生日了！他们说着，要去商店买个好的红线编成腰带送我，也已商量着我在什么豪华酒店里请他们的客。朋友这么一闹，我蓦地醒悟了：本命年对于当事者并不是有可能出现坎的事，而绝对只是好事，之所以系红腰带，这是在宣言这一年我的命神要当值了，是升堂，是扶上正位，最起码也是像是球场上的队长要戴上袖标一样的。以中国的儒家观点，当值也就是做了官，做官威风了得，但做官也就有了社会责任心，不能张狂，不可妄行，是大人还得小心，是圣贤仍要庸行，如此才是公仆，为人民服务，这当然你得鞠躬尽瘁，每事慎其三思了。再者，之所以要设宴摆席，掏着口袋请客，一是众人捧场起哄，以示祝贺，二是你做官了就得安抚众人，这是钱宜散不宜聚的道理嘛！

　　十二个属相中，为什么选中鼠牛虎兔龙蛇马羊猴鸡狗猪，而不是狮子老熊大象，我一直弄不明白。但十一个属相都是具体的动物，唯独龙是虚拟的。中国人崇拜动物，而崇拜到图腾地步的只有龙，龙又是综合众多动物的形象而想象出来的，这就说明中国人其实宗教的意识并不浓重，他们的思维注整体，重象征，缺乏穷极物理。这种思维当然就决定了中国的哲学和艺术的特点，从庄子逍遥游到老子的大象无形，以及音乐、绘画、医学、武术、棋艺、园林莫不如是，即便是文学作品，也讲究的是生活流程的演义，悠然见南山的意境，不着一字尽得风流的形式美感，它虽不如西方悲剧的强烈而使读者为之震撼，但宽博幽远的韵味绵长在清明祥和中使灵魂得以了提升。东西方的文化差异人人都在口头上说着，在当今全球风靡美国文化的背景下，却有更多的人，尤其那些时髦的学者，偏拿西方的东西诋毁中国的东西，拿西方人的奶油比中国人的白菜，殊不知肉食动物虽比草食动物高大强壮，但虼蚤专吸腥血仍是小，大象吃草大象却是庞然大物。说到这里，又有一个问题出现了，龙是中国人综合诸多动物而想象出来的，那么，综合性的东西若作为图腾是非常美好的，充满了大气和庄严，可现实的动物界里，是老虎你就长你的老虎，是狮子你就长你的狮子，而既要像这样又要像那样，就只会沦落到蜥蜴、鸡、壁虎、四脚虫那样的丑陋和弱小。任何借鉴都只能是精神的吸取，而不是能达到吃了牛肉就长牛肉的。我们的祖先创造了龙的形象后，不幸的是他们的后代也就有了以龙的形象组合原理而企图生硬拼凑的习性，使我们在多个领域里发生着失误，以至于今日常常听到一种哀叹：明明是龙种为什么就生下了跳蚤呢？

龙在中国产生的年代已经够古老的了，但给我们的印象，清代的龙是绣在国旗上的，民间又是铺天盖地的到处是龙。时下之国人，动辄说是民族传统，精神的源头不是溯之而上下的，只是目光短浅到王气衰微的明清时代，以致今日庆典龙年，凡是舞龙耍狮者，凡敲锣击鼓者，所穿服装不是汉唐之衣，亦不是中山装西服，皆色彩式样恶俗不堪的明清时打扮，只差一点要再拖个油乎乎的脏辫子了。还可以看看，现在充斥我们生活中的龙的形象是那么小气和萎缩！原本龙是虚拟之物，但画龙的、做龙的人全把龙弄得越来越具体化，似乎天底下果真有了个龙的活物，如他们炕头上的猫和门后站着的狗。我是欣赏古人对龙的刻画，它综合着鱼、虎、马、蛇、鹿和猪的，西周战国时期出土的玉器上、铜鼎上、兵器上的龙的形象是最简练而充满张力，它往往在具体的物件上随势赋形，充满了非凡的想象力。可怜如今龙被庸俗了，将蛇称龙，将猪称龙，想象力枯竭，创造力丧失，民族精神的图腾一日复一日地削弱了它伟大的气质，这是龙之国度的人要浩叹的，连属龙相的我也恨恨不平了。

前几日，一位善戏谑的朋友见我，他先前叫我小贾，数年后叫我老贾，现在开口叫我先生："先生，该你腾云驾雾的时候了！"我说："是吗？可你比我大，你该是先生的。"他说："那怎么称谓你？"我说互称大人吧。大人虽是古称谓，但这称谓好，大人对着小人，从年龄上是对年长的尊重，从品德上是对君子的美誉。他说："这好啊，贾大人，瞧你这气色，明年龙当值，你若发达了，别忘了让我们也鸡犬升天哟！"我说："但愿如此，但我要告诉你，世上还有一个鬼，它的名字叫日弄！"

　　说是说笑着，但我回来还是数次翻阅了字典中关于龙的词条，感觉属龙的似乎也真有了龙性，臭皮囊也成了龙体，本来在医院挂了床号，每日去那里挂几瓶点滴的，就立即决定一九九九年十二月三十一日必然停止注射，让病留在前一个世纪里去吧！在前一个世纪的后近三十年里，我一直是文坛上的著名病人，躯体上、心灵上的病使我活得太难太累，如果近三十年里，尤其十二年里一直在无奈而知趣地隐着，伏着，新的一年里就该升腾显现，去呼风唤雨，去翻江倒海啊。今夜里满西安城里鼓乐喧天，人们如蜂如蚁拥向街头欢庆着新的千年，我和几位同样属龙相的朋友在家中小聚，我书写了"受命于天，寿而永昌"八个大字，这是公元前二百年时秦王嬴政统一了中国所制的玺文，我说："哇，时间过了二千年，原来这玺文是给我们刻铸的哟！"

玩物铭

序

我不是一个收藏家，也反感那些收者藏者：或迷醉得变态异化；或营营逐利，以聚钱财；或装饰门面，以显高雅。我的那些东西，纯系玩儿的。值钱的不一定就陈列在文博柜里，不值钱的也不一定胡掷乱扔。它们作用于我，完全是玩赏的。古人曰：玩物丧志。我也是常在检点我的堕落的，但我确实没有。且慢慢倒悟到一些道理：玩风筝的是得不到心身自由的一种宣泄吧，玩猫的是寂寞孤独的一种慰藉吧，玩花的是年老力衰而对性的一种崇拜补充吧。我在我的书房里塞满这些玩物，便旨在创造一个心绪愉快的环境，而让我少一点俗气，多一点艺术灵感。为什么不去写些重大题材的"严肃"的作品而为玩物志铭呢？这也或许是害怕来客翻动这些东西而表示反对的声明，也或许是为家人所写，因为家人总以房间杂乱而几次将这些东西扔进过垃圾箱，也或许是弄文的人的无聊了。

一、汉罐

这确实是个汉罐。陶质的，高二十七厘米，长颈胖肚。肚的上部有一圈图案，似麒麟又非麒麟，据说是龙的子孙的一种，但名字我还未查出。

七八年前的时候，一位女子与我关系尚好，她去关中乾县下乡，回来与我谈乡间生活，说，那里修"大寨田"挖了许多墓，墓里有无数的罐，农民将完整的带回做了尿盆，破坏的大片苫了院墙头，小片的就堆在茅房角供拉屎后揩屁眼儿（揩过屁眼儿的肮脏罐片，经雨淋后又复干净，再可揩用，以至长此以往，这罐片就老堆在茅房角）。当时，城里还没有重视地下文物风气，乡下更不知这瓦罐的好处，且关中黄土之下埋有十三个帝王墓陵，王公贵戚的坟丘更不计其数，随时老牛拉犁就会翻出一些古时的东西来。这种不稀也便不罕的现象，如同在海南一带，谁还觉得橘子香蕉是老年病人和幼儿才能享受的仙品呢？我那时也不知它的价值，只想象其本质本色的一定好玩，就说："你再去，拣一个完整的给我抱回来。"她果然就抱回一个了。

罐子从此就一直放在我的书架上。

有一位识货的人到我这里，要我给他写一幅字。我说我的字不好，只要肯要就写吧。他很高兴，说一定要裱的，要珍藏的，末了要走时，却叮咛我："你得好好写文章啊，将来一定要当个大作家！"我说："我是卖文换烟抽的，或许明日就搁笔了。"他严肃地说："那怎么行？那我收藏你的字分文也不值了！"我好生气。就在他出门的时候，突然往我书房一望，看见了这瓦罐，他眼光就直了，叫道："哈，你有汉罐！哪儿弄到的？这可是值钱东西啊！要是地震，你什么家具也不要抢，抢这个罐什么都有了。有机会到香港去，你瞧着吧，房子、财产、靓女……"我把他推出门，心里说：我刚才给你写的那幅字权当上大街让小偷窃去了五角钱！

也从那次起，我知道了我的瓦罐是个汉货。汉代距今是古远的了，它确确实实是件文物啊。在深夜人静，一个人伏案写作，很熬煎了，就常常看着这罐，不知怎么，它就给我一种力的感悟，当有人送我一个景泰蓝也放在那儿，这种感悟就十分强烈。它简拙而大度，景泰蓝于它太小气，三彩马于它太华贵，以至后来到霍去病的墓前看了石雕，我是认识了什么是汉代，也认识到民族文学艺术的精华是汉而不是唐，也多少怀疑起今人强调"时代精神"，而时代精神并不是强调所致，恰是一种自然而然的文化现象啊。也应该说，我的文章也是以这瓦罐而由阴柔纤巧渐变为古拙旷达了。

但遗憾的是，那位曾经与我关系友好的女子，因为别人的一篇特写的文章而与我反目起来。那特写里曾涉及过这个瓦罐，她断然否认了，且说了许多难听的话，干了许多伤情的事，甚至要控告我到法庭。我一直在缄默，忍受这种人心变异的痛苦，也准备到了法庭上示出这瓦罐的证据。这却使我十分作难，人去物在，这瓦罐已与我有深厚感情啊，万一在法庭以它示证，那女子竟要物归原主该如何是好？故我打消了示证的念头，宁愿承受一切法律制裁了。

二、绥州拓片

"山环水匝古绥州，一片晴空碧树秋，□□□□□□落，寒炯淡月当悠悠，彳亍西塞挂节龙，半灯明处横远峰……五百年前乘鹤到，文屏依旧白云封。"

这是一面石刻，我看到的时候，是在绥德古城文化馆的展室里。前几年，碑子就已经破裂成三块，还一直在一座倒塌的庙宇泥土中埋着，偶尔农民拉土挖了出来，才发现是一面失落已久而多年搜寻的珍品。

碑文字迹了了，为明朝大书法家张三丰所写。张氏，世称仙人，一生放荡不羁，多留题咏于名山胜迹，曾漫游至绥州，路经天宁寺山门楼壁，一时书兴大发，便截此二句题于楼墙之西。据说当时无笔无墨，仙人随地拾起一片西瓜皮，信手写来。故笔锋没有毫墨圆润，但字态生动，意境深远，每字刚强洒脱，全句布局得当，今观之情随字出，笔笔令人赞绝。多少后人学者临摹，要不笔画滞涩，要不布局失例，虽有相似者，其势其韵相去甚远矣。

鸡年七月三十日，我去绥德，一见此碑，愈看愈醉，不可移步，便拓片而成，带回置于书房。然而深为遗憾的是第三句字迹失落，不曾拓出，哀叹长年失落没人修复，使这珍品不能复还原状了。

后，于书房揣玩，发觉碑文下文，有一片幽幽字迹，因极小模糊不清，一直未能细辨，经多日考究，方知是立碑论文。原来此碑竟还有一段来历。立碑记上写道："天宁寺门楼建于乾隆十三年，于今不过二十余年，且寺近城郭，游人累累，不闻有见之者。癸未仲夏予尝登斯楼而观剧，亦未听之或睹也。丙戌北上后即客游吴楚六七载，其间尝一归省，犹无谈及者，辛卯春复自南而北与乡人同集燕台，酒阑夜话，始闻其略，余心奇之而来，未能目击为憾。昨岁潦倒归里，几急急忘之。今春友人招饮寺中，乃共登楼而快睹之，其诗词字法真仙笔也。但首章第三语已为漏痕侵蚀数字没……"

读完碑记，方知此碑奇而又奇，许多思绪，久之想之，多少不解，又多少意会，又多少不能言出。感激这断句精美，实为绥州写照，亏得张仙人以瓜皮留下，又感激立碑人将这诗词字法摹勒，而永留于世，却也惆怅这诗词若不被张仙人字书，何以得之？这字书若无立碑人摹勒，何以得之？这石碑若无文化馆人发掘，何以得之？

又后，绥德文化馆一友到我书房，他学识渊博，对考古颇有研究，我们又谈起这石碑拓片，我提疑问道："张三丰是明人，立碑记上讲，此天宁寺楼建于乾隆，那字怎么会写在西墙？"

友人说："要不怎么是仙迹呢？它得仙于在天，寄身于尘世，所以谁也不知此字写于何年何月。而立碑人所以购砆石勒其上，是恐神物通灵，寻当破楼壁飞去，才摹而存之，以为山水之一助也。"

我说："竟会破楼壁飞去？"

友人说："可不就飞去了第三语！大凡杰人圣事，世上不可多得，稍不留意，或许就埋没，或许就糟蹋了，这如同你们作文的灵感一闪即逝啊！"

我说："既要摹而存之，那第三语已为漏痕，何不拟而补之，岂不更好吗？"

友人说："不然，西北东南天地且有缺陷，仙迹所遗得毋类是也。"

我觉得说得极是，深深感到自己浅薄了。遂在这拓片背面贴一纸条，上面书写了这一对话。末了又写道：世上万物，既然能存在，必有赖以存在之价值。河中石片，有的可雕香炉，置于案头香火缭绕，有的则做茅房垫石，供肮脏臭气熏蒸。各有用处，用处不同，但不分高下，其本质都是一样呢。虽璞中有玉不纯，但无璞则玉无所依。满月为月，缺月亦为月。如果因玉在璞中而弃则便不可得玉，缺月而否定是月，则每月只有一夜明朗。如此推论，人为万物之首，为何不是如此呢？

三、铜镜

乙丑岁末，我回了三天老家。第一夜同村人拥火炉闲谈，问起本家的一个远房侄子状况，旁边人说："那小子发了，该他正走运的！"我说："走什么运就发了？"回答说："盖了三间房，够可以了吧！可偏偏挖房基时挖出一个银镜来，听说有三两半呢，这就值钱了。"我当时也很惊奇，说："什么样，好玩吗？"那人说："他不让外人看的，好多的银货贩子缠他呢。"

第二天一早，我就去侄子的新屋找他。新屋是造在小河桥的西头，坐北朝南，其时太阳才出，屋前的土场上一片光亮。这地方原是我家的饲料地，我在家的时候上边耕种过七年。从未记忆过那里有什么坟茔，也曾翻过好深的土层，怎么他就会挖出银镜呢？我站在那里，瞧见他们的门还关着，正待叫喊，隔壁的一位嫂子说："你要找 ×× 吗？昨日夜里，小两口吵到鸡叫，怕是乏了，要睡到中午才开门吧！"我只好耸耸肩走开，想下午再去看镜。

下午去，这侄子却出门了。他媳妇倒热情，但说起银镜一事，却全然推说不知。我明白她是怕我索去银镜，而又是本家不好要钱。我声明说："我来看一看，若觉得好玩，我掏钱买，你要多少钱我给多少钱！"那媳妇就笑了，说："是有这个东西，可 ×× 自个儿保存着。几个银匠和贩银货的来买，一两出三十三元的，我是不愿意卖的，得给孩子留个传家宝啊！"我笑了笑，也说："那好吧，

××回来了，就说我来过，让他到我家来一趟。"就走了。

直到晚上，××没有来。

第二天清早，我耐不住又去找他，他刚刚起来，正端了尿盆往门前的一丛葱根上浇，老远就说："昨儿半夜我才回来，我才说要去看你的！"我说："你怕是不愿意让我看那银镜吧？"他说："哪里，今儿原本带银镜去镇上的，说是你要看的，我就不去了。"他告诉我，他准备去镇上，是和一个银匠约好的。"你回来得真及时，要不就脱手了！"接着就朝屋里喊："把那东西拿出来，让大大看看！"媳妇过会儿出来，手里拿着一个红布包。我打趣说："昨儿你不是说××自个儿保存着吗？"媳妇很窘，但立即笑着说："大大要作践我了！"红布包打开，里边果然是一块银镜，茶碗口大的，面上微微突凸，背后有一系绳的小疙瘩，围着小疙瘩有一图案，八角形，有四角为蝙蝠状，有四角一为"三̇"，一为"主̇"，一为"亦̇"，一为"王̇"，不知所云。而正反两面除了绿锈外，银光闪闪，抚之腻而如肤脂。我在古书上曾读过银镜一说，也知道古代战袍上的护心镜，遂大感兴趣，说："卖给我吧，要什么价？"侄子很为难，先是不肯出售，后就说："你真想要，你说呢？"我说银匠和贩银货的给多少，我比他们多十元怎样？侄子就同意了。

一手交钱，一手拿货，这银镜就装在我口袋里了。我问起是怎么发现的，他说他挖房基，一镢头下去，咣的一声，以为碰上石头上，再一挖，却挖出个罐子来。"罐子里有十五枚铜钱，还有这个银镜。别的什么都没有。"我忙问："那罐子呢？"他说："乡政府一人说他养花没有盆，拿去养花了。""铜钱呢？""县文化馆一人买了去，一枚给了二角钱。"我连声叫苦，也暗暗庆幸这次回家回得是时候。

这银镜便挂在我书屋的东墙上。

一般来人，都喜欢观赏我的玩物的，初见这银镜都极感兴趣。很快外边说我得了一件宝贝，如何光可鉴人，如何价值连城。于是，我的张狂也就来了，一来客就指着夸显，又只能看不能动，然后大讲获得它的结果，竟说：这件文物若说是我买来的，不如说是它一直等待着我的。又以搞创作的虚构性描叙这镜如何辟邪，挂在墙上，犹如老家人的门框上嵌块玻璃一样，有半年未得病疾，夜里未做噩梦，文章也写得清丽了。

三个月后，一个文物鉴赏家突然到我家，说是欣赏欣赏那银镜的。正当我眉飞色舞讲述时，他大声说："这是民国初年的铜镜！"我大惊，问何以见得？他说："镜面生绿锈，这便是铜，只是镀以银色罢了，镜背面有螺旋纹，是机械加工痕迹。"我便用锥子狠戳银面，果然下面尽是黄色。

这镜当然还挂在书房墙上，但来了客我再不嚣张了。

四、古琵琶

我叫它是古琵琶，其实是一块朽榆木根。我这么称号着，已经使许多人信以为真。因为它太像一柄琵琶，即使还未能装上丝弦，便叩之它的任何一个部位，皆声响清脆，悠悠长韵。

丙寅年初，我去周游至仙游寺，其山曲水曲之地，曲到极致，便形成了一块四分之三临水的孤岛，岛上就是仙游寺。寺院已废，唯有一塔上大下小，岌岌可危。据史载，唐白居易写《长恨歌》就在此处。我去后，临风抚塔，万端感慨，就踽踽踏沙滩而行，遥想当年悲歌一曲的情景，不想就碰着这朽榆木根了，遂大叫：琵琶！后就在村子里将所买的一袋红薯扔掉，把这琵琶带回来了。

琵琶在我的书房里，一直是平放在桌子上的。我曾设计过为它装三道丝弦，是六颗钉子拉三条铁丝，但后来又否定了，什么也不装，我叫它是无弦琴。这一年，我有许多困扰的烦恼，活得实在累了，星期天就邀一些文友来以茶代酒，听琴赏乐。酒不醉乐醉，乐不醉人醉，一直默坐半晌，皆说：好酒，好乐。妻进来笑骂：皇帝新衣，自欺欺人！遂将无弦琴扔在地上。不想裂出一道缝来，竟从缝里掉下一块赭石，酷似心形。原是这琴把里嵌着一河石，我以前却未发现。自此这琴再也听不出什么韶乐来了，而石头则放在书架上，我起名为"心石"。

五、砚台

我有四个砚台，一是洮砚，两个"活眼"；一是五台砚，牛形的；一个是蓝田砚；一个是大理砚。来人皆把玩不已，稍识书法的，不免磨墨试用。这个时候，我是默默示出一块砖砚的。这砖砚十分粗糙，无雕刻，亦无匣盒，砚池也是用刀子随意挖凿的。可来人都不肯用它，以为丑陋。我将墨在每一个砚台里磨了，待到饭后大家再作书时，别的砚台墨汁凝固，唯砖砚依然如故，才刮目相看这砖砚了。我说："以形取物，这便是人的错误。也正是如此，这砚台才久经辗转到我手里啊！"

十年前，一个朋友见我爱字，便送给我这个砚台。说是其姨家的。姨父在世时用过，姨父死后，家人就弃在屋角的杂货筐里了。

又二年，我同这位朋友去他的姨家，扯起砚台，姨母说：那砖砚是姨父到李家村下乡，瞧见是用着垫菜罐底的就拿回来了。李家村住有我一位亲戚，少儿时常在那村里玩，也大致知道早年村中出了一个私塾先生。在我的记忆中，依稀想起他的模样，个头很高，很瘦，有一撮淡黄的胡子，每一个春节，村人要拿上香烟托他写对联，写中堂，家有老人临终时，就背了二斗苞谷的褡裢去请他写铭旌。由此揣测，这砖砚一定是他家的了。果然前三年夏天，这亲戚到我处来，我问起那私塾先生，亲戚说，人早在"文化大革命"中死了，当时红卫兵抄家，抄走了好多砚台和书本，在他家门口当众砸毁和焚烧了。私塾先生无后人，死后房屋做了生产队公房，一些不值钱的幺小零碎也尽被村人拿光。想来，这砖砚肯定也是私塾先生的用物了，可能粗糙丑陋，未被红卫兵看中，故在砸砚焚书中免遭了大难。

今将砖砚细细察看，可见背面是一种布纹状，石下方有一深槽，其中刻有"官近张"的字样，"张"字只有一半，下边还有什么字，不可得知。查询了一些人，认为这可能是一页什么人的墓砖，而砖发现时已破裂，是用锯取开来的。这推断是否正确，事实是不是如此，我不敢妄下结论。既然这样，这砚是别人从墓中挖出制成送给私塾先生的呢，还是私塾先生自己挖掘所制？

无论如何，这砖砚现在是我极珍贵的玩物了，我以刀子在上面刻了"不眠斋"。

六、酒壶

得到这把酒壶时，同时还得了一个水烟袋、一个葫芦。水烟袋是白铜的，工艺极其精致，在我所见过的水烟袋里，属叹为观止之

物。大前年父亲六十寿辰，我送给他老人家了。据父亲讲，那烟袋
在村里甚为轰动，家里每日都有人吸用的。为了让村中老人都能享
受一番"饭后一锅烟，活似做神仙"，每月家中要多买五斤兰州板
烟丝的。葫芦是小到极点的一个玩意儿，上凸下凸，中间瘦细，上
有一硬把儿，弯曲到了恰好。看上去，色黄中透白，如骨质，敲之
叮叮作响。我从未将它启开，它始终给我的是一个神秘的"成语"：
"不知葫芦里卖的什么药。"这酒壶呢，几乎和葫芦一般大小，属宜
兴壶一类。放它在案几上，有时瞧着，极像一个风度翩翩的电影大
导演，因为它那弯把儿的壶盖，确像一顶导演帽。有时瞧着，像是
一位肥乎乎的小媳妇，一手叉了腰，一手指点着什么，因为很肥胖，
本来一种很讨人嫌的恶媳妇的形象却使人产生一种十分滑稽的效果
而可爱了。

　　我是一个嗜酒好厉害的人，家里有几套酒具。平日来人，我们
用大酒壶的，而独自一人时，我就在这小酒壶里盛了酒，一边写
文章，一边端起酒壶抿一口，一个中午四个小时过去，一篇文章草
成，那酒壶里的酒就喝四个小时。因为心思迷醉于文章上，也从未
注意过这小小酒壶怎么能喝够四小时。后有一位久年不见的朋友来，
我们用起这小酒壶，喝过半晌，朋友就疑惑地看起这酒壶来，说：
"壶里怎么还有？"我当时也吃惊了。遂想起古戏上有美人盅，一喝
酒就能见盅里美人舞蹈；有蝴蝶杯，一对饮四季有蝴蝶飞来，就笑
着说："喝吧，这是'海壶'！"

　　于是，我家有"海壶"之说就传开来，但凡朋友来喝酒，一定
嚷着用"海壶"盛酒，果然都喝得十分尽兴。但一旦说："完了！"
那酒真个也就没有了。这怕是天机不可泄漏吧。

一日，大人都上班了，小女儿从幼儿园回来，冰柜里放有酸梅汤，她怕不够喝，就将酸梅汤倒在小酒壶里独饮。没想手未捉紧，酒壶倒在桌上，壶盖在面上旋了几下，掉在地上就一碎两块了。这酸梅汤，小女儿不但没有多喝，反倒少喝也没有喝上，而我以后盛酒，再也没有奇迹出现了。

这酒壶如今在几案，于我也是一个瓷的闷葫芦了。

七、壁画

我小学的六年，是在老家的一座古庙里度过的，我常常想到那里的一切。那时，教室里一切十分简朴，甚至可以说是有些荒凉了。寺院的窗子原本是雕刻得十分讲究的木格窗，但窗格全断了，用芦苇秆儿扎着，糊着一层毛糙糙的麻纸，桌子是没有，每一排用土坯砌四个墩，上面架一个极宽极长的木板。寺房很高，没有天花板，我们做学生的上山挖了白土，涂刷了下面的一半，上面的一半刷不到，便全是画着奇奇怪怪的画，十分可怕。冬天里，学校的铃响得早，我们就在村里招喊每一家的同学，一边吹着一个小火盆，一边相厮着往学校去。除了一个书包，一个火盆，每人还要提一个小凳，因为学校里的凳子是自备的。我家那时人多，共有七个不同年级的学生，我就没有凳子可带，腋下便夹一个大劈柴，去了要在前后的土坯墩上横搭了坐的。推开教室门，没有灯，我们也不点灯，我们也不点火，就开始闭了眼睛背唱课文。不睁眼睛是我们害怕那屋墙上端露出的那些画；一哇声地背唱下去，是想在一种歌咏旋律中迷醉而忘却冬天的寒冷，也忘却那一份对墙上端画的恐惧。

这样的生活度过了六年，我的语文和算术的成绩非常好，但墙上端的画却使我的神经从此受到了刺激，后来一直十多年里，到任何寺庙里去，一见壁画就觉得头皮麻酥酥的。

小学毕业以后，我二十年里再没有去过那个学校，更没有去过那个教室。因为搞创作的缘故，我回老家搜集当地的民间传说，才知道小学所在的寺院古名为法性寺，是早年从村子前的丹江南岸搬移来的。丹江南岸的寺原名叫寄花寺，据说是王母娘娘经过这里，将头上的一枝插花寄存在这里而形成的。后来，丹江南移，危及寺院，方迁到北岸的高地。但为什么在南岸是寄花寺，迁北岸则成法性寺，县志上也对此莫能其解。这寺院搬迁于何时？据说和村中的老爷庙、二郎庙几乎同时。老爷庙、二郎庙属陕西省重点文物而保护的，查县志知是金人入侵时，朝廷割让大片土地，以此庙作为分界线建筑的。由此推论，这寺院也该是极远古的建筑了。

乙丑年八月，我再一次回到老家，路过小学校时，令我大吃一惊的是小学校一切都拆除了，偌大的一片高地上，新房已经一院一院建起，唯独我当年上课的那个教室还立在那儿。我急忙跑进去，教室门窗已被挖掉，里边塞满了稻草，一进去，腿上就沾了十几个跳蚤，顿时肌起疙瘩，奇痒难受。我问旁边人：学校怎么能拆除？回答是：这学校太破烂了，已经在塬上新盖了一所，这地方就卖给了村民，差不多都拆旧建新了。再问：这个教室怎么还在？再回答：已经卖给一家人了，很快就要拆掉的。我立在那里，喟然良久，一边为家乡终于有了一所新学校而高兴，一边也为竟将寺院全然拆除而惋惜。不觉以留恋的心情细细看起这给我启蒙的教室。突然，我目光触到了墙上端的画，那三面墙皮已掉，唯在西墙最上边的一角竟还存有一幅画。看着那画，我不觉笑了，那曾经使我毛骨悚然的画并不是非人非鬼非兽的东西，而是一幅小儿领路于老人的素描画。我立即到近旁人家借了一个长梯，爬上去小心翼翼将这幅画揭下来了。

这画装在一个相框里，就悬挂在我的书房了。

细观此画笔墨颜色，可以说，并不像是宋时所作。那老头十分富态，小儿十分活泼，小儿遥指什么，眉眼斜竖，老头凝目而视，眉眼不分，整幅画十分简括，笔画了了，意境高古。有一画家来看了，说可能是民国初年的作品，我是不服气的，但又不懂鉴别，无力论争。故专此又于丙寅三月回老家一趟，去找证据。回去时，那房已经全然拆除，幸好有一截木料还未搬走，正是中梁，上边用墨写着"乾隆十二年复修"的字样。这收获使我颇为激动，这壁画虽不是宋时作品，清代作品也是够有意思了。

这幅壁画挂在书房，它使我常常回忆起童年，我更珍惜起今日我读书习文的环境，更奋发起今后著书立说的自强精神。达摩画壁十年修成正果，我也企望面对这幅画使我的事业成功。

八、老子讲经石

这是一块石头，但确实是老子在讲经，或许是他坐得太久了，才化作这一尊缩小了几十倍的石头。

丙寅年五月，我在镇安县米粮乡的一条小河滩上走，走着走着，一低头就看见他了。我站在他的身边，凝视了极久，然后在河水里洗净了手，将他捧起来，虔诚地带回我的书房。

说他缩小了几十倍，这我不敢亵渎他，他高七指，宽五指，呈三角形。这三角形实在太好，三角点正是他坐在那里微微翘起的石膝，他是盘脚在坐着讲经，左膝安妥在下，长衫臃肿，似有褶皱。他坐得这么生动，传神的更是上边的那个三角点了。那是他的头部，头顶圆而饱满，面部稍凹，有无数皱纹，出奇的皆是白色，这白色沿着三角的两边线而下是两绺白胡须，头部正下则白色愈浓，蔓延下去，于胸部吧，胸部略高些，又款款再下，竟分散成六撮七撮直垂底部。石头的别的部位便全是蓝色。这不是老子是谁呢？说是齐白石也可，但齐白石没有这般高古；说是泰戈尔也可，但泰戈尔没有这般飘逸，且我一看见他就心神虔诚庄重，这就只是老子！

这尊老子讲经石，已经使所有到我这里的文友惊奇不已，皆要拿最珍贵的东西交换。我是不肯的。也常想，现在文坛，大家都热起老子了，而别人不可得我得，是我发现了老子呢还是老子发现了我？三四年前，文坛上有一股"清除精神污染"风，因我读过几本老庄的书，便沸沸扬扬论我的不是。现在老庄红火，当年论我不是的先生也言之谈老庄了。这种怪人怪事怪风，人类有时是糊涂的，而老子既已做仙做神，神仙心中自会清楚。但是，老子使我得了老子讲经石，我也但愿我不至于是好龙式的叶公吧。

我遂将楼观台老子讲经处的一副对联记下，来做长久的解释：

（意为"玉炉烧炼延年药，正道行修益寿丹"。）

玉炉烧炼延年药
正道行修益寿丹

第四章 ／ 独处的安宁

狐　石

　　我想，这世上的相得相失都是有着缘分的，所以赵源在显示它的时候，我开了口，他只得送与了我。赵源说：我保存了它七年，不曾一日离过身的。或许是这样，我说，可我等了它七年。

　　七年不是个小的时间。

　　那是在乡下，冬天里的一场雪，崖根下出现了一溜梅花印，房东阿哥说夜里走过狐了。从那一刻起，我极力想认识狐，欲望是那么强烈。曾追了梅花去寻，只寻到梦里。梦里的狐是一团火红，因此它的蹄印才是梅花。以后是朝朝暮暮读《聊斋》，要做那赶考前闭门读书的白面书生。结果是年过四十，误了仕途，废了经济，一身愁病，老婆也离我而去了。一切求适应一切都未能适应，原本到了不惑却事事怎能不惑，我不知道了这是什么命运。好在孤寂一人的时候，又是下雪的冬天，赵源送了它来，我才醒悟我为什么鬼催般地离了婚，又不顾一切地摆脱名誉利禄，原来是它要到来。

　　多么感念赵源！他从远远的地方来，在这个城市里打问了数天，昔日的同学，今日却做了一回使者了。

　　我捧在手心，站在窗前的阳光下，一遍一遍地看它。它确实太小了，只有指头蛋大，整个形状为长方形，是灰泥石的那种，光滑洁净，而在一面的右下角，跪卧了那只狐的。狐仍是红狐，瘦而修长，有小小的头，有耳，有尖嘴，有侧面可见的一只略显黄的眼睛，表情在倾听什么，又似乎同时警惕了某一处的动静，或者是长跑后的莫名其妙的沉思。细而结实的两条前肢，一条撑地，使身子坐而不坠，弹跃欲起，一条提在胸前，腰身直竖了是个倒三角，在三角尖际几乎细到若离若断了，却优美地伏出一个丰腴的臀来，臀下有屈跪的两条后肢，一条蓬蓬勃勃的毛尾软软地从后向前卷出一个弧形。整个狐，鸡血般的红，几乎要跳石而出。我去宝石店里托人在石的左上角凿一小眼儿，用细绳系在脖颈上。这狐就日夜与我同在了。

惊奇的是，这狐的模样与我七年前想象的狐十分相似。这狐肯定是要来迷惑我的。但它知道，它是兽，我是人，人兽是不能相见的，相见必是残杀，世间那么多狐皮的制品，该是枉杀了多少钟情的尤物。但它一定是为了见到我，七年里苦苦修炼，终于成精，就寄身在这小小的石头里来相会了。

这样的觉悟使我心花怒放，愈是整日面对了狐石想入非非，一次次呼它而出，盼望它有《聊斋》的故事，长存天地间的一段传奇。我差不多要神经了，四十多岁的人，从不会相思，学会了相思，就害相思，终日想它，不去想它，岂不想它?! 身子于是瘦下来，越发多病多愁，疑心是中了狐精之邪了。我不管的，即使这狐吮我的精气而幻生，在那一个美丽的生命里有我的成分，我也是美丽的；即使我被狐吞噬，以它的腹部作为我的坟墓又何尝不是好的归宿呢? 我这般企图着，但我究竟还是我，狐石依旧是石头，石头不是鸡蛋，不能暖熟的，倒恍惚了这石上恐怕是没有红狐的，它的显示全因了我的幻想，如达摩石壁的影石吧。

也就在这个冬天的那场雪里，一日，我往园子赏一株梅花，正吟着"梅似雪，雪如人，都无一点尘"，梅的那边有五个女子在叫着"狐！狐！"就一片浪笑。原来其中一个，长腿蜂腰，一手往上拥着颧骨，一手抓了鼻子往下拉扯，脸庞窄削变形，眉与眼两头尖尖地斜竖起来，宛若狐相。我几乎被这场面看呆了，失态出声，浪笑戛然而止，该窘的原本属五个女子，我却拽梅逃避，撞得梅瓣落了一身。

这一回败露了村相，夜梦里却与那女子熟起来，她实在是通体灵性的人，艳而不妖，丽而不媚，足风标，多态度，能观音，能听看，轻骨柔姿，清约独韵。虽然有点野，野生动力，激发了我无穷的想象力和创造力。

终有一天，我想，我会将狐石系在了她的脖颈上，说：这个人人儿，你已经幻化了与我同形，就做我的新妻吧。

三目石

一日在家独坐，诗人 × × 来说我孤寂。我不孤寂，静定乃能思游。诗人含笑，陪我对坐；遂说身体，说儿女，说今日天气，不免无聊起来。诗人叫苦：善动者他，喜静者我，两人血型不同。他说送你一块石头我走啦，就走了。

这石头不大，白色，可以托在掌上。但石上有三只目形，是圆睁的目，或者是睁而不能闭的目，如鸡与鱼。之所以称目，是有七层金线圈，中间更为金黄圆心，很有些像午夜的猫眼，组合一个品状。我平日收集石头，皆以丑为美，全没这般精妙的物件，好喜欢了，就这么坐下来两目对着三目，也可说三目对着两目，竟嗒然遗忘身与石。

我想，这石头一定生成极早，是什么生命的化石。古时候天地混沌，生命的诞生都是三只眼的，所以古人的认知都是真感的，质朴而准确，所以那时没理性，有神话，不存在潜层意识的词。现在的生命都是两只眼，一只眼隐退为意识潜下来，一切都不质朴了。

三目石此时得之于我，肯定有什么缘分所在，是如何意思呢，昭示我什么呢？理性的东西太多，科学的分类过细，现代人已经活得十分地琐碎。满世界的专家如毛，专家又自视高深，其实专家不就是懂得一门的认知，而这门在大自然中是怎样渺小如针尖的门呢！

三只眼比两只眼多一只眼，看到的是更多的具象，是整体，是气韵，苍茫而神秘的世界里，生命就与神同一了。两只眼比三只眼少一只眼，一定是在抽象，穷尽物理，可能得出结论生命就能制神了。谁是谁非，我不能把握。却思量戏曲上的程式，没有程式的时候不成戏曲，但现在演员作程式有几个还知道程式的来源吗？没有成语的时候，语言芜杂，而中学生喜欢用成语作文，谁又不生厌"学生腔"呢？我要捧角儿，我一定要告诫他（她）某程式产生的背景和内涵，我指导我的女儿作文，我要求她把成语还原着写。现在我们太多的形而上，欲望着要认识世界，世界却与我们陌生了。

又想，人的悲哀是太不知道了吗？

这个夜里不成寐，黎明里恍惚有梦，梦里全不是我看三目石的思想，竟是石的三目在看我，有许多文字出现。惊醒来记，失之大半，勉强记得：人肯定不再衍化独目，意识却可能被认为无数目如千眼佛，但或千眼顿开，但或一目了然，既是眼，请看眼为圆圈中有精点，圈中一点，形上也形下，看山是山，看水是水，又看山不是山，又看水不是水，再看山还是山，再看水还是水。你看吗？

是吗是吗，我是还得再看，三目石永远不会丢弃了的，××！

丑 石

我常常遗憾我家门前的那块丑石呢：它黑黝黝地卧在那里，牛似的模样；谁也不知道是什么时候留在这里的，谁也不去理会它。只是麦收时节，门前摊了麦子，奶奶总是要说：这块丑石，多碍地面哟，多时把它搬走吧。

于是，伯父家盖房，想以它垒山墙，但苦于它极不规则，没棱角儿，也没平面儿；用錾破开吧，又懒得花那么大气力，因为河滩并不甚远，随便去捎一块回来，哪一块也比它强。房盖起来，压铺台阶，伯父也没有看上它。有一年，来了一个石匠，为我家洗一台石磨，奶奶又说：用这块丑石吧，省得从远处搬动。石匠看了看，摇着头，嫌它石质太细，也不采用。

它不像汉白玉那样地细腻，可以凿下刻字雕花，也不像大青石那样地光滑，可以供来浣纱捶布；它静静地卧在那里，院边的槐荫没有庇覆它，花儿也不再在它身边生长。荒草便繁衍出来，枝蔓上下，慢慢地，竟锈上了绿苔、黑斑。我们这些做孩子的，也讨厌起它来，曾合伙要搬走它，但力气又不足；虽时时咒骂它，嫌弃它，也无可奈何，只好任它留在那里去了。

稍稍能安慰我们的，是在那石上有一个不大不小的坑凹儿，雨天就盛满了水。常常雨过三天了，地上已经干燥，那石凹里水儿还有，鸡儿便去那里渴饮。每每到了十五的夜晚，我们盼着满月出来，就爬到其上，翘望天边；奶奶总是要骂的，害怕我们摔下来。果然那一次就摔了下来，磕破了我的膝盖呢。

人都骂它是丑石，它真是丑得不能再丑的丑石了。

终有一日，村子里来了一个天文学家。他在我家门前路过，突然发现了这块石头，眼光立即就拉直了。他再没有走去，就住了下来；以后又来了好些人，说这是一块陨石，从天上落下来已经有二三百年了，是一件了不起的东西。不久便来了车，小心翼翼地将它运走了。

这使我们都很惊奇！这又怪又丑的石头，原来是天上的呢！它补过天，在天上发过热，闪过光，我们的先祖或许仰望过它，它给了他们光明、向往、憧憬；而它落下来了，在污土里、荒草里，一躺就是几百年了？

奶奶说："真看不出！它那么不一般，却怎么连墙也垒不成，台阶也垒不成呢？"

"它是太丑了。"天文学家说。

"真的，是太丑了。"

"可这正是它的美！"天文学家说，"它是以丑为美的。"

"以丑为美？"

"是的，丑到极处，便是美到极处。正因为它不是一般的顽石，当然不能去做墙、做台阶，不能去雕刻、捶布。它不是做这小玩意儿的，所以常常就遭到一般世俗的讥讽。"

奶奶脸红了，我也脸红了。

我感到自己的可耻，也感到了丑石的伟大；我甚至怨恨它这么多年竟会默默地忍受着这一切？而我又立即深深地感到它那种不屈于误解、寂寞的生存的伟大。

关于埙

　　我不是音乐家，多来米发索拉希，总只认作一二三四五六七。数年前为了研究文学语言的节奏，我选了许多乐谱，全是在一张工程绘图纸上标出起伏线来启悟的。我也不会唱歌，连说话能少说也尽量少说。但我喜欢埙，当我第一次听到埙乐时，我浑身战栗不能自已，以为遇见了鬼。听了埙乐而去看乐器，明白小时候在乡下常用泥巴捏了牛头模样的能吹响的东西也就是原始的埙吧，就觉得埙与我有缘分。现在，我的书房里摆着一架古琴、一支箫、一尊埙，我虽然并不能弹吹它们，但我一个人夜深静坐时抚着它们就有一种奇妙的感觉。古琴是很雅的乐器，我睡在床上常恍惚里听见它在自鸣，而埙却更有一种魅力，我只能简单地把它吹响，每一次吹响，楼下就有小孩吓得哭，我就觉得它召来了鬼，也明白了鬼原来也是可爱的。我喜欢埙，喜欢它是泥捏的，发出的是土声，是地气。现代文明产生的种种新式乐器，可以演奏华丽的东西，但绝没有埙这样地虚涵着一种魔与幻。有了古琴，有了箫，有了埙，又有了二三个懂乐谱会乐器的朋友，我们常常夜游西安古城墙头去作乐（yuè）。我们作乐不是为了良宵美景，也不是要做什么寻根访古，我们觉得发这样的声响宜于身处的这个废都，宜于我们寄养在废都里的心身。中国的古乐十分简约，简约到几近于枯涩，而这样的乐器弹吹出这样的声响，完全是自己对着自己，为自己弹吹，而不是为了取悦别人。海明威讲冰山十分之七在水里，十分之三在水面，中国古乐正是如此。我常常反感杂噪浮躁，欣赏"口锐者，天钝之，目空者，鬼障之"的话，所以我一遇到琴、箫和埙，我就十分地亲近了。

拓片闲记

安康友人三次送我八幅魏晋画像砖拓片，最喜其中二幅，特购大小两个镜框装置，挂在书屋。

一幅五寸见方，右边及右下角已残，庆幸画像完整，是一匹马，还年轻，却有些疲倦，头弯尾垂，前双足未直立，似作踢踏。马后一人，露头露脚，马腹挡了人腹，一手不见，一手持戟。此人不知方从战场归来，还是欲去战斗，目光注视马身，好像才抚摩了坐骑，一脸爱惜之意。刻线简练，形象生动，艺术价值颇高。北京一位重要人物，是我热爱的贵客，几次讨要此图，我婉言谢拒，送他珊瑚化石一座和一个汉罐。

另一幅是人马图的三倍半长，完整的一块巨砖拓的。上有一只虎，造型为我半生未见。当时初见此图，吃午饭，遂放碗推碟，研墨提笔在拓片的空余处写道：

宋《集异记》曰：虎之首帅在西城郡，其形伟博，便捷异常，身如白锦，额有圆光如镜。西城郡即当今安康。宋时有此虎，而后此虎无，此图为安康平利县锦屏出土魏砖画像。今人只知东北虎，

华南虎，不知陕南西城虎。今得此图，白虎护佑，天下无处不可
去也。

友人送此图时，言说此砖现存安康博物馆，初出土，为一人高
价购去，公安部门得知，查获而得，仅拓片三幅。为感念友人相送
之情，为他画扇面三个。

"卧虎"说

我说的"卧虎",其实是一块石头,被雕琢了,守在霍去病的墓侧。自汉而今,鸿雁南北徙迁,日月东西过往,它竟完好无缺,倒是天光地气,使它生出一层苔衣,驳驳点点的,如丽皮斑纹一般。黄昏里,万籁俱静了,走近墓地,拨荒草悠悠然进去,蓦地见了:风吹草低,夕阳腐蚀,分明那虎正骚动不安地冲动,在未跃欲跃的瞬间,立即要使人十二分地骇怕了!怯生生绕着看了半天,却如何不敢相信寓于这种强劲的动力感,竟不过是一个流动的线条和扭曲的团块结合的石头的虎,一个卧着的石虎,一个默默的稳定而厚重的卧虎的石头!

前年冬日,我看到这只卧虎时,喜爱极了,视有生以来所见的唯一艺术妙品,久久揣赏,感叹不已,想生我育我的商州地面,山川水土,拙厚、古朴、旷远,其味与卧虎同也。我知道,一个人的文风和性格统一了,才能写得得心应手,一个地方的文风和风尚统一了,才能写得入情入味,从而悟出要作我文,万不可类那种声色俱厉之道,亦不可沦那种轻靡浮艳之华。"卧虎",重精神,重情感,重整体,重气韵,具体而单一,抽象而丰富,正是我求之而苦不能的啊！

我在那墓场待了三日，依依不肯离去。我总是想：一个混混沌沌的石头，是出自哪个荒寂的山沟呢？被雕刻家那么随便一凿，就活生生成了一只虎了？而固定的独独一块石头，要凿成虎，又受了多大的限制？可正是有了这种限制，艺术才得到了最充分的自由吗？貌似缺乏艺术，而真正的艺术则来得这么地单纯、朴素、自然、真切！

静观卧虎，便进入一种千钧一发的境界，卧虎是力的象征。我们的民族，是有辉煌的历史，但也有过一片黑暗和一片光明的年代，而一片光明和一片黑暗一样都是看不清任何东西的。现在，正需要五味子一类的草药，扶阳补气，填精益髓。文学应该是与世界相通的吧，我们的文学也一样是需要五味子了，如此而已。

但是，这竟不是一个仰天长啸的虎，竟不是一个扑、剪、掀、翻的虎，偏偏要使它欲动，却终未动地卧着？卧着，内向而不呆滞，寂静而有力量，平波水面，狂澜深藏，它卧了个恰好，是东方的味，是我们民族的味。

以中国传统的美的表现方法，真实地表达现代中国人的生活和情绪，这是我创作追求的东西。但是，实践却是那么艰难，每走一步，犹如乡下人挑了鸡蛋筐子进闹市，前虑后顾，唯恐有了不慎，以致怀疑到了自己的脚步和力量。终有幸见到了"卧虎"，我明白了，且明白往后的创作生涯，将更进入一种孤独境地。喜从此有了"源于高度的自信"，进一步"精于其道的自感"（这是袁运甫的画语），我想，艺术于我是亲近的。

我的"卧虎"啊……

动物安详

　　我喜欢收藏，尤其那些奇石、怪木、陶罐和画框之类，且经发现，想方设法都要弄来。几年间，房子里已经塞满，卧室和书房尽是陶罐画框乐器刀具等易撞易碎之物，而客厅里就都成了大块的石头和大块的木头，巧的是这些大石大木全然动物造型，再加上从新疆弄来的各种兽头角骨，结果成了动物世界。这些动物，来自全国各地，有的曾经是有过生命，有的从来就是石头和木头，它们能集中到一起陪我，我觉得实在是一种缘分，每日奔波忙碌之后，回到家中，看看这个，瞧瞧那个，龙虎狮豹，牛羊猪狗，鱼虫鹰狐，就给了我力量，给了我欢愉，劳累和烦恼随之消失。但因这些动物木石不同，大小各异，且有的眉目慈善，有的嘴脸狰狞，如何安置它们的位置，却颇费了我一番心思。兽头角骨中，盘羊头是最大的，我先挂在面积最大的西墙上，但牦牛头在北墙挂了后，牦牛头虽略小，其势扩张，威风竟大于盘羊头，两者就调了过。龙是不能卧地的，就悬于内门顶上。龟有两只，一只蹲墙角，一只伏沙发扶手上。柏木根的巨虎最占地方，侧立于西北角。海百合化石靠在门后，一米长的角虫石直立茶机前。木羊石狗在沙发后，两个石狮守在门口。

这么安排了，又觉得不妥，似乎虎应在东墙下，石鱼又应在北边沙发靠背顶上，龙不该盘于门内顶而该在厅中最显眼部位，羊与狗又得分开，那只木狐则要卧于沙发前，卧马如果在厨房门口，仰起的头正好与对面墙上的真马头相呼应。这么过几天调整一次，还是看着不舒服，而且来客，又各是各的说法，倒弄得我不知如何是好。一夜做梦，在门口的两个狮子竟吵起来，一个说先来后到我该站在前边，一个说凭你的出身还有资格说这话？两个就咬起来，四只红眼，两嘴茸毛。梦醒我就去客厅，两个狮子依然在门口处卧着，冰冰冷冷的两块石头。心想，这就怪了，莫非石头凿了狮子真就有狮子的灵魂？前边的那只是我前年在南山一个村庄买来的，当时它就在猪圈里，当时发现了，那家农民说，一块石头，你要喜欢了你就搬去吧。待我从猪圈里好不容易搬上了汽车，那农民见我兴奋劲，就反悔了，一定要付款，结果几经讨价还价，付了他二十五元。这狮子不大威风，但模样极俊，立脚高望，仰面朝天，是个高傲的角色，像个君子。另一只是一个朋友送的，当时他有一个拴马桩和这只狮子，让我选一个，我就带回了这狮子，我喜欢的是它的蛮劲，模样并不好看，如李逵、程咬金一样，是被打破了头仍扑着去进攻的那种。我拍了拍它们，说：吵什么呀，都是看门的有什么吵的？但我还是把它们分开了，差别悬殊的是互不计较的，争斗的只是两相差不多的同伙，于是一个守了大门，一个守了卧室门。第二日，我重新调整了这些动物的位置，龙、虎、牛、马当然还是各占四面墙上墙下，这些位置似乎就是它们的，而西墙下放了羊、鹿、石鱼和角虫石，东墙下是水晶猫、水晶狗、龟和狐，南墙下安放了石麒麟，北墙的沙发靠背顶上一溜儿是海百合化石、三叶虫化石、象牙化石、鸵鸟、马头石、猴头石。安置毕了，将一尊巨大的木雕佛祖奉在厅中的一个石桌上，给佛上了一炷香，想佛法无边，它可以管住人性也可以管住兽性的。又想，人为灵，兽为半灵，既有灵气，必有鬼气，遂画了一个钟馗挂在门后。还觉得不够，书写了古书中的一段话贴在沙发后的空墙上，这段话是：

碗大一片赤县神州，众生塞满，原是假合，若复件件认真，争竞何已。

至今，再未做过它们争吵之梦，平日没事在家，看看这个，瞧瞧那个，都觉顺眼，也甚和谐，这恐怕是佛的作用，也恐怕是钟馗和那段古句的作用吧。

看好门户

我的老师曾给我说过两句话：群居守口，独坐防心。在稠人广众里我的话是少，这倒不至于耽怕言多有失，实在是口头表达差，常常是与人争吵，三句两句被噎住，过后了想出当时应该说一句什么样的话便能将他镇住，悔恨不已。但是，我的心最难守住，尤其一个人在床上的时候，脑子里有一群惊乍的野马，想功名，想利禄，想一些奸佞人如何对我欺诈和诋毁，也想一些女人是怎样的妩媚。于是我就拿了书来看。

我是不能在床上看书的，看不到一个小时便犯迷糊。犯迷糊去睡觉太耽误时间，后来寻着一个办法就是爬起来画画，画画是越画越来精神头儿，又可心系一处。

记得有一个晌午，天下着雨，隔窗望着一根一根的雨把天和地作合在了一起，心就七想八想扭成麻花了，先去厨房里找东西吃，吃罢了还不行，就提笔要画画。《看好门户》就是那天的作品。画的时候我醒悟了庙里的和尚为什么要敲木鱼，因为有节奏的木鱼声，它可以把心安静，专注诵经了。《看好门户》画的是一只狗，狗很大，几乎占据了四尺整张的纸，我想我的心门口应该卧着这样一个东西。画毕后的第三天，有朋友来，说：看门户的狗应该是狼狗，你画的狗像宠物狗，能守住门户吗？而且这只狗也心事重重，还不知在胡思乱想着什么呢！我看了看，也觉得是，却说：即便画个狼狗，心乱如虎，那也无抵于事，花花世界里做正人君子已经是很难的呀！

残 佛

去泾河里捡玩石，原本是懒散行为，却捡着了一尊佛，一下子庄
严得不得了。那时看天，天上是有一朵祥云，方圆数里唯有的那棵
树上，安静地歇栖着一只鹰，然后起飞，不知去处。佛是灰颜色的
沙质石头所刻，底座两层，中间镂空，上有莲花台。雕刻的精致依
稀可见，只是已经没了棱角。这是佛要痛哭的，但佛不痛哭，佛没
有了头，也没有了腹，莲台仅存盘起来的一只左脚和一只搭在脚上
的右手。那一刻，陈旧的机器在轰隆隆作响，石料场上的传送带将
石头传送到粉碎机前，突然这佛石就出现了。佛石并不是金光四射，
它被泥沙裹着，依然丑陋，这如同任何伟人独身于闹市里立即就被
淹没一样，但这一块石头样子毕竟特别，忍不住抢救下来，佛就如
此这般地降临了。

我不敢说是我救佛，佛是需要我救的吗？我把佛石清洗干净，
抱回来放在家中供奉，着实在一整天里哀叹它的苦难，但第二天就
觉悟了，是佛故意经过了传送带，站在了粉碎机的进口，考验我的
感觉。我庆幸我的感觉没有迟钝，自信良善未泯，勇气还在。此后
日日为它焚香，敬它，也敬了自己。

　　或说，佛是完美的，此佛残成这样，还算佛吗？人如果没头身，残骸是可恶的，佛残缺了却依然美丽。我看着它的时候，香火袅袅，那头和身似乎在烟雾中幻化而去，而端庄和善的面容就在空中，那低垂的微微含笑的目光在注视着我。"佛，"我说，"佛的手也是佛，佛的脚也是佛。"光明的玻璃粉碎了还是光明的。瞧这一手一脚呀，放在那里是多么安详！

　　或说，佛毕竟是人心造的佛，更何况这尊佛仅是一块石头。是石头，并不坚硬的沙质石头，但心想事便可成，刻佛的人在刻佛的那一刻就注入了虔诚，而被供奉在庙堂里度众生又赋予了意念，这石头就成了佛。钞票不也仅仅是一张纸吗？但钞票在流通中却威力无穷，可以买来整庄的土地，买来一座城，买来人的尊严和生命。

　　或说，那么，既然是佛，佛法无边，为什么会在泾河里冲撞滚磨？对了，是在那一个夏天，山洪暴发，冲毁了佛庙，石佛同庙宇的砖瓦、石条、木柱一齐落入河中，砖瓦、石条、木柱都在滚磨中碎为细沙了而石佛却留了下来，正因为它是佛！请注意，泾河的"泾"字，应该是"经"，佛并不是难以逃过大难，佛是要经河来寻找它应到的地位，这就是它要寻到我这里来。古老的泾河有过柳毅传书的传说，佛却亲自经河，洛河上的甄氏成神，缥缈一去成云成烟，这佛虽残却又实实在在来我的书屋，我该呼它是泾佛了。

　　我敬奉着这一手一脚的泾佛。

　　许多人得知我得了一尊泾佛，瞧着皆说古，一定有灵验，便纷纷焚香磕头，祈祷泾佛保佑他发财，赐他以高官，赐他以儿孙，他们生活中缺什么就祈祷什么，甚至那个姓王的邻居在打麻将前也来祈祷自己的手气。我终于明白，泾佛之所以没有了头没有了身，全是被那虔诚的芸芸众生乞了去的，芸芸众生的最虔诚其实是最自私。佛难道不明白这些人的自私吗？佛一定是知道的，但佛就这么对待着人的自私，它只能牺牲自己而面对着自私的人，这个世界就是如此啊。

我把泾佛供奉在书屋，每日烧香，我厌烦人的可怜和可耻，我并不许愿。

"不，"昨夜里我在梦中，佛却在说，"那我就不是佛了！"

今早起来，我终于插上香后，下跪作拜，我说，佛，那我就许愿吧，既然佛作为佛拥有佛的美丽和牺牲，就保佑我灵魂安妥和身躯安宁，作为人活在世上就好好享受人生的一切欢乐和一切痛苦烦恼吧。

人都是忙的，我比别人会更忙，有佛亲近，我想以后我不会怯弱，也不再逃避，美丽地做我的工作。

树　佛

　　我称柿树为佛，是树嫁接了结果，如女子成熟少妇乃渐入渐老之境。

　　这佛在北方的山峁存生，山峁不平，随势筑形。远看浑然椭圆，恍惚疑涌地而起，若峁上之峁，又如天外飞来，浮聚了一堆浓云，这是佛的雍容体态了。再远看黑粗的主干恰与细微的梢枝组合，叶脉的枝条辐射为扇面，枝梢分丫，这是佛的柔柔千面手了。再远看梢丫错综复杂，在天的衬景上如透雕又如剪纸，天成了撕碎的白纸虚幻衍化，这是佛之煌煌灵晕了。再远看，再远看，倏乎纳嚣风而使其寂然消声，骤然吸群鸟而又轰然释放，这是佛的浩浩法度了。

　　树而为佛，树毕竟有树的天性，它爱过风流，也极够浪漫，以有弹性的枝和柔长的叶取悦于世。但风的抚摸使它受尽了方向不定的轻薄，鸟的殷勤使它难熬了琐碎饶舌的嚣烦。北方旱水，北方不宜桃李。要经见日月运转四季替换，要向往高天听苍鹰鸣唤，长长的不被理解的孤独使柿树饱尝了苦难，苦难中终于成熟，成熟则为佛。佛是一种和涵，和涵是执着的极致，佛是一种平静，平静是激

烈的大限，荒寂和冷漠使佛有了一双宽容温柔的慈眉善眼，微笑永
远启动在嘴边。

佛以树而显身了，难道为着的是贫瘠的山峁？为着的是猥琐了
的农人？

有树佛存在，大美便在了世间。

阿×，你知道吗？在黄河龙门的东岸山塬上，我第一次觉悟到
了柿树的佛，感受了从未有过的神圣和亲近啊！

坐　佛

　　有人生了烦恼，去远方求佛，走呀走呀的，已经水尽粮绝将要死了，还寻不到佛。烦恼越发浓重，又浮躁起来，就坐在一棵枯树下开始骂佛。这一骂，他成了佛。

　　三百年后，即一九九二年冬季，平凹徒步过一个山脚，看见了这棵树，枯身有洞，秃枝坚硬，树下有一块黑石，苔斑如钱。平凹很累，卧于石上歇息，顿觉心旷神怡。从此秘而不宣，时常来卧。

　　再后，平凹坐于椅，坐于墩，坐于厕，坐于锥，皆能身静思安。

红　狐

　　Z，你是不曾知道的，当我借居在这间屋子的时候，我是多么地荒芜。书在地上摆着，锅碗也在地上摆着。窗子临南，我不喜欢阳光进来，阳光总是要分割空间，那显示出的活的东西如小毛虫一样让人不自在。我愿意在一个窑洞里，或者最好是地下室里喘气。墙上没挂任何字画，白得生硬，一只蜘蛛在那里结网，结到一半蜘蛛就不见了。我原本希望网成一个好看的顶棚，而灰尘却又把网罩住，网线就很粗了，沉沉地要坠下来。现在，我仰躺在床上，只觉得这荒芜很好，我的四肢越长越长，到了末梢就分叉，是生出的根须，全身的毛和头发拔节似的疯长，长成荒草。

　　宽哥说，这屋子真是一座荒园。

　　我说，那就要生出狐狸精的。

　　十多年来，我读《聊斋》，夜半三更的时候，总企盼举头一看，其实是已经感觉到了，窗的玻璃上有一张很俏的脸，仅仅是一张脸，在向我妩媚。我看她，她也看我；我招之，她便含笑。倏忽就树叶般地飘进来——这样企盼着，并没有狐狸进来，我猜想那时我的火气太重，屋子里太整洁，太有规矩。于是清早起来，怏怏地发困，便疑心窗外的那一株垂柳是一个灵魂在站着，她站着成了一株柳的。

如今的冬夜，从月下归来，闻见了谁家的梅。入我的荒园里，并没有随我而入的另一双鞋，影子也没有了。我坐在炉子边烧茶，听着水响和空间里别的什么声音，独自喝了一杯又一杯。忽地想起李太白诗：

> 两人对酌梨花开
>
> 一杯一杯复一杯
>
> 我醉欲眠君且去
>
> 有情明日抱琴来

冬夜里没有梨花开，新窗外有三棵槐，叶子都落了，枝杈在颤起细的韵。我也没喝酒，亦不想睡，想着真有狐狸的吧。

狐狸并没有。

但也就在明日，却有人抱了琴来。抱琴人是个矮个儿男人，就是宽哥，说，我知道你寂寞。这是一架古琴，钟子期与伯牙相识的那一种古琴，弹《高山》《流水》的那一种古琴。

宽哥也是寂寞的人——其实谁都寂寞，狼虎寂寞，猪也寂寞——因为精神寂寞，他学了五年琴。他把琴送予我，我却不懂得琴谱。他明明知道我不懂得琴谱，他竟送琴给我。

琴就安置在我唯一的桌子上，琴成了荒园里最豪华的物体，我觉得一下子富有。那个捡来的啤酒木箱盖做成的茶几，如果上边放着烂碟破碗，就是贫穷的表现；而放着的是数百元的茶具，这便成一种风格。现在又有了古琴，静坐在茶几边的我静得如一块石头，斜睨了那古琴，一切都高雅了。

三日过去，五日过去，《聊斋》的书已不再读，茶是越来越讲究了档次，啜品中记起一位才女叫眉的，曾与我论过茶，说民间流行一种以对茶之态度看对性的态度的算卦辞，而世上最能品茶的是山中的和尚，和尚对性已经戒了，但那一种欲转化成了对茶的体味。我那一日还笑她胡诌，待这日记起，很觉有趣。我虽有五台山买来的木鱼，却怎么能把自己敲出个和尚来呢？仄了头瞧桌上的琴，默默一笑，这一笑就凝固了一段历史，因为那一瞬间我发觉琴在桌上是一个平平坦坦的睡着的美人。

山里的人夏日送礼，送一个竹皮编的有曲线的圆筒，太热的人夜里可以搂着睡眠取凉，称作凉美人的。这琴在那里体态悠闲，像个美人，我终于明白宽哥的意思了。Z，那时我真有一份冲动，竟敢放肆，轻轻地走近去，分明感觉到它已经睡着了，鼾声幽微，态势美妙，但我又不敢惊动，想它要醒过来，或者起身而站，一定是十分地苗条的。那琴头处下垂的一绺棉絮，真是它的头发，不自觉地竟伸手去梳理，编出一条长长的辫子，这么好身材的，应该是有一条长辫的。

这一个夜里，夜很凉，梦里全是琴的影子，半醒半寐之际，倏忽听得有妙音，如风过竹，如云飞渡，似诉似说。我蓦地翻身坐起，竟不知了身在何处。没月光的夜消失了房子的墙，以为坐在了临水的沙岸，或者就完全在水里。好长的时间清醒过来，拉开灯绳，四堵墙显出白的空间，琴还在桌上躺着。但我立即认定妙音是来自琴的，这瞒不过我的，是琴在自鸣了！

Z啊，有琴自鸣，这你听说过吗？三年前咱们去植竹，你说过的，竹的魂是地之灵声，植下竹就是植下了音乐。那么，这琴竟能自鸣，又该是怎样一个有灵的魂呢？

从此每日进屋，就要先坐于琴旁。人在屋外，想有琴在家，坐于琴旁了，似守亲爱的人安睡，默默地等待着醒来，由是又捧了《聊斋》来读，终信了这是一份天意。有闲书上讲，女人是一架琴，就看男人怎么调拨：好的男人弹出的是美乐，孬的男人弹出的是噪音。这样的琴，不知道造于哪块灵土上的灵木，制于何年何月的韶光月下，谁曾经拥有过它，又辗转了多少春秋和人序，可它，终于等待到了来我的屋中，要为我蓄满清音，为我解消寂寞，要与我共同创造人间的一段传奇！这样的尤物，今生今世既然与我有缘，我该给它起个好名儿来的。

我真的耗费了许多心思。叫它"等待"似乎太硬；叫"欲语"，又觉无力；"半生缘"又偏俗了；"一段不了"，还嫌率虚。住到这屋子里，我是因了兼职了一个教授职名赚的。门框上我曾写了"半闲半忙作文章，似通不通上课堂"。我这样的人过这样的日子，起怎样的名字给它呢？我坐在它的身旁，目注了它对它说话，说我的童年，说我的青年和中年，说我的丑陋和苦难，说我感谢它的话。我是看过报上的报道，说有一人种了一棵南瓜，他每日对南瓜说话如说话于他的孩子，这南瓜就长成背篓般大。还有一人患了心脏病，整日对心脏说感谢的话、委托的话，心脏病竟也无药而愈了。我也这般对待我的琴，我感觉琴是听见了，也听懂了。一次不自觉地去触动了几下弦索，它竟应发出极美的音乐来。我当时是惊呆了，因为我从来不识琴谱，连简谱也不识的，怎么就能有如此一段美乐呢？我疑问过宽哥，宽哥说，你再弹触时不妨打开录音机，我过后听听。我这么做了，宽哥就用简谱记下来，说果然好，你是个天才的作曲家。

我不是作曲家，我没有天才，天才是琴自身的。宽哥将数次的录音整理了，成一首乐曲在许多场合演奏，甚至还拿去发表，要署我的名。我声明这不是我作的曲，应该署琴的名。这次我得讨问琴，求它自报姓名。琴没有告诉我，却在灯光下，使我终于看见乌黑的琴身暗处，透出三处一绺的红来，黑与红相配得那么和谐和高贵，竟是我以前未注意到的。连着三日，都是在灯光下，发觉了红越来越多，几乎从整个黑里能看出那下边的一层红来。

这一夜，我梦里觉得我在我的头发里发现了一颗痣，在手心里发现一条纹，觉得桌上伏着一只艳红的狐。

于是，翌日的清晨，我叫我的琴为"红狐"。

"红狐"虽然依旧在桌上平伏着，但我仍要买了家具到这屋里。我买的是一张特大的床，一座极软的沙发，"红狐"如果从桌上站起，它的天性里该是爱静卧的。狐之友猜测应是鹤与鹿的，我又搜寻了鹤鹿的画，贴在琴后的墙上。

我是这么想，Z，狐是世上最灵性最美丽最有感应的尤物，原来是我的荒园里它早已来了！有诗说"好雨知时节"，"随风潜入夜"，那它是从远的山里林里，或者从蒲氏的《聊斋》里，在那一个雨夜里来的。想宽哥送琴的那个夜，也正好有雨，当时我并不知，天明瞧见屋外的一蓬紫薇湿淋淋的。

Z，这就是我要告诉你的事，一件大事，真的，是一件了不得的大事。也就是我有了红狐琴，我的荒园里再不荒了，我开始过得极平静而又富有，这你应该为我祝福和羡慕吧！

关于树

树默默地长着，长得很高。打开窗户，枝条上就会栖有一只美丽的小鸟，鸣啭着，可人极了。逢上细雨蒙蒙，在栅栏前独立，湿气里，那雨正沿了叶尖往下迟迟久久滑动，似无若有的一声坠金。想天地之广大，念人生好匆忙，捡一片飘落下来的枯叶，一根根数着心形般的那些纤纤细脉，几许淡愁，天分明是十分地黑了。

教科书上讲：在这个地球上，有着人，也同样有着兽，有着草木。草木似乎是地球的奢侈品了。那么，占一席阴凉，祛那暑热，砍几枝作薪，煮饭烧茶，伐解了，做许许多多家具，倒欣赏那泉状的纹路。这一切皆如此地理所当然，树就是这么个树而已了。

偶尔在一个雪天，心情挺好，望着那黑硬的奇形怪样的枝柯，要突发玄想，树是一个什么样的妖魔从地下冒出？这晚上定会做出许多的噩梦。

圆圆的地球在太空中滚动得太久了，严严实实地封闭了它的精光元气；树为释放地气而存在着，她的每一片叶子就是内气外行的手掌。正正经经的气功师啊！被人爱是树的企望，爱人更是树的幸福，爱欲的博大精深，竟使她归于了无言乃大愚，沉静而寂寞。

×君，我是你窗前的每日所见的一棵树啊，可你知道我是哪一日长出了地面，又是怎样一日一日地高大吗？

说自在

我多么羡慕大海，想那挂一片云帆，直济万顷波涛，是何等的雄壮！而我，却实在可怜了，竟没有渡过海，甚至也未见过一次，想象不来到了大海，我将会如何举动。娘生我在山地，她去田里劳作的时候，我就从门槛里爬出去了，自然在召唤着我：去水溪边看见我一张很脏的脸，在草丛里吹一朵有着无数的小伞的蒲公英，虽然不像海边孩子的身上有一层发白的水锈，但却是满头的草叶，常常是娘回来，我已睡卧在了菊花架下。所以我说，我爱大海，大海却不是我的母亲，她没有给我五趾分开的脚，那弄潮的船上我站得稳吗？但我却是山地的儿子，我爱那花间草间的一块石头，它见光有彩，临风响动，顽愚的形状里包含着金、银、铜、铁的灵性，空空寂寂地待在野外，却是多么富有天地自然之乐啊！

我曾经想，世界上只有大海，那将会出现一种怎样可怕的情景呢？当然，世界上也绝对不能尽是山石。到大海观潮，进深山赏林，世界才是和谐的一统，人的兴趣才是多变的丰富。宇宙之中，万事万物，既能生存，便有赖以生存的价值。一棵树木，千万片叶子，都是叶子，却一片不同一片，能说出哪一片重要吗？纵然是苍鹰，可揽天下雄风，是凤凰，可集天下色彩，但要是歇栖下来，也不过只是占一根树枝呢。

陕南的地方，常常有这样的事：一条河流，总是曲曲折折地在峡谷里奔流，一会儿宽了，一会儿窄了，从这个山嘴折过，从那个岩下绕走，河是在寻着她的出路，河也只有这么流着才是她的出路。于是，就到了大批游客。当今游客，都是进山要观奇石，入林要赏异花，他们欣赏那岩头瀑布的喧哗，赞美那河面水浪的滚雪，总是不屑一顾那河流转变的地方。是的，那太平常了，在山嘴的下边，是潭绿水，绿得成了黑青，水面上不起一个水泡，不泛半圈涟漪。但是，渔夫们却往那里去了。他们知道，那瀑布的喧哗，虽然热闹，毕竟太哗众取宠了，那翻动的雪浪，虽然迷丽，但下边定有一块石头，毕竟太虚华轻薄了；只有这潭水，投一块石子下去，嘭咚响得深沉，近岸看看，日光下彻，彩石历历在目，水藻浮出，一丝一缕如烟如气，探身而进，水竟深不可测，随便撒一网去，便有白花花烂银一般的鱼儿上来。

小时候，我常在这样的湾水边钓鱼，我深深地知道她的脾性。表面上不动声色，内心里蛟腾鱼跃；谁能说她不是山中河流的真景呢？湾水并不因被冷落而不复存在，因为她有她的深沉和力量，她默默地加深着自己的颜色，默默蓄积着趋来的鱼虾，只是一年一年，用自己的脚步在崖壁上走出自己一道不断升高的痕迹。终有一天，她被人们知道了好处，便要来赤身游泳，潜水摸鱼，夜里看月落水底的神秘，雨后观彩虹飞起的美妙。湾水临屈而不悲，赏识而不狂，大智若愚，平平静静，用什么也不可能来形容她的单纯和朴素了。

这些年里，我走了不少地方，可谓"八千里路云和月"，但我却常常低头便思起了故乡。故乡，虽然贫穷，但却有真山真水的自然元气。那草木见过吗？密密的不能全叫出它的名目；那虫鸟见过吗？那奇形怪状不能描绘出它的模样。信步到山林去，洼地去，常常就看见那石隙里渗出一泓泉的，或漫竹根而去，或在乱石中隐伏。做孩子的去采蘑菇，渴了，拣着一片猪耳朵草的地方用手挖挖，一有个小坑儿，水便很快满了，喝下去，两腋上津津生凉风，却从不曾坏了肚子。如若夜里做游戏，在地下挖个坑儿，立即便出现一个月亮，遍地挖坑，月亮就蓄起一地哩。这地方，撒一颗花籽长一棵鲜花，插一根柳棍生一株垂柳，城里有吗？城里的报时大钟虽然比老家门前榆树上的鸟窠文明，但有几多味呢？那龙头一拧水流哗哗的装置当然比山泉舀水来得方便，但那一拧龙头先喷出一股漂白粉的白沫的水能煮出茶叶的甘醇吗？我最看不上眼的，是那么高高的薄壳大楼凉台上，一个两个小瓦盆里植点花草，便自命热爱生活，又偏偏将花草截了直杆，剪了繁叶，让其曲扭弯斜，而大讲其美！我真不明白，就这么小个地方，要拥上这么多的人?! 一堆蚯蚓仅仅拥挤在一个盆的土里，你吐过他吃，他吐过你吃，那到了最后，还有什么可吃可吐的呢？

我深深地怀念着我那真山真水的故乡！夜里又读了《红楼梦》，我觉那块石头真好，它既没有本事去补天，就让它留在草莽吧，它有矿质，冶金人会找着它，它含石灰，烧窑者会寻到它，既是纯乎一块顽石，苔藓布满，也能显示春天，就是被河流冲去，裂成碎片，研为沙砾，日光，水汽，雾霭，烟霭，也会使它闪出灿灿的天然色光。

大凡世上，做愚人易，做聪明人难，做小聪明易，做聪明到愚人更难。鸿雁在天上飞，麻雀也在天上飞，同样是飞，这高度是不能相比的。雨点从云中落下，冰雹也从云中落下，同样是落，这重量是不能相比的。昙花开放，月季花也开放，同时开放，这时间的长短是不能相比的。我能知道我生前是何物所托吗？我能知道我死后会变为何物吗？对着初生婴儿，你能说他将来要做伟人还是贼人吗？大河岸上，白鹭飞起，你能预料它去浪中击水呢，还是去岩头伫立，你更可以说浪中击水的才是白鹭，而伫立于岩头的不是白鹭吗？

去年初春，我又回到老家去。家却搬了地方，再不是那多泉的川沟，而住在了大坡原上；吃水要挑了桶去远远的林子里。我便提议打口井了。我没有请风水先生，我自觉山有山脉，水有水向，在学校是学过这地理知识的。我看了地势，便在前院里打起井来。打呀，打呀的，先还使得上劲，愈打愈是困难，一笼笼土吊上来，但是，就有了一个大石层，无论如何也挖不出个缝儿来。我泄气了。邻家人劝我到他们院里去打，说那里风水先生看了的，肯定有水；但我怎能把井打在他家院里，而我吃水不便呢？我又在后院开始另打井。蹴在那井坑里，打了五天，又打了十天，已经是十丈深了，还是没水，村里人尽在耻笑起来，我只是打我的。那黑黑的世界里的苦作，那是孤孤的寂寞的生活。终有一天，毕竟那水是出现了，虽然不大，但我是多么高兴呢！我站在井底，看着井口，如圆片明镜一般，太阳的光芒在那里激射，突然似乎有了响动，愕然大惊，我声小，那声也小，我声大，那声也大，我明白那是地心的回音，笑起来，满井里都是哈哈哈的大笑不止。

这井打成了，这是属于我家的。天旱，那水不涸，天涝，那水不溢。狂风刮不走它，大雪埋不住它，冬天里，在井中吊着桶子而不冻坏，夏天里，吊着肉块而不腐烂。我知道地下有一个很大很大的海，我虽然只能得到这一井之水，但却从此得到了永恒之源。有泉吃泉水，没泉吃井水；井水更比泉水好，泉水太露，容易污染，井水暗隐，永远甘甜。我庆幸在我家的院子打了这口井，但我知道这井还浅，还小，水还不大，还要慢慢地淘呢。

乡村的夏夜，实在热得难熬，人们都在场畔上乘凉闲话：你一句，他一句，天一句，地一句，一直可以到深夜。谁都听了，谁却也说不上说了些什么，但是满足了，最满足的却是本人。

夜　籁

当学生的时候，血气方刚，常要做以济天下的人物；莽撞撞地
闯进社会几年，弄起笔墨文学，一事无成，才知道往日幼稚得可怜，
不觉心灰意懒，且"行于当所行""止于所不可止"了。借仲秋的
日子，去陕南度假散心，坐了十多日船，行了上千里路，随便往两
岸的山上一望，便见秋收后的庄稼地正在深翻，老牛、木犁、疙瘩
绳。或者，是歇晌的时候了，老牛站在那里，四蹄直立、尾巴直垂，
犁沟里坐着默默的农夫：劳作后的疲倦，瞬间凝固的雕塑。我心中
感慨：天下最劳心者，文人；最劳力者，农夫。劳力者给了劳心者
以粮食；劳心者却不能于劳力者有所作为，不觉喟然长叹！

夜里，船到了山湾间，月显得很小，两岸黝黝的山影憧憧沉在
水里，使人觉得山在水上有顶，水下有根，但河里却铺了银，平静
静的似乎不流，愈发使人慌恐。到了渡口，船不走了，只好向岸上
的山村投宿，一道石板小路引着向山坡根去了。石板是锃蓝的、赭
红的，一块不连着一块，人脚蹓得它光滑细腻，发着幽幽的光，像
池塘平浮水面的荷叶。在石板路上走，一步一个响声，常常使人觉
得后边有人跟着；看半山坡上的灯光，星星点点，似乎对称，又见

分散。一直到了坡根，那灯光却再不见，路成了窄巷，陡然向坡上
爬去，常常是前边突然无路，一个直角，巷子向旁边拐去了。两边
高高的人家，前院墙石块垒起来十来丈高，后屋墙却依山而筑，仅二
尺有余。灯光正从那家小小的石窗照下来，犹如一道白柱。一个极
俊俏的女子，探头往下看着，打一个口哨，麻酥酥的，立即就捂了
脸，作认错了人的害羞。

我走近一家院落，院门是桐木板的，窄而短，门环却小碗口般
大，挨墙弯着一株古柏，绳索似的皮纹，疙疙瘩瘩的根爬满了门前
的石阶。敲一下门，响声很空，院子有了脚步声，一个老头把门开
了。正要询问，坡那边的石窗光又一亮，那个极俊俏的女子又出现
了，一个口哨，麻酥酥的，巷子里有了脚步声。

"这猴女子！"老头说。

"她在做什么？"我也有些奇怪了。

"恋爱吧，"老头说，"这么冷的，又要去河边，你恋过，你说
说，恋爱有火吗？"

我笑了，不觉向河边望去，那河竟离得很近，看得见了那并排
的几只木船，月光下亮得分明。一位诗人描写过这种境界，说那船
是河神的套鞋。如今，两个人影走上了空船，有一个是那极俊俏的
女子吧。船客走了，河神走了，只有明月，明月初照人哟。

老头是个厚道人，热情地接待了我。他老伴到闺女家去了，夜
里剩下他一人，正在灶火口熬茶。茶锅小极小极，只有拳头那么大，
系在一条铁丝上，架在火上，像烧着一个黑瓷蛋儿。火不甚旺，老
头几次俯下身去吹，嘴皱得像个火筒，烟就罩了一层，我喀喀地咳
嗽起来。

"就好，就好，"老头抱歉地说，"快蹲下，烟高不烟低。"

茶熬好了，老头倒给我了一小碗黑汤儿。喝一口，苦得直吐舌头。

"这是什么茶？"我说。

"龙叶茶，自己上山采的。"他说，"香吗？"

我该怎么说呢？我看着这烟火熏得黑漆漆的石屋，看着这火光一闪一闪泛着黑瓷一样幽光的老人脸，我摇摇头了，知道这些农夫，大都没钱去买那高质茶叶，便自己采了什么叶子去熬喝这又苦又涩的汁汤了。

"你们城里人是喝不惯的，"老头苦笑了，"可我们却珍贵呢，你喝喝，后味叫香呢。"

但我无论如何不敢去喝了，老头便接过喝起来，喝一口，舌头就伸出来在毛茸茸的嘴唇上舔一下，发出一种很响的声音。他又熬了第二锅，喝了，又熬了第三锅，喝了。然后，闭了眼睛，坐在地上，将那弯屈的背、脚、手、脖子，使劲伸展，然后鼻孔里长时间地出气，一双小眼睛显得明亮多了。

看着老人的舒服劲，我心里滋润起来，恨不能自己变成个小虫儿，钻进他的鼻孔，好让他再舒舒服服地打个喷嚏。

"今天地里干啥了？"我说。

"翻地呗。"他说，"天又旱得厉害，地瓷得扳不开啊！"

"真苦了你，这么大年纪了。"

"哪里！一辈子还不是这么过来的，多亏这茶呢！一天不喝几锅，头疼，骨头也散架了，这茶是农家乐，一喝乏劲没有了，百事都忘了呢。"

老人说着，哈哈地笑起来，精神十分活跃，问起城里的人吃的什么呀，穿的什么呀，这秋天里，都在干些甚事呀，比如今天晚上，又在干着什么呢？我一一回答着老人，感到深深的内疚，老人却又哈哈笑了，说：

"土命人也不像你说的可怜，苦是苦，苦中仍有甜呢，好比是咱这茶，可惜你不愿喝一口。"

这当儿，院门又在很空地敲响，老头出去开门了，院子里立即有了一老一少的女人声。进了堂屋来，果然是一个老太婆，和一个穿红格子新袄的女子。那女子嬉皮笑脸的，一看见我，却戛地止了声，躲进灯影黑处去了。老太婆便说：

"她大伯，你瞧瞧，明日要出嫁了，穿这件红袄儿可合适？丽儿，你站过来！"

那女子在黑影说：

"娘！"

老太婆似乎才看见了我，忙笑笑，说：

"城里人看就看吧，明日要办事了，千人万人要看呢，城里人会笑话你？"

我明白这是位要做新娘的女子，忙连声道喜，那女子扭扭捏捏站在灯下，却转过了头，不让我看她的脸。

"合身，合身！"老头说，"柱子那头准备停当了？"

"他有什么好准备的？明日唢呐一吹，他过来入洞房就是了。"

老太婆牵了女子，笑笑地出门去了，在院门口很响地说：

"她大伯，明日你一定来啊！"

老头回来，重新坐在灶火口，又咕咕地熬他的茶了，说这家是个独女，哪儿都不去，就招了女婿过来。这女婿也逗，哪儿也不去，就要来这村子。他开始从怀里掏出一卷钱点起来。钱票很烂，油腻腻的，像湿了水。

"明日我要上十元钱礼呢。"

"你们这儿还兴这规矩？"我想这农民，手里能有多少钱呢，偏遇着这红白喜事，这么破费的。

"取个吉利嘛。"他说，"城里人要笑这是老封建了，可山里人把这事看得重，一生能有几次乐事呢？你若不走，明日你也来热闹热闹吧。"

我无空满足老头的邀请，看着老头又喝了一碗茶水，便听见院门外的古柏上，有斑鸠在咕咕地叫，老头说夜不早了，便要我去睡。睡在东边的炕上，月光从石窗上银银地照进来，我不知道河边木船上的人——那个极俊俏的女子，走了没有？

老头喝毕了茶，叮叮当当刮了一遍木犁上的泥，也睡下了，打着很响的呼噜，慢慢，一切都静下来了。我却无论如何睡不着，想当年做学生的情景，想这几年的风风雨雨，拳拳之情，一时又涌上心际了，便觉得今天夜里，有好多事要想，却又无从想起，有好多事情已经意会，却又不可道出。石头屋子是这般的静寥，像个寺院。

远处，偶尔有一声狗咬，声音在窄窄的石头巷里，或在高高的对面崖上，撞出了回音，嗡嗡传韵。立即，有了一种什么声音，从石窗下的巷底传来，先是模模糊糊，再就清晰了，原来是在"招魂"：

"回来呵——！"一声苍老的叫声。

"回——来了！"一个稚语。

"回来呵——！"

"回——来了！"

这"招魂"我是知道的。小时候在乡下的老家，常有这种迷信的活动：小孩受惊了，或是跌了一跤，或是得了一病，整天哭闹，痴呆，做母亲的便在夜深人静之时，一手抱了孩子，一手提了灯笼，从巷子走过，母亲叫一声"回来呵！"孩子应一声"回来了！"再在地上撮一点土，放在孩子的额头上；怎么现在还相信这个呢？

"回来呵——！"苍老的叫声。

"回——来了！"幼稚的应声。

"招魂"声慢慢地从巷子里远去了。我默默地数着他们的招呼声，想象着那一团灯笼的移动，计算着他们的脚步，一下，二下，三下……夜，安宁了，石屋里静得像个寺院，我均匀地呼吸着，便睡去了。

落　叶

　　窗外，有一棵法桐，样子并不大的，春天的日子里，它长满了叶子。枝根的，绿得深，枝梢的，绿得浅；虽然对列相间而生，一片和一片不相同，姿态也各有别。没风的时候，显得很丰满，娇嫩而端庄的模样。一早一晚的斜风里，叶子就活动起来，天幕的衬托下，看得见那叶背上了了的绿的脉络，像无数的彩蝴蝶落在那里，翩翩起舞，又像一位少妇，风姿绰约的，做一个妩媚的笑。

　　我常常坐在窗里看它，感到温柔和美好。我甚至十分嫉妒那住在枝间的鸟夫妻，它们停在叶下欢唱，是它们给法桐带来了绿的欢乐呢，还是绿的欢乐使它们产生了歌声的清妙？

　　法桐的欢乐，一直要延长一个夏天。我总想那鼓满着憧憬的叶子，一定要长大如蒲扇的，但到了深秋，叶子并不再长，反要一片一片落去。法桐就消瘦起来，寒碜起来，变得赤裸裸的，唯有些嶙嶙的骨。而且亦都僵硬，不再柔软婀娜，用手一折，就一节一节地断了下来。

　　我觉得这很残酷，特意要去树下捡一片落叶，保留起来，以作往昔的回忆。想：可怜的法桐，是谁给了你生命，让你这般长在土地上？既然给了你这一身的绿的欢乐，为什么偏偏又要一片一片收去呢?!

来年的春上，法桐又长满了叶子，依然是浅绿的好，深绿的也好。我将历年收留的落叶拿出来，和这新叶比较，叶的轮廓是一样的。喔，叶子，你们认识吗，知道这一片是那一片的代替吗？或许就从一个叶柄眼里长上来，凋落的曾经那么悠悠地欢乐过，欢乐的也将要寂寂地凋落去。

然而，它们并不悲伤，欢乐时须尽欢乐；如此而已，法桐竟一年大出一年，长过了窗台，与屋檐齐平了！

我忽然醒悟了，觉得我往日的哀叹大可不必，而且有十分的幼稚呢。原来法桐的生长，不仅是绿的生命的运动，还是一道哲学的命题在验证：欢乐到来，欢乐又归去，这正是天地间欢乐的内容；世间万物，正是寻求着这个内容，而各自完成着它的存在。

我于是很敬仰起法桐来，祝福于它：它年年凋落旧叶，而以此渴着来年的新生，它才没有停滞，没有老化，而目标在天地空间里长成材了。

第五章 / 自在的禅意

桌　面

我家书桌的面儿，是一块树的囫囵的横截板，什么也没有染，只刷了一层亮亮的清漆，原木本色的。

在这张书桌上，我伏案了十年，读了好多文章，又写了好多文章。闲着无事了，就端坐着看起桌面，心里便也感到沉静。因为桌面上是有了一幅画。

画儿就是木的年轮。一个椭圆形，中间是黑黑的一点，然后就一圈白，接着从那白圈的边沿，开始了黑线的缠绕。当然很不规则，线的黑一会儿宽了，一会儿窄了，一会儿又直，一会儿却弯起来；几乎常常就断，又常常派生出新线，但缠绕的局面是一直在形成，最后便囊括了整个桌面，像是一泓泉，一片树叶落下来引起的涟漪，没有鱼，没有风，一个静静的午时的或者子夜的泉。

有书这么说：树木，四季之记载也。日月交替一年，树就长出一圈。生命从一点起源，沿一条线的路回旋运动。无数个圈完成了生命的结束，留下来的便是有用之材。

我很佩服这种解释。于是也就兴趣起这条运动的线了。我细细看着，用着米尺度量着一个圈和一个圈之间的距离。这种工作，所得的结果使我吃惊：这生命的线，当它沿着它的方向进行的时候，它是这么的不可自由！日月的阴晴圆缺，四季的寒暑旱涝，顺利时它进行得是那么豁达奔放，困难时进取又是如此艰辛。它从地下长出来，第一是挣脱本身壳的桎梏，第二是冲破地层的束缚，再就是在空间努力，空间充满着看不见摸不着的空气原来是这么坚实严密。树木的生长，必须靠着自己向外扩张才能有自己的存在的立体啊！

我为它们做着记载：哪一年是风调雨顺？哪一年是旱涝交迫？我算出这是一棵三百年的老树。三百年，这老树在风雨的世界里，默默地在走它的生命之路，逢着美好年景，加紧自己的节奏，遇着恶劣的岁月，小心翼翼地，一边走着，一边蓄积着力量，这是多么可怜的生命，又是多么不屈不挠可亲可敬的生命！我离开了桌子，燃上了一支烟，看见室外的一切。室外是刚刚雨后天晴，天上是一片云彩，地上是一层积水。风在刮着，奇异的现象就发生了：那云彩竟也是一圈一圈的痕纹，那积水也是一圈一圈的涟漪，莫非这天这地也是一统的整体，它们将两个截面上下显示着，表明自己的历史和内容吗？

我真有些惶恐：万事万物在天地宇宙间或许是有着各自的生命线路，这天地宇宙也或许同样有着自己的生命线路；那我呢，我想象不出用刀将我断开，那躯体的截面上一定也是有这种路线了吧？重新走近桌面，对着那木的年轮，开始顺着一条边圈往里追溯。这似乎是一种高级数学，常常陷入莫测，犹如一个儿童在做进迷宫的游戏，整整一个下午，才好容易回到了那桌中的，也是那圈中之圈的那个黑点。啊，那是树的童年。哪是我的童年？树是从那一点出发，走完了三百年的路程，我也是三十年了，三十年来，这路线也是这么一圈圈走过来的吗？

我想起了我的每一年。

这简直是一个惊人的发现！

从那以后，每每当我被胜利得意的时候，一面对着这桌面，我就冷静了；每每当我挫败愁闷的时候，一面对着这桌面，我就激动了。我自我感觉，我是一天天豁达、成熟、坚强起来，我热爱起我的生命了，热爱起我的工作了，以全部心血、全部精力而完成着一个我。

我在感激着这个桌面，我想我永远不会离开它的。

燕 子

不见了燕子，已是七八年的光景。我常常在城里觅寻，但每每却都失望了。商场的大厅里它自然不肯去的，那高达十几层的楼顶上，我爬上去了，也不曾见它的窠儿筑着，我也专意到公园过了一次，那水光山色里，也没它的足迹。啊，可亲的燕子，难道你是在地球上灭绝了吗，还是不肯到这大城市里来；这么苦着我，使我夜夜梦着你的倩影和呢喃的低吟，而哀愁儿不能自已！

记得在乡里的时候，天一暖和，它就来了，住在我家低低的草屋的梁上，一直到天气变冷的深秋了，才要离去。它是穿着一件黑外衣的，总是把头裹得严严，似乎是一个寡妇，整日呢呢喃喃，一副懦弱而固执的模样。我刚刚会爬，光着屁股在土窝里滚，尿下了，又用手去和泥玩。后来，稍稍大点，就去放牛。我摘过草莓子吃，也趴在河里喝水，也坐在阳坡上捉虱，甚至跟着奶奶，一块儿去山坡上的庙中烧香磕头呢。可走到哪里，燕子总陪伴了我，当我念叨着"虱多钱多""眼不见为净"的话时，燕子就不住地细语，别人听不懂那是说些什么，我是听明白了：它是懂得我们的，常常只要学着一声呢喃的叫声，它就会飞到我们手掌上来呢。

在我的童年幼年里，饲养过猫儿狗儿，但猫儿容易背叛，狗儿又多恶事，唯有燕子是最好的了。在这四山之间的地方，它给了我乐趣，也给了我得意。我年年盼着它来，它果然也就来了。一直过了好多年，它还是它的老样儿，年年还记着这么个草屋呢。

我长成大人了，从乡里到大城市里求学，我却深深地羞愧起儿时的愚昧，时常想起来，就感到脸红。然而，燕子，它还住在我家的木梁上吗，它还在说着那些永不改音的古老的话吗？我想把这一切的变化，一切的见识，诉说给它，但却再也寻不着它了。

终有一日，市里开会，会址是一座七层楼的大会议室，摆设十分讲究。我靠近那面一人多高的玻璃窗前，正听着报告，突然有了一片呢呢喃喃的叫声，神经立即触动了。举头看时，那窗外的半空，灰白色里，翻动着无数的黑点。啊，燕子，是我可亲的燕子！它竟到城市里来了，来得又是那么的多！在这个世界上，它是无处不去的；往日我怨恨它的不来，原来是我的少见多怪了！

燕子越来越多了，组成了一个燕子阵，使夕阳晚照的天，也不明朗起来。但是，却没有一只是冲着这座七层楼来的。我探出头看去，四面都是高楼大厦，燕子盘旋成一团，全是绕着右侧的一座并不高大的鼓楼飞的，在那鼓楼的顶上，檐下，栏里，阶内，出出进进，鸣叫不已。

这竟使我疑惑不解了。会议刚一休息，我就走到凉台上，想：鼓楼并不高大，也不艳丽，因年久失修，梁上已没了雕，栋上也没了画，连那临风叮当的挂铃也没有了，那有什么可吸引的呢？

"它为什么不到四周的高楼大厦上来？"

"高楼大厦是现代化的。"旁边有人说。

"现代化的为什么它就不来？"

"它是留恋古老的。"

我不大理会，便撮起嘴来，作弄出儿时学会的燕鸣声，但它们纷纷从我身边飞过，却没有一只落下来，尽趋着鼓楼而去了。

"咳，"我长叹了一口气，"它们把我也忘了。"

"是你忘了你。"

是的，是我忘了我了，我再不是那么个流着黄涕的孩子了，我长成大人，我有了知识，它认得的只是过去的我！但我自豪，我得意，我终究不是往日的我了。可它，我的燕子，面对这现代化的建筑，无动于衷，疯狂儿恋着鼓楼，是因为只有这一处鼓楼，才是它们的有情物，它们呢呢喃喃，只有将这永世不变的语言说给鼓楼，控诉、抗议这么大个城市里，再没有了它们的去处吗？

啊，燕子，我不禁悲伤起来了：时至今日，还这么固执，这么偏见，不肯落脚在新的建筑，硬要向腐朽欲倾的鼓楼飞去，那么，城市将永远不会是你的天地了，现代建筑愈来愈多，你不是便要真的消亡了吗？咳，我该怎么说呢，我可怜的燕子，我可悲的燕子！

云　雀

　　小小的时候，我眼见过一个奇妙的现象，便不敢忘去；一直到现在，我已是垂垂暮年了，但仍还百思不得其解呢。

　　我们的隔壁，是住着一位老头的。他极能养鸟，门前的木架上，吊下各式各样的鸟笼；里边住着云雀、绿嘴、画眉、黄鹂儿……尽是些可怜可爱的生灵儿。整天整天里，我们就守在那鸟笼下，听着它们鸣叫。叫声很是好听，尤其那只云雀，像唱歌一样，打老远就能听见，使人禁不住要打一个麻酥酥的战儿了。

　　时间一长，那云雀声就不像以前那么脆了，老头便给它吃最好的谷，喝最清的水，稍不鸣叫，就万般逗弄；于是它就又叫起来了。但它叫起来的时候，总是在笼里不能安宁，左一撞，右一碰的，常常把黄黄的小嘴从笼格里挤出来，盯着高高的云天，叫得越发哑了。

　　"它唱得太疲劳了。"我们都这么说，便去给老头建议，不要逗弄它了吧?

　　但是，每每黎明的时候，它就又叫起来了，而且每个黎明都叫。我们爬起来，从窗口里看去，天刚刚发亮，云升得很高很高，老头并没有起床呢。于此才明白，别人不逗弄它，它还是每天要叫的，依然嘴挤在笼格外边，翅膀扑闪着，竟有几根茸茸的羽毛掉了下来。

"它在练嗓子吗？"妹妹说。

"不，它那嗓子已经哑了。"我说。

"那它为什么还要唱呢？"

"谁知道呢？你听，它是在唱一支忧郁的歌吗？"

细细听起来，果然那叫声充满了忧郁；那往日里悠悠然的叫声原来是痛苦的呼喊呢！

"是它肚子饥了，渴了吧？"妹妹又说。

我们跑过去，要给它添些食儿，却看见笼里，满满地放着一盘黄谷，一盘清水。这便又使我们迷糊了。

"一定是向往着云天吧。"

我们这么不经意地说过，立即便觉得是很正确的了。想，它被老头捉住之前，它是飞在天上的，天那么空阔，天便全然是它的。黎明的时候，它一定是飞得像云一样的高，向黑暗宣告着光明。如今，黎明来了，它却飞不出去，才这么发疯似的抗议了！我们在笼下捡起那抖落下的羽毛，深深地感到它的可怜了。

我们把这想法告诉给老头，老头笑我们可爱，却终没有放了它去。它每天还是这么叫着，唱那一支忧郁的歌。

我们终于不忍了，在一个黎明，悄悄起来，拆开了笼的门，放它出去了。它一下子飞到了柳树梢上，和柳梢一起激动，有些站不稳，几乎就要掉下来了。但立即就抖抖身子，对着我们响亮地叫了一声，倏忽消失在云天里不见了。

老头发觉走失了云雀，捶胸顿足了一个早上，接着就疑心被人放走的，大声叫骂。我们听了，心里却充满欢乐，觉得干了一件伟大的事情。

云雀飞走了，我们却时时恋念着它，当看着那笼里的绿嘴、黄鹂、画眉，就想它这个时候，是在天的哪一角呢？在云的哪一层呢？它该是多么快活，那唱的，再也不是忧郁的歌了，而是凌云之歌、自由之歌、生命之歌了啊！

一天过去了，两天过去了，突然，我们在那棵柳树上，却发现了它。它样子很单薄，似乎比以前消瘦多了，也疲倦多了；在风里，斜了翅膀，上下怯怯地飞。我们惊喜地呼唤它，但立即就赶走了它，怕那老头发现了，又要捉它回去。

但是，就在第四天的早上，我们刚刚醒来，突然就又听到了云雀的叫声。赶忙跑出门，看那柳树，柳树上没有它。老头却在大声地喊叫我们了：

"啊，云雀，还是我的那个云雀！"

我们看时，老头正提着那个鸟笼。笼门已经重新封了，云雀果然就在里边，一声一声地叫。这使我们大惊失色，责问他怎么又捉了它。老头说：

"哪里！是它飞回来的。这鸟笼一直在那里空着，它就飞回来了呢。"

"这怎么可能呢？"我们说。

"怎么不可能呢？"老头说，笑得更得意了，"我已经喂它两年了，这笼里多舒服啊！"

我们走近去，云雀待在那里，急急地吃着那谷子，喝着那清水，好像它一直在饿着，在渴着，末了，就静静地卧下来，闭上了眼睛，做着一种疲乏后的休息。

我们默默地看着它，这只美丽的云雀，再没有说出话来。

文　竹

　　离开我的文竹，到这闹闹嚷嚷的城市里采购，差不多是一个月的光景了。一个月里，时间的脚步这般蹰躇，竟裹得我走不脱身去，夜里都梦着回去，见到了我的文竹。

　　去年的春上，我去天静山上访友，主人是好花的，植得一院红的白的紫的，然而，我却一下子看定了那里边的这盆文竹了。她那时还小，一个枝儿，一拃高地上来，却扁形地微微仄了身去，未醉欲醉的样子，乍醒未醒的样子。我爱怜地扑近去，却舍不得手动，出气儿倒吹得她袅袅浮拂，是纤影儿的巧妙了，是梦幻儿的甜美了。我不禁叫道：

　　"这不是一首诗吗？"

　　主人夸我说得极是，便将她送与我了。从此我得了这仙物，置在我的书案，成为我书房的第五宝了。她果然地好，每天夜里，写作疲倦了，我都要对着那文竹坐上片刻：月光是溶溶的，从窗棂里悄没声儿地进来，愈觉得文竹清雅，长长的叶瓣儿呈着阳阴，楚楚地，似乎色调又在变幻……这时候，我心神俱静，一切杂思邪念荡然无存，心里尽是绿的纯净、绿的充实。一时间，只觉得在这深深的黑夜里，一切都消失了，只有我了，我也要在这深深的夜里羽化而去了呢。

她陪着我，度过了一个春天，经过了一个冬天，她开始发了新枝，抽了新叶，一天天长大起来，已经不是单枝，而是三枝四枝，盈盈的，是一大盆的了。我真不晓得，她是什么精灵儿变的，是来净化人心的吗？是来拯救我灵魂的吗？当我快乐的时候，她将这快乐满盆摇曳，当我烦闷的时候，她将这烦闷淡化得一片虚影，我就守在她的面前，弄起笔墨，做起我的文章了。人都说我的文章有情有韵，那全是她的，是她流进这字里行间的。啊，她就是这般的美好，在这个世界里，文竹是我的知己，我是再也离不得她了。

然而，我却告别了她，到这闹市里来采购，将她托付养育在隔壁的人家了。

这人家会精心养育吗？他们是些粗心的人，会把她一早端在阳光下晒着，夜来了，会又端着放在室里吗？一天可以办到，两天可以办到，十天八天，一个月，他们会是不耐烦了，把她丢在窗下，随那风儿吹着，尘土迷着，那叶怕要黄去了，脱去了，一片一片，卷进那猪圈牛棚任六畜糟蹋去了。那么，每天浇一次水，恐怕也是做不到的，或许记得了倒一碗半杯残茶，或许就灌一勺涮锅水呢。那文竹怎么受得了呢？她是干不得的，也是湿不得的，夕阳西下的时候，托一碗水来，那不是净水，也不是溶着化肥的水，是在瓶子里沤了很久的马蹄皮子的水，端起来，点点滴滴地渗下去的呢……

唉，我真糊涂，怎么就托付了他们，使我的文竹受这么大的委屈啊！

采购还没有完成，身儿还不能回去，愁得无奈了，我去跑遍这城的所有公园，去看这里的文竹。文竹倒也不少，但全都没有我的文竹的天然，神韵也淡多了，浅多了。但是，得意扬扬之际，立即便是无穷无尽地思念我的文竹的愁绪。夜里歪在床头，似睡却醒，梦儿便姗姗地又来了。但来到的不是那文竹，是一个姑娘，我惊异着这女子的娟好，她却仄身伏在门上，抖抖削肩，唧唧嗒嗒地哭泣了。

"你为什么哭了？"我问。

"我伤心，我生下来，人人都爱我，却都不理解我，忌妒我，我怎么不哭呢？"她说，眼泪就流了下来。

哦，这般儿的女子处境，我是知道的：她们都是心性儿天似的清高，命却似纸一般的贱薄，峣峣者易折，皎皎者易污啊。

"他们为什么这样？他们为什么要这样？"

我却淡淡地笑了：

"谁叫你长得这么美呢？"

她却睁大了眼睛，定定地看着我，有了几分愤怒：我很是窘了。她突然说：

"美是我的错吗？我到这个世上来，就是来作用、贡献美的。或许我是纤弱的，但我娇贵，但我任性，我不容忍任何污染！"

我大大地吃惊了：

"你是谁，叫什么名字？"

"文竹！"

文竹？我大叫了一声，睁开眼来，才知道是一场梦了。啊，是一场梦呢！往日的梦醒，使我空落，这梦，却使我这般地内疚，这般地伤感呢！我沉吟着，感到我托付不妥的罪过，感到我应该去保护的责任；我一定是要回去的了，我得去看我的文竹了。

晚　雨

　　来时，太阳依然照红，天与地平行着，呆呆地，可望而不可即。现在是有云了。是的，呆望久了就生感应，云是地上的水追逐天上的太阳所致呢，还是天上的太阳爱恋了凹地却掩了脸面的羞赧和无奈的忧郁？云在涌动着，云在急急地酝酿。我知道，这酝酿得已经太久太久了，终没有交汇成雨落下来，如果云真是那一位洛神，伴着凤凰，乘着祥瑞，旋即又飘逸而去，这天地还要等待着一尽苍老吗？

　　不不，这一次雨下起来了，云沉重得不可忍耐，如龙门里的黄河水一样哗哗啦啦下来了！

　　多么感谢这一场雨，原本可以乘车而行，偏要徒步淋着，虽然夜黑如墨，到处有狼与鬼魅。远远有什么光亮倏忽闪过，却看见了无数的雨脚在身前脚后，是别一种的花放。两年前坐船过龙门，铜汁般的黄河水面翻涌着牡丹样的涡纹，我快活得说是踏上了华贵地毯，今晚的花放，是地毯的铺延而至的境界吗？应该歇一歇，近旁恰有一座小屋。屋檐下立定了，雨下得更大，看檐雨如帘，幽光里这正是如丝如玻璃的帷幔吗？爱这晚雨，也爱这晚雨中的屋檐，动了手去拾檐雨，湿软可人，悄声道一声"好雨知时节"，风即将雨散成珍珠，扑淋得满头满脸，发也乱了，衣也乱了，伸出舌接雨，接住一条了狠劲地吮，恨不得拔了两根。周身的细胞全膨胀了，瞬间里耳目全失，生命粉碎，唯感觉活着，感觉到世界原来是这么小，小到如一颗桃子！啊，桃子红软，夸父就并不会死去，那拐杖而生的邓林里，有桃子解渴解救了。瞬间里柔弱不起，听见了是伟大的一个静里的胸中的心，听见了屋檐上的呢呢颤吟。哦，屋檐上是有两只鸟的，一根绳索上相偎相依。这是一对夫妇在观晚雨的吗？是雨时而来才恰恰两个歇聚一起，他们在说什么，感觉着一种缘分在雨晚里实现吗？恍惚里我也觉得数百年前，在世界的另一个什么地方，这屋檐下与我有一笔冤债未还了。

雨下得又一阵紧了，黑暗里一切都在放肆开来，路旁的杨树鼓掌，一声儿啪啪啦啦，白日里泛着暗红的垂柳或高或低或宽或窄地变态，蚯蚓在鸣，蚂蚁在叫。望着黑际中还有着的两颗星子，竟然还有星子，是别的什么吗？并不大的，但美丽绝伦，忽隐忽现。这肯定是佛眼，喜悦如莲。那一年去韩城山塬，看见过枝丫交错丰腴温柔的柿树，我曾称之为树佛，企盼着自己有一日幻变成小鸟落进去承受它的色容，今晚却第一次感受了佛眼与我这么近，这么亲！

且听，高高的空中有雷在响了，有电在闪了。今晚，天地是交会了，雨才下得这么大，才有它们欢乐的雷电。我活在这个天地里，多么祝福着这太长久的渴旱后这一晚。是感叹着这一场晚雨，是晚了，来得晚，但毕竟这雨是来了，咽下一切遗憾，就永远永远记住这一个雨晚。

天到底是天，地到底是地，雨又住了，天地又分开平行。替天地说一句蓝桥上的话："且将这身子寄养着别处，这每一晚月亮出来做眼，你看着我吧，我看着你吧。"默默地在夜里，我也想，古时的意念中，天是龙的世界，羊是地的象征，一个是神圣一个是美丽，合该是要连缀的，它们不结合，大自然就要干渴。雨是必下不可的，那就等再一场雨吧！或许有着长长久久的雨会下得没时没空没来没去没黑没白，天地再不平行而苍茫一片，那时我们不要盘古，永远不要盘古！

风　雨

树林子像一块面团了，四面都在鼓，鼓了就陷，陷了再鼓；接着就向一边倒，漫地而行的；呼地又腾上来了，飘忽不能固定；猛地又扑向另一边去，再也扯不断，忽大忽小，忽聚忽散：已经完全没有方向了。然后一切都在旋，树林子往一处挤，绿似乎被拉长了许多，往上扭，往上扭，落叶冲起一个偌大的蘑菇长在了空中。哗的一声，乱了满天黑点，绿全然又压扁开来，清清楚楚看见了里边的房舍、墙头。

垂柳全乱了线条，当抛举在空中的时候，却出奇地显出清楚，刹那间僵直了，随即就扑撒下来，乱得像麻团一般。杨叶千万次地变着模样：叶背翻过来，是一片灰白；又扭转过来，绿深得黑青。那片芦苇便全然倒伏了，一节断茎斜插在泥里，响着破裂的颤声。

一头断了牵绳的羊从栅栏里跑出来，四蹄在撑着，忽地撞在一棵树上，又直撑了四蹄滑行，末了还是跌倒在一个粪堆旁，失去了白的颜色。一个穿红衫子的女孩冲出门去牵羊，又立即要返回，却不可能了，在院子里旋转，锐声叫唤，离台阶只有两步远，长时间走不上去。

槐树上的葡萄蔓再也攀附不住了，才松了一下屈蜷的手脚，一下子像一条死蛇，哗哗啦啦脱落下来，软成一堆。无数的苍蝇都集中在屋檐下的电线上了，一只挨着一只，再不飞动，也不嗡叫，黑乎乎的，电线愈来愈粗，下坠成弯弯的弧形。

一个鸟窠从高高的树端掉下来，在地上滚了几滚，散了。几只鸟尖叫着飞来要守住，却飞不下来，向右一飘，向左一斜，翅膀猛地一颤，羽毛翻成一团乱花，旋了一个转儿，倏忽在空中停止了，瞬间石子般掉在地上，连声响儿也没有。

窄窄的巷道里，一张废纸，一会儿贴在东墙上，一会儿贴在西墙上，突然冲出墙头，立即不见了。有一只精湿的猫拼命地跑来，一跃身，竟跳上了房檐，它也吃惊了；几片瓦落下来，像树叶一样斜着飘，却突然就垂直落下，碎成一堆。

池塘里绒被一样厚厚的浮萍，凸起来了，再凸起来，猛地撩起一角，刷地揭开了一片；水一下子聚起来，长时间地凝固成一个锥形；啪地摔下来，砸出一个坑，浮萍冲上了四边塘岸，几条鱼儿在岸上的草窝里蹦跳。

最北边的那间小屋里，木架在吱吱地响着。门被关住了，窗被关住了，油灯还是点不着。土炕的席上，老头在使劲捶着腰腿，孩子们却全趴在门缝，惊喜地叠着纸船，一只一只放出去……

荒野地

这原本是庄稼地，却生长了一片荒草。荒草一人余高，繁荣得蓬勃健美。月夜下没有风，亦不到潮露水的时分，草的枝叶及成熟的穗实萧萧而立，但一种声息在响，似乎是草籽在裂壳坠落，似乎是昆虫在咬噬，静伫良久，跳动的是体内的心一颗。扮演着的是《聊斋》里的人物，时间更进入亘古的洪荒，遥遥地听见了神对命运的招引。

月亮在天上明亮着一轮，看得清其中的一抹黑影，真疑心是荒野地的投影，而地上三尺之外便一片迷蒙。夜是保密的，于是产生迟到的爱情。躲过那远远的如炮楼一般的守护庄稼的庵架，一只饥渴的手握住了一只饥渴的手，一瞬间十指被胶合，同时感受到了热，却冷得索索而抖。

一溜黑地蹚过，松软如过草滩，又分明是脚上穿了宽松的鞋。可怜的农人种下了这一溜洋芋，四周的荒草却使它们未能健长，挖掘过的地上没有收获到拳大的洋芋。肥沃的土地上明日的清晨却能看到两行交织的脚印。

已经是草地的中央了，失却的则是东南西北的方向。境界幽幽。

心身在启示着坐下来，恰好有两块石头，等待这石头是多少个年月，石头也差不多等待得发凉了。天地之间，塞塞的是这荒草，人也是荒草的一棵，再有一棵。说话的是眼睛，说尽着唐诗宋词的篇章。头顶上的月亮丰丰满满。需要有点风，风果然而至。草把月划成了有条纹的物件，且在晃动不已。不知名的昆虫在呻吟着，散发着那特有的气味。待到死过去几次，又活过来几次，一切安静了，望月亮又如深下去的一眼井水，来分辨那里面的身影了。

佛殿一样的地方，得到的是心身的和谐，方明白那一溜松软的黑地是通往未来的甬道，铺着毡毯。

生长庄稼的土地却长满了这么多荒草，这是失职的农人的过错吗？但荒草同样在结饱满的果籽，这便是土地的功能。失职的农人或许要诅咒的，而娇弱无能的庄稼没有荒草这么并不需要节令、耕作、肥料而顽强健壮啊！

因为草、人归复了原本的形态，这个月下夜晚是这么苍茫壮阔。

生之苦难与悲愤，造就着无尽的残缺与遗憾，超越了便是幽默的角色，再不寄希望于梦境和来世，就这么在荒野地中坐下，坐下如两块石头。或许坐上百年上千年，或许很短的一别，但已够了。

走出了荒野地，另一处草浅的地方，仍发现了曾是长过瓜果的，是南瓜或是西瓜，肯定的也是未收获到要收获的东西，瓜田早废了，瓜叶腐败为泥，而绳一样纵横的瓜蔓却还发白地将也已为泥的印缀在地上。踏着这白绳的空格走，像是游戏。突然就会想起月亮上的那一株桂树，还有那一位勇敢的却砍不断树身的吴刚。

而毕竟有这么一块荒野地。

月　迹

我们这些孩子，什么都觉得新鲜，常常又什么都不觉得满足；中秋的夜里，我们在院子里盼着月亮，好久却不见出来，便坐回中堂里，放了竹窗帘儿闷着，缠奶奶说故事。奶奶是会说故事的，说了一个，还要再说一个……奶奶突然说：

"月亮进来了！"

我们看时，那竹窗帘儿里，果然有了月亮，款款地，悄没声儿地溜进来，出现在窗前的穿衣镜上了：原来月亮是长了腿的，爬着那竹帘格儿，先是一个白道儿，再是半圆，渐渐地爬得高了，穿衣镜上的圆便满盈了。我们都高兴起来，又都屏气儿不出，生怕那是个尘影儿变的，会一口气吹跑呢。月亮还在竹帘儿上爬，那满圆却慢慢儿又亏了，缺了；末了，便全没了踪迹，只留下一个空镜，一个失望。奶奶说："它走了，它是匆匆的；你们快出去寻月吧。"

我们就都跑出门去，它果然就在院子里，但再也不是那么一个满满的圆了，尽院子的白光，是玉玉的，银银的，灯光也没有这般儿亮的。院子的中央处，是那棵粗粗的桂树，疏疏的枝，疏疏的叶，桂花还没有开，却有了累累的骨朵儿了。我们都走近去，不知道那个满圆儿去哪儿了，却疑心这骨朵儿是繁星儿变的；抬头看着天空，星儿似乎就比平日少了许多。月亮正在头顶，明显大多了，也圆多了，清清晰晰看见里边有了什么东西。

"奶奶，那月上是什么呢？"我问。

"是树，孩子。"奶奶说。

"什么树呢？"

"桂树。"

我们都面面相觑了，倏忽间，哪儿好像有了一种气息，就在我们身后袅袅，到了头发梢儿上，添了一种淡淡的痒痒的感觉，似乎我们已在了月里，那月桂分明就是我们身后的这一棵了。

奶奶瞧着我们，就笑了：

"傻孩子，那里边已经有人了呢。"

"谁？"我们都吃惊了。

"嫦娥。"奶奶说。

"嫦娥是谁？"

"一个女子。"

哦，一个女子。我想。月亮里，地该是银铺的，墙该是玉砌的：那么好个地方，配住的一定是十分漂亮的女子了。

"有三妹漂亮吗？"

"和三妹一样漂亮的。"

三妹就乐了：

"啊，啊！月亮是属于我的了！"

三妹是我们中最漂亮的，我们都羡慕起来；看着她的狂样儿，心里却有了一股儿的嫉妒。我们便争执了起来，每个人都说月亮是属于自己的。奶奶从屋里端了一壶甜酒出来，给我们每人倒了一小杯儿，说：

"孩子们，你们瞧瞧你们的酒杯，你们都有一个月亮哩！"

我们都看着那杯酒，果真里边就浮起一个小小的月亮的满圆。捧着，一动不动的，手刚一动，它便酥酥地颤，使人可怜儿的样子。

大家都喝下肚去，月亮就在每一个人的心里了。

奶奶说：

"月亮是每个人的，它并没有走，你们再去找吧。"

我们越发觉得奇了，便在院里找起来。妙极了，它真没有走去，我们很快就在葡萄叶儿上、瓷花盆儿上、爷爷的锨刃儿上发现了。我们来了兴趣，竟寻出了院门。

院门外，便是一条小河。河水细细的，却漫着一大片的净沙；全没白日那么的粗糙，灿灿地闪着银光，柔柔和和得像水面了。我们从沙滩上跑过去，弟弟刚站到河的上湾，就大呼小叫了：

"月亮在这儿！"

妹妹几乎同时在下湾喊道：

"月亮在这儿！"

我两处去看了，两处的水里都有月亮，沿着河沿跑，而且每一处的水里都有月亮了。我们都看起天了，我突然又在弟弟妹妹的眼睛里看见了小小的月亮。我想，我的眼睛里也一定是会有的。噢，月亮竟是这么多的：只要你愿意，它就有了哩。

我们就坐在沙滩上，掬着沙儿，瞧那光辉，我说：

"你们说，月亮是个什么呢？"

"月亮是我所要的。"弟弟说。

"月亮是个好。"妹妹说。

我同意他们的话。正像奶奶说的那样：它是属于我们的，每个人的。我们就又仰起头来看那天上的月亮，月亮白光光的，在天空上。我突然觉得，我们有了月亮，那无边无际的天空也是我们的了：那月亮不是我们按在天空上的印章吗？

大家都觉得满足了，身子也来了困意，就坐在沙滩上，相依相偎地甜甜地睡了一会儿。

一棵小桃树

　　我常常想要给我的小桃树写点文章，但却终没有写就一个字来。是我太爱怜它吗？是我爱怜得无所谓了吗？我也不知道是什么怪缘故，只是常常自个儿忏悔，自个儿安慰，说：我是该给它写点什么了呢。

　　今天的黄昏，雨下得这般儿地大，使我也有些吃惊了。早晨起来，就淅淅沥沥的，我还高兴地说：春雨贵如油，今年来得这么早！一边让雨湿着我的头发，一边吟些杜甫的"随风潜入夜，润物细无声"，甚至想去田野悠悠地踏青呢。那雨却下得大了，全不是春的温柔，一直下了一个整天。我深深闭了柴门，伫窗坐下，看我的小桃树儿在风雨里哆嗦。纤纤的生灵儿，枝条已经慌乱，桃花一片一片地落了，大半陷在泥里，三点两点地在黄水里打着旋儿。啊，它已经老了许多呢，瘦了许多呢，昨日楚楚的容颜全然褪尽了。可怜它年纪太小了，可怜它才开了第一次花儿！我再也不忍看了，我千般儿万般儿地无可奈何。唉，往日多么傲慢的我，多么矜持的我，原来也是个孱头儿。

　　好多年前的秋天了，我们还是孩子。奶奶从集市上回来，带给了我们一人一颗桃子，她说：都吃下去吧，这是一颗"仙桃"；含着桃核儿做一个梦，谁梦见桃花开了，就会幸福一生呢。我们都认真起来，全含了桃核爬上床去。我却无论如何不能安睡，想这甜甜的梦是做不成了，又不肯甘心不做，就爬起来，将桃核儿埋在院子角落的土里，想让它在那儿蓄着我的梦。

秋天过去了，又过了一个冬天，孩子自有孩子的快活，我竟将它忘却了。一个春天的早晨，奶奶打扫院子，突然发现角落的地方，拱出一个嫩绿儿，便叫道：这是什么呀？我才恍然记起了是它：它竟从土里长出来了！它长得很委屈，是弯了头，紧抱着身子的。第二天才舒开身来，瘦瘦儿的，黄黄儿的，似乎一碰，便立即会断了去。大家都笑话它，奶奶也说：这种桃树儿是没出息的，多好的种子，长出来，却都是野的，结些毛果子，须得嫁接才成。我却不大相信，执着地偏要它将来开花结果哩。

因为它长得太不是地方，谁也不再理会，惹人费神的倒是那些盆景儿。爷爷是喜欢服侍花的，在我们的屋里、院里、门道里，摆满了各种各样的花草。春天花事一盛，远近的人都来赞赏，爷爷便每天一早喊我们从屋里一盆一盆端出来，一晚又一盆一盆端进去，却从来不想到我的小桃树。它却默默地长上来了。

它长得很慢，一个春天，才长上二尺来高，样子也极猥琐。但我却十分地高兴了：它是我的，它是我的梦种儿长的。我想我的姐姐弟弟，他们那含着桃核做下的梦，或许已经早忘却了，但我的桃树却使我每天能看见它。我说，我的梦儿是绿色的，将来开了花，我会幸福呢。

也就在这年里，我到城里上学去了。走出了山，来到城里，我才知道我的渺小：山外的天地这般儿大，城里的好景这般儿多。我从此也有了血气方刚的魂魄，学习呀，奋斗呀，一毕业就走上了社会，要轰轰烈烈地干一番我的事业了；那家乡的土院，那土院里的小桃树儿便再没有去思想了。

但是，我慢慢发现我的幼稚、我的天真了，人世原来有人世的大书，我却连第一行文字还读不懂呢。我渐渐地大了，脾性儿也一天一天地坏了，常常一个人坐着发呆，心境似乎是垂垂暮老了。这时候，奶奶也去世了，真是祸不单行。我连夜从城里回到老家去，家里人等我不及，奶奶已经下葬了。看着满屋的混乱，想着奶奶往日的容颜，不觉眼泪流了下来，对着灵堂哭了一场。天黑的时候，往窗下坐着，一抬头，却看见我的小桃树了：它竟然还在长着，弯弯的身子，努力撑着的枝条，已经有院墙高了。这些年来，它是怎么长上来的呢？爷爷的花事早不弄了，一摞一摞的花盆堆在墙根，它却长着！弟弟说：那桃树被猪拱折过一次，要不早就开了花了。他们曾嫌长得不是地方，又不好看，想砍掉它，奶奶却不同意，常常护着给它浇水。啊，小桃树儿，我怎么将你遗在这里而身漂异乡，又漠漠忘却了呢？看着桃树，想起没能再见一面的奶奶，我深深懊丧对不起我的奶奶，对不起我的小桃树了。

如今，它开了花了，虽然长得弱小，骨朵儿不见繁，一夜之间，花竟全开了呢。我曾去看过终南山下的夹竹桃花，也去领略过马嵬坡前的水蜜桃花，那花儿开得火灼灼的，可我的小桃树儿，一颗"仙桃"的种子，却开得太白了、太淡了，那瓣片儿单薄得似纸做的，没有肉的感觉，没有粉的感觉，像患了重病的少女，苍白白的脸儿，又偏苦涩涩地笑着。我忍不住几分忧伤，泪珠儿又要下来了。

花幸好并没有立即谢去，就那么一树，孤孤地开在墙角。我每每看着它，却发现从未有一只蜜蜂去恋过它，一只蝴蝶去飞过它。可怜的小桃树儿！

我不禁有些颤抖了：这花儿莫不就是我当年要做的梦的精灵儿吗？

雨却这么大地下着，花瓣儿纷纷零落去。我只说有了这场春雨，花儿会开得更艳，香味会蓄得更浓，谁知它却这么命薄，受不得这么大的福分，受不得这么多的洗礼，片片付给风了、雨了！我心里喊着我的奶奶。

雨还在下着，我的小桃树千百次地俯下身去，又千百次地挣扎起来，一树的桃花，一片，一片，湿得深重，像一只天鹅，眼睁睁地羽毛剥脱，变得赤裸的了，黑枯的了。然而，就在那俯地的刹那，我突然看见那树儿的顶端，高高的一枝儿上，竟还保留着一个欲绽的花苞，嫩黄的，嫩红的，在风中摇着，抖着满身的雨水，几次要掉下来了，但却没有掉下去，像风浪里航道上的指示灯，闪着时隐时现的嫩黄的光、嫩红的光。

我心里稍稍有些安慰了。啊，小桃树啊！我该怎么感激你，你到底还有一朵花呢，明日一早，你会开吗？你开的是灼灼的吗？香香的吗？我亲爱的，你那花是会开得美的，而且会孕出一个桃儿来的；我还叫你是我的梦的精灵儿，对吗？

天上的星星

大人们快活了，对我们就亲近，虽然，那是为了使他们更快活，我们也乐意呢；但是，他们烦恼了，却要随意骂我们讨厌，似乎一切烦恼都要我们负担，这便是我们做孩子的，千思万想，不曾明白。天擦黑，我们才在家捉起迷藏，他们又来烦了，大声呵斥，我们只好蹑蹑地出来，在门前树下的竹席上，躺下去，纳凉是了。

闲得实在无聊极了。四周的房呀，墙呀，树的，本来就不新奇，现在又模糊了，看上去黯黯的似鬼影。天上月亮还没有出来，星星也不见，昏亮亮的一个大大的天空。我们伤心了，垂下脑袋，不知道这夜该如何过去，痴呆呆守着瞌睡虫爬上眼皮。

"星星！"妹妹突然叫了一声。

我们都抬起头来，原本是无聊得没事可做，随便看看罢了。但是，就在我们头顶，出现了一颗星星，小小的，却极亮极亮，分明看出是有无数个光角儿的。我们就好奇起来，数着那是四个光角儿呢，还是五个光角儿，但就在这个时候，那星的周围里，又出现了几个星星，就是那么一瞬间，几乎不容觉察，就明亮亮地出现了。啊，两颗，三颗……不对，十颗，十五颗……奇迹是这般迅速地出现，一时间，漫天满空，一片闪亮，像陡然打开了百宝箱，灿灿的，灼灼的，目不暇给了呢。我们只知道夜夜天上要有星星，但从没注意到这么出现，那是雨天的池塘，霎时浮了万千水泡？又是无数沉睡的孩子，蓦地睁开了光彩的眼睛？它们真是一群孩子呢，一出现就要玩一个调皮的谜儿啊！这是鬼精灵儿，从哪儿来的，是一个家族的兄妹？还是从天涯海角集合起来，要开什么盛会了呢？

夜空再也不是荒凉的了，星星们都在那里热闹，有装熊的，有学狗的，有操勺的，有挑担的，也有的高兴极了，提了灯笼一阵风似的跑……

我们都快活起来了，一起站在树下，扬着小手。星星们似乎很得意了，向我们挤弄着眉眼，鬼鬼地笑。

过了一会儿，月亮从村东口的那个榆树丫子里升上来了。它总是从那儿出来，冷不丁地，常要惊飞了树上的鸟儿。先是玫瑰色的红，像是喝醉了酒，刚刚睡了起来，蹒跚地走。接着，就黄了脸，才要看那黄中的青紫颜色，它就又白了，白极白极的，夜空里就笼上了一层淡淡的乳白色气。我们都不知道这月亮是怎么啦，却发现那些星星怎么就少了许多，留下的也淡了许多，原是灿灿的亮，变成了弱弱的光。这使我们大吃了一惊。

"这是怎么啦？"妹妹慌慌地说。

"月亮出来了嘛。"我说。

"月亮出来了为什么星星就少了呢？"

我们面面相觑，闷闷不得其解。坐了一会儿，似乎就明白了：这漠漠的夜空，恐怕是属于月亮的，它之所以由红变黄，由黄变白，一定是生气星星们的不安分，在吓唬着它们哩。

"哦，月亮是天上的大人了。"妹妹说。

我们都没有了话说。我们深深懂得大人的威严，又深深可怜起这些星星了：月亮不在的时候，它们是多么有精光灵气；月亮出现了，它们就变得这般猥琐了。

我们突然又回想起了一切：原来天上并不甚好，月亮睡着了的时候，它才让星星出来，它出来了，就要星星退去。那纷纷扬扬的雪片，五个角的，七个角的，全是薄亮亮的，不就是星星的尸骸吗？或许，就燃起晚霞的大火来烧它们，要不，星星为什么从来就没有叶，没有根，只是那么赤裸裸的星颗呢？

我们再也不忍心看那些星星了，低了头走到门前的小溪边，要去洗洗手脸。谁也不言语，默默想着我们做孩子的不幸：是我们太小了，太多了吗？

溪水浅浅地流着，我们探手下去，才要掬起一抔来，但是，我们差不多全看见了，就在那水底里，有着无数的星星。

"啊，它们藏在这儿了。"妹妹大声地说。

我们赶忙下溪去捞，但无论如何也捞不上来，看那哗哗的水流，也依然冲不走它们。我们明白了，那一定是星星不能在天上，就偷偷躲藏在那里了。我们就再不声张，不让大人们知道，让它们静静地躲在那里好了。

于是，我们都走回屋里，上床睡了。却总是睡不稳，害怕那躲藏在水底的星星会被天上的月亮发现吗？可惜藏在水底的星星太少了，那无数的还在天上闪着光亮。它们虽然很小，但天上如果没有它们，那会是多么寂寞啊！

大人们又骂我们不安生睡觉了。骂过一通，就打起鼾声，我们赶忙爬起来，悄悄溜到门外，将脸盆儿、碗盘儿、碟缸儿都拿了出去，盛了水，让更多更多的星星都藏在里边吧。

一只贝

一只贝，和别的贝一样，长年生活在海里。海水是咸的，又有着风浪的压力；嫩嫩的身子就藏在壳里。壳的样子很体面，涨潮的时候，总是高高地浮在潮的上头。有一次，他们被送到海岸，当海水又哗哗地落潮去了，却被永远地留在沙滩，再没有回去。蚂蚁、虫子立即围拢来，将他们的软肉啮掉，空剩着两个硬硬的壳。这壳上都曾经投影过太阳、月亮、星星，还有海上长虹的颜色，也都曾经显示过浪花、漩涡和潮峰起伏的形状；现在他们生命结束了！这光洁的壳上还留着这色彩和线条。

孩子们在沙滩上玩耍，发现了好看的壳，捡起来，拿花丝线串着，系在脖项上。人们都在说：这孩子多么漂亮！这漂亮的贝壳！

但是，这只贝没有被孩子们捡起，他不漂亮，他在海里的时候，就是一只丑陋的贝。因为有一颗石子钻进了他的壳内，那是个十分硬的石子，无论如何不能挤碎它；又带着棱角；他只好受着内在的折磨。他的壳上越来越没有了颜色，没有了图案，他失去了做贝的荣誉；但他默默地，他说不出来。

他被埋在沙里。海水又涨潮了；潮又退了；他还在沙滩上，壳已经破烂，很不完全了。

孩子们又来到沙滩上玩耍。他们玩腻了那些贝壳，又来寻找更漂亮的呢。又发现了这一只贝的两片瓦砾似的壳，用脚踢飞了。但是，同时在踢开的地方，发现了一颗闪光的东西，他们拿着去见大人。

"这是什么东西？"

"这是珍珠！嗨，多稀罕的一颗大珍珠！"

"珍珠？这是哪儿来的呢？"

"这是石子钻进贝里，贝用血和肉磨制成的。啊，那贝壳呢？这是一只可怜的贝，也是一只可敬的贝。"

孩子们重新去沙滩寻找他，但没有找到。

图书在版编目（CIP）数据

自在独行/贾平凹著. -- 武汉：长江文艺出版社，2016.6（2023.9重印）
ISBN 978-7-5354-8847-3

Ⅰ.①自… Ⅱ.①贾… Ⅲ.①散文集-中国-当代 Ⅳ.① I267

中国版本图书馆 CIP 数据核字（2016）第093537号

自在独行
ZIZAI DUXING

责任编辑：栾　喜　　　　　　责任校对：许　罡
封面设计：仙　境　　　　　　责任印制：张　涛

出版：长江出版传媒　长江文艺出版社
地址：武汉市雄楚大街 268 号　　　邮编：430070
发行：长江文艺出版社
　　　北京时代华语国际传媒股份有限公司　（电话：010-83670231）
http：//www.cjlap.com
印刷：北京盛通印刷股份有限公司

开本：880毫米×1230毫米　1/32　　印张：10.5
版次：2016 年6月第1版　　　2023年9月第76次印刷
字数：220千字

定价：48.00 元